潜在殺《せんざいさつ》

LATENT MURDER

渥美饒児

JOHJI ATSUMI

河出書房新社

潜在殺

latent murder

1

梅雨の合間の久し振りの青天だった。

雲のないウルトラ・マリンの大空が天蓋《てんがい》を覆っている。あらゆるブルーの絵具を塗り重ねると、このような味わい深い瑠璃色《るりいろ》になるのだろうか……。

沖田《おきた》誠次《せいじ》は捜査車両の助手席で、ある画家の名前を思い出そうとしていた。無意識に左手甲にある古傷を撫でる。考え事をする時の彼の癖だ。そうだ、フェルメールという名前だっけ。ヨハネス・フェルメール。オランダが生んだ十七世紀の天才画家だ。

『青いターバンの少女』の絵を模写しようとした美大志望の同級生が、どうしても再現できなかった魔法の色彩――。フェルメールが使用した青色の絵具は、呪文のような難しい名前の顔料だった。ラピ……ラピス……。確か、ラピスラズリだ。後に当時、金と同じくらい高価で貴重な鉱物で描かれたことを画集で読んだ記憶が蘇る。

「誠《せい》やん。むずかしい顔をして、なにをブツブツ言ってんのや」

青春時代の淡い思い出が無愛想な声で掻き消される。

「独り言だ、気にするな」

「しかし平和やな。わしはこの静けさが気に入らんのや」

車窓から爪楊枝《つまようじ》を投げ捨てて、苛立ちまぎれの言葉を吐く。運転しているのは相棒の反町隆将《そりまちたかまさ》巡査部長。高卒で沖田より二歳年下の三十五歳だが、大卒の沖田よりも刑事歴は長かった。身長百八十五センチ、体重九十キロ、角刈り頭に潰れた耳をしている。大阪府警時代には全国柔道大会でベスト4まで勝ち進んだ経歴を持つ。いつヤクザにスカウトされてもおかしくない体格と面《つら》構《がま》えをしている。

個性派揃いの静岡県警中部署・刑事二課にあって、〈理詰めの沖田〉と〈行動力の反町〉は絶妙なコンビだ。風貌《ふうぼう》も対照的で、沖田の方は細面《ほそおもて》で切れ長の二重目蓋《ふたえまぶた》をして鼻筋が通っている。

「たまには、贅沢にウナ丼もいいもんだ」

昼食にウナギ屋に立ち寄った沖田は満足気だ。

「ああ、最高のマムシやったな」

「そのマムシと呼ぶのを、やめたらどうだ。店の客たちが嫌な顔をしていたぞ」

「仕方ないで、大阪ではウナギじゃ話が通らんさかい。まだハブよりましやろ」

上司である警部補の沖田を無視して、使い捨てライターで煙草に火を点ける。今どき珍しいロングピースを旨そうに吹かす。

「それにしても、黒岩組《くろいわぐみ》の動きが不気味だな」

「ああ……俠誠會《きょうせいかい》は黒岩から絶縁状を出されながら、龍神組《りゅうじんぐみ》の盃を受けたんや。組長《おやじ》の黒岩源次《げんじ》が黙っているとは考えられんで」

反町は納得できない表情で煙草の煙を吐き出すと、前方を見据えて目を細めた。

〈謹啓《きんけい》時下御《ご》尊家《そんけ》御《ご》一統様《いっとうさま》には益々《ますます》御隆盛《ごりゅうせい》の段大慶至極《だんたいけいしごく》に存じ上げます。扨《さ》て今般《こんぱん》、黒岩組系侠誠會は渡世上《とせいじょう》不都合の段多々《だんたた》有り、依《よ》って協議の結果、絶縁《ぜつえん》と致しました。尚、御賢台様《ごけんだいさま》に於《お》かれましては、理由の如何《いかん》を問わず、縁組、客分《きゃくぶん》、商談、交遊したる場合は、微力ながら一門《いちもん》を挙げて御《ご》挨拶《あいさつ》を申し上げます……〉

先日、黒岩組が自身の下部組織・侠誠會に対して絶縁状を出したことが全国の暴力団及び警察機関の中を駆け巡った。

現在の黒岩組は、構成員二百十人を誇る県下最大の暴力団だ。

今を遡ること三十年前、東京に拠点を置く広域指定暴力団・関東真正連合《かんとうしんせいれんごう》から一家名乗りを許された黒岩源次は、故郷・静岡の地に二次団体として自らの組織を立ち上げた。

黒岩源次が組事務所を構えた一九七〇年代当時は、他の組織からの圧力が凄まじかった。地元ヤクザからの露骨な嫌がらせを黒岩は持ち前の度胸でねじ伏せて、次々に敵対組織を吸収合併していった。

武闘派揃いの黒岩組の名前は、立ちどころに県内に知れ渡った。

国内の暴力団には、複数の県に跨《また》る広域指定暴力団と、その下部にあたる二次団体および三次団体がある。擬制的親子関係で結ばれているヤクザ社会において、絶縁された組織や組員は義理回状により関係団体に通達される。

破門が渡世上の勘当であるならば、絶縁はヤクザ世界からの追放に当たる極刑である。万一、他の組織が絶縁者を客分として迎え入れ結縁《けつえん》すれば、所属元組織への宣戦布告を意味する。

そのような状況下において、構成員八十人足らずの侠誠會が、黒岩組と敵対する関西系指定暴力団の龍神組の盃を受けたとの情報がもたらされた。

これまでも侠誠會は黒岩組への上納金滞納で再三の忠告を受けていた。そして今回の女を巡る組員同士の諍《いさか》いで絶縁処分が決定的となった。いくら侠誠會が愚連隊あがりでも、その仁義に反する行為に対して黒岩組の鉄槌《てっつい》が下されたのである。

先ほど反町が「静かすぎる……」と洩らしたのは、両組員たちの報復行動のことだ。

長期にわたり市内を取り仕切ってきた黒岩組が静観していることが、暴力犯係として納得がいかないのだ。

「まあ、今日一日、穏やかに終わってくれただけで御《おん》の字《じ》だ。市内をひと回りして直帰しようや」

二人の乗った捜査車両は、国道一号線を通り過ぎて駅ビル前に差し掛かった。

愛車は一九九〇年式のブルーバード。走行距離二十一万キロとタクシー並みだが、茹《う》だるような暑さの中でもエンジンは快調だ。クーラーの冷え具合も申し分ない。

静岡市中央郵便局を過ぎて、常磐町《ときわちょう》二丁目の信号機を右折して昭和通りに入った。

日傘をさした女性が行き交う姿が見られる。皆、足早にオフィス街を通り過ぎていく。しばらくすると、前方に青葉《あおば》交番が見えた。ブロック・ガラスで造られた円形の独特な建物だ。帯状に連なる青葉公園には、木陰に涼を求める親子連れの姿が目に入った。

水流彫刻から流れ出す水路には鳩が群がっている。

石畳が敷かれた青葉シンボルロードは、かつては不良グループの溜まり場だった。しかし公園脇に交番が設置されてからは、治安が良くなったばかりか、ホームレスの姿さえ見掛けなくなった。

車の流れに乗って走っていると、右前方のビルの谷間から県警本部ビルが垣間見えた。ギラつく陽光が容赦なく照り付け、建物の影を探す歩行者が目につく。

午後のピーク時を過ぎても、気温は一向に下がる気配がない。

沖田はマルボロを銜《くわ》えると、パワーウィンドーを降ろしてジッポーで着火した。車外から熱風がドッと流れ込む。パトカー勤務の警官は、車内喫煙もオチオチできないんだろうな……そんな思いが頭をかすめた。

昼過ぎの市街地は人通りもまばらで、学生らしき若者の姿が多い。

飲み物を片手に立ち話をする者や、アイポッドを聞きながら道行く姿が目についた。生欠伸《あくび》を嚙み殺した運転手の反町が、突然に鼻歌を口ずさみ始める。曲目はカラオケの十八番《おはこ》である『風雪ながれ旅』。ド演歌だ。

結婚記念にアンティーク・ショップで購入した腕時計に視線を落とす。時間は、午後四時になろうとしていた。今日も何事もなく一日が終わるのを祈りたくなる時間帯だ……。

七間町《しちけんちょう》の信号が赤に変わった時、前方でドスーン！　と大きな音が響いた。その音に驚いて反町が鼻歌を止める。

「なんだ、今の音は？」

「工事にしては、えげつない音やったな」

二人は前方を見据えたが、何事も起きた気配はない。歩行者たちの視点は、車列の前方に集まっている。信号が青になった。しかし順調だった車の流れは、一向に動く気配がない。

ほどなくして、信号が赤に変わった。後方から、けたたましいクラクションが鳴る。歩行者たちの視線は、依然として一点に集中している。再び、信号が青に変わった時から、クラクションを鳴らす車の数が増え始めた。

その時、前方の車から降りるスキンヘッドの男の姿が見えた。

次の瞬間、強面《こわもて》の男は最前列で信号待ちする車のドアを蹴り始めた。続けてドアを開け、若い運転手を車から引きずり降ろすと、男は大声で青年を怒鳴り付けた。しかし後続車からは誰一人として降りるそぶりはなく、みな車内で静観している。

怯えきった青年は、俯《うつむ》いてひたすら謝り続けている。逆上したスキンヘッドの男が、若者の髪の毛を摑んでフロントガラスに頭を打ち据えた。信号機が三度目の赤に変わり、クラクションの音がさらに激しくなる。

「なんや、バリバリの極道やないけ」と反町が独《ひと》りごちる。

騒音に気づいた青葉署の若い巡査が駆け付けたが、男は制服警官を無視して若者の髪の毛を摑んだまま、ドアを蹴り続けた。二人は慌てて車外へと飛び出した。

「交通妨害だぞ。お前ら、なにを揉めてんだ」沖田の声に男の動きが止まった。

「誰に向かって言うてんのじゃ！」

スキンヘッドがヤクザ特有の巻き舌で凄みを利かせる。追突したのはブルー・メタリックのメルセデス。後続車の前方不注意は明らかだ。

「追突したのは、お前らの方だろう」

「青信号だから発進したんじゃ。信号無視は、こいつや」

沖田を一瞥《いちべつ》すると、男は再び車のドアを蹴りつける。

「静岡の極道は、堅気《かたぎ》はんをイタブるんかい」

「てめえ、喧嘩売ってんのか！」

「わしは弱い者イジメを見てられん性分《たち》なんや」平然と反町が応ずる。

「なんやと、こら！」

顳顬《こめかみ》に青筋を立てて、スキンヘッドが凄む。

「弱い犬ほどよく吠えるのう。こらタコ、お前ら当たり屋か」

「なんじゃと、もう一度言うてみい！」

挑発にキレた男が反町の襟首を摑んだ。反町は逆関節を決めて動きを封じると、「先に手を出しよったな」と言うが早いか顔面に正拳を打ちこみ、直後に手首を締め上げて股間へ膝蹴りを放つ。倒れざまにガードレールに頭をぶつけた男が、その場に倒れ込んだ。その拍子に裂けた側頭部から鮮血が迸《ほとばし》る。青ざめた顔で呻き声を上げ、激痛に股座《またぐら》を押さえてのたうち回っている。明らかな過剰防衛だ。

「さっさと、お前も降りて来んか！」

車の中で茫然としているジャージ姿の若者に向けて、沖田が怒鳴りつける。

「どこの組の者《もん》だ」

「梅田《うめだ》一家じゃ。名前くらい知っておろうが、ちょっと事務所まで顔貸せや」

物怖じしない沖田と反町の言動に対し、金髪に鼻ピアスをした若いヤクザが不審そうな顔をして常套句を並べる。

「黒岩の枝《エダ》か。組に電話を入れろ、俺が話を付ける」

「オドレが、後悔するなよ！」

ジャージ姿のヤクザが携帯をプッシュすると、沖田はそれを取り上げた。そしてしばらく電話越しに問答を続けた後、最後に脅し文句を残して電話は切られた。

「組長と話は付いた、えらい剣幕だったぞ。帰ったら兄貴分から、フクロにされるから覚悟しておけ」

金髪ピアスが呆気に取られる。スキンヘッドは、まだ足元に倒れたままだ。

「お前ら準構成員《ハンゲソ》だな。中部署のマル暴だ、顔ぐらい覚えておけ！」

茫然とした二人を睨みながら沖田が怒鳴る。サマー・ジャンパーの裾からは、黒革の手錠ケースが垣間見えた。巡査が慌てて最敬礼をする。隣には、被害者の青年と恋人が立ち尽くしていた。

「もしもコイツらがゴネるようなら、ここに連絡をくれ」と名刺を渡して沖田はその場を去った。

「梅田の連中も、かなり商売《シノギ》が厳しいとみえるな。堅気相手に、当たり屋までするとは」

車に乗り込む早々、「気持ちワル……」と言って反町が股間に触れた膝をしきりと摩《さす》っている。

「俺は明日の朝まで連続勤務だ。これ以上、揉めごとを起こさんでくれ」

「食後の腹ごなしや、運動不足やったんよ。ところで夜勤のメンバーは、誰や？」

「一課の重松《しげまつ》と鳥羽《とば》だ」

「重松はハズレやな。あいつの鼾《いびき》は、麻酔銃を撃たれた熊並みや」

運転しながら薄ら笑いを浮かべている。反町の笑顔ほど不気味なものはない。県警中部署の宿直勤務は六日に一度の割合で回ってくる。通常は相棒と組むことが多いが、ローテーションの都合により今晩は二課からは沖田一人の当直となった。


鉄筋五階建ての静岡県警中部署は、建築以来四十年が経過していた。

正面ロビーのＰタイルはひび割れ、拭き残したワックスが黒黴《くろかび》みたいに斑《まだら》模様に残っている。各フロアの空間も節電したように薄暗く、陰湿な警察イメージをさらに悪化させている。

署内における刑事課は、一課の強行犯係と窃盗犯係が三階に事務所を構え、二課の知能犯係と暴力犯係が四階に同居していた。通常、暴力団対策は都道府県警本部では四課の職域だが、所轄署警察では二課が担当となる。

強行犯係とは、殺人、強盗、傷害、強姦事件などを取り扱う部署であり、窃盗犯係は、空き巣、万引き、スリ、車上狙いや下着泥棒までも含まれる。また知能犯係は、詐欺、横領、汚職、選挙違反など悪知恵に長《た》けた犯罪者を対象としている。

巡回を終えた沖田と反町が所轄署に戻ると、五時を過ぎていた。二課の壁には暴力団の組織系譜と、組員たちの顔写真が貼られている。悪人面に囲まれていると、まるで猛獣の檻の中にいるようだ。

暴力犯係に配属されると、最初の仕事が市内の組事務所に所属する構成員の顔を覚えることだ。街角で擦れちがっただけで、所属組織名と名前が頭に浮かばなければ一人前とはいえない。長く暴力団担当刑事をしていると、組員の方が先に気付いて挨拶してくることがあった。

刑事二課には知能犯係の大半は在席していたが、暴力犯係は警部の神永崇史《かみながたかし》と巡査部長の友部《ともべ》勝己《かつみ》、巡査の風間《かざま》俊彦《としひこ》がデスクに向かっている。友部と風間は同じ班、通称友部班と呼ばれる相棒同士である。

この時期の知能犯は選挙違反の摘発もなく比較的に暇なことが多い。目下の仕事は、先月に起きた不動産絡み詐欺事件の裏付け捜査だった。

友部は今年で三十六歳になる、いまだに実家暮らしの刑事だ。

彼の実家は建築業を営んでいたが、建築資材の高騰により経営不振に陥り倒産した。以来、友部は役人の道を選んだが採用されず警察官に応募した。しかし七年後に暴力団担当刑事に抜擢された時には、心の準備ができぬまま家族会議を開いたという。

「なにか、不穏な動きはなかったか？」

帰着した沖田が一服しようとすると、神永から間髪《かんはつ》を入れずに声が掛かった。続いて申し合わせたように室伏義男《むろふしよしお》も事務所に戻った。相棒の朝倉一輝《あさくらかずき》も雨に打たれたような汗を掻いている。

「黒岩組と俠誠會の周辺を探ってみましたが静かなもんです。ただ帰る途中に、梅田の若い衆が悪さをしている現場に出交《でく》わしました」

「梅田一家の連中が……？」

沖田の言葉に神永が眉を顰《ひそ》める。

「テメエで車をぶつけて、タタキをしおったんですわ」と反町が補足する。

「沖田班に見られたのが運のつきですな」

室伏が他人事のように口を挟む。彼はマル暴一筋十五年のベテラン刑事だ。年齢は沖田より九歳年上だが、徹底的な現場第一主義で、未だに昇任試験も受けずに刑事職に拘《こだわ》っている。

北海道生まれで体も大きく、薄くなった頭を坊主カットにしていることから〈北海のヒグマ〉と呼ばれていた。誠実で紳士的な男だが、凄みの利いた顔は堅気とは思えない。したがって、皮肉なことではあるが、渡世社会では彼の存在は一目置かれていた。

「その後、梅田の揉め事は収まったのか？」神永が尋ねる。

「組事務所と話を付けたので、まあ大丈夫でしょう」

「極道も大変なこっちゃ、毎月のシノギが半端な金額やない。憧れる奴の気が知れんわ」

シノギとは、月々に組員が所属組織に支払う「会費」のようなものだ。中堅クラスの暴力団で、本部長が十数万円、幹部は七〜八万円、平組員はその半額となる。組員が多いほど組織の財政は豊かになるが上納金は多額となる。そして実績を認められた組織は直参として本部に迎え入れられるのである。

「外車を乗り回してイイ女を抱けるといえば、覚醒剤《シャブ》で頭のイカれた兄ちゃんなど簡単に丸め込めるんでしょうね」

「アホかいな」

反町が爪を切る手を休めようともせず、風間巡査の言葉を無視する。

「確かに風間の言うとおりかもな。今どきヤクザになるのは、大卒のエリート幹部候補以外は社会の落ちこぼれだろう」

「その点では、警察と一緒だな」

仕事の手を止めた友部が割り込む。一見して大人しそうに見えるが、彼は空手の師範代の資格を持つほどの猛者《もさ》で、極道の間では怖がられる存在だ。

「そういえば今日、黒岩組の若い衆がパチンコ屋から出て来るところを見掛けたぞ」

クーラーの下で汗を拭いていた室伏が思い出したように口にする。

「黒岩の三下《サンピン》か？」

「そうだ、結城哲也《ゆうきてつや》」

「結城……、どんな顔だったかな」

「目が二つ、顔の真ん中に鼻と口がある奴や」と反町。

「わしが景気はどうだ……と尋ねたら、また一人若い者《もん》が辞めていったと嘆いていたわ」

「世の中全体が不景気だ、泡《あぶく》で食ってる連中が厳しいのは当然だろう」

右手で弄《もてあそ》んでいたマルボロに火を点けると、沖田は天井に向けて煙を吐き出した。クーラーの風で煙が霧散《むさん》する。

「足抜けした野郎の落とし前は、どう付けたんだ？ と結城に尋ねたら、『金しかないでしょう……』とこぼしていたよ。最近の若い者《もん》は、小指がないとボールがスライスしてゴルフもできんと嫌がるんだそうだ」と室伏は笑った。

一九九二年の暴力団対策法の成立以後、組織の離脱希望者を妨害する行為は規制の対象となった。したがって持参金さえ用意すれば、警察に駆け込まれるより得策だと組幹部は割り切っている。しかし時を同じくして、バブル経済が崩壊してしまった。これを機にヤクザ社会も大きく様変わりしたのである。

「わしが大阪府警にいたバブル時代はひどかったで。極道が足抜けするために小指《エンコ》を詰めて親分に差し出した。ところが、そんな小穢《こぎたな》い指など持って来られても一文にもならん。一千万包んで持って来んかい！ と突き返されたそうや」

「確かにバブル以降、極道の世界も変わったな」

「そんなもんですかねえ」

二課では一番若い朝倉が意外そうな表情を見せる。

彼は暴力犯係の中では珍しく国立大学を卒業している。前途を嘱望《しょくぼう》されるエリート青年だが、ヤクザに対する憎しみは誰よりも強い。幼い頃から、父親の借金を取り立てるヤクザの恐ろしさが身に沁みていて、この世から暴力団を撲滅《ぼくめつ》することに燃えている。

先輩刑事たちの中には、国立大学まで出てキャリアを目指さずマル暴刑事をする朝倉を変人扱いする者もいたが、本人の心の奥には幼い頃の記憶が根強く残っていた。

「金がすべてのご時世で、義理も任侠もどこ吹く風だ。少なくとも、私がデカになった時分には、ヤクザ社会も博徒系と神農系との棲み分けができとったよ」と神永が懐かしそうな顔で言うと、

「なんですか？　神農系というのは……」と朝倉が、今どき流行《はや》りのマッシュ・ブロック風の髪形を掻き上げて尋ねる。

「大学では、そんなことも教えんのかいな」

「反町先輩、朝倉は国立大卒です。失礼な口を利くと出世に響きますよ」と風間が茶化す。

「で、専攻はなんやったんや」

「国文学です。卒論のテーマは平安の歌人・左京大夫顕輔《さきょうのだいぶあきすけ》でした」

「さよか」

反町が鼻で笑う。

「それにしても不気味ですな。いつ戦争が起きてもおかしくないこの時期に、双方とも静観の構えですからね」

「室《むろ》さん、物騒なことを言わないでくださいよ」

和《なご》やかな雰囲気を壊す発言に風間が釘を刺す。彼は友部の右腕的な存在だ。二人は同世代のた

めか事件に対するスタンスも滅多に食いちがうことがない。難問題が生じるたびに、互いに話し合いでこれまで乗り越えてきた。

現在の中部署暴力犯係は、警部の神永以下三班に分かれている。反町とコンビを組む沖田班と、風間が相棒の友部班、朝倉を部下に持つ室伏班である。そして沖田は各班を統轄する班長を任されていた。

沖田誠次警部補は二年前の春、静岡県警・中部署刑事一課から二課に署内異動した。一課の強行犯係に在籍していた頃から暴力団には顔を知られていたが、取り締まる立場となると根底から意識を変えなければならなかった。

刑事一課時代、沖田は先輩刑事から犯人逮捕に対する心構えを叩き込まれた。まだ刑事として駆け出しの頃だ。最前線の刑事が犯罪に対して少しでも妥協したら、警察組織など無きに等しい、というのが先輩刑事の口癖だった。以来、沖田は時間を惜しまずに事件と向き合ってきた。その犯罪に対する刑事としての姿勢は、一課も二課も変わらない。

しかし一方で暴力犯係は日頃から組事務所に出入りし組織内部に精通していなければならない。どれだけの情報量を持つかによって手腕が問われ、組員との付き合いは個人的裁量に任されていた。接触し過ぎれば癒着が疑われ、また距離を置き過ぎると内部情報が入手できなくなる。この匙《さじ》加減こそが暴力犯刑事の力量だった。

午後七時前に全員が顔を揃えると、事務処理を終えた順に帰宅の途についた。隣のフロアで残務整理をしていた知能犯係も巡査部長の高村《たかむら》を最後に引き上げていった。

午後八時になり、沖田以外に誰もいなくなった室内は静まり返った。携帯電話を取り出し、メールの着信履歴をチェックする。結婚当初は時折掛かってきた妻の真由美《まゆみ》からの電話も、最近では滅多に連絡がなくなった。深夜帰宅が増えるに従い、先に寝ていることが多くなった。今では家庭での会話も途絶えがちだ。一人息子の裕介《ゆうすけ》にいたっては、母親には甘えるものの父親に対しては距離を置いていると感じることがあった。

また長い宿直の夜を迎えるのか……。沖田は散髪したばかりの頭を洗面所で洗うと、朝刊二紙にひと通り目を通した。何事もなければ仮眠をとることもできるが、朝まで事件が起きないことなど殆んどない。刑事部屋に一人残された沖田は、〈備忘録〉に今日の業務内容を書き込むと、溜まっていた報告書の作成に取り掛かった。

夜十一時を過ぎて急激な睡魔に襲われた。マルボロを銜えて愛用のジッポーで着火する。柔らかな炎が立ち昇る。ゆったりとした時間の中で煙草を燻《くゆ》らせた。眠気覚ましにコーヒーを淹れようと給湯所に向かうと、背後から大きな声が廊下に響き渡った。

「緊急指令？　中部署管内で発砲事件が発生しました。現在、警ら中のパトカーが急行しています！」

一課の宿直当番の重松が血相を変えて駆け寄る。

「落ち着け、場所と被害状況は？」

「発砲現場は、俠誠會の組事務所のようです」

時間を確認する。掛時計は十一時十三分を示していた。夜更けの発砲事件とは只事《ただごと》ではない。

おまけに侠誠會の所在地は市街地のド真ん中だ。

「怪我人の報告はあったか?」

「今のところ、詳しくわかりません」

「俺は現場に向かう。当直主任に伝えてから、神永警部に連絡を入れてくれ、よろしく頼む!」

沖田は反町に一報を入れて捜査車両に飛び乗ると、赤色灯を点して現場へ急行した。

2

鷹匠町《たかじょうまち》にある侠誠會の事務所前には、すでに規制線が敷かれ五台のパトカーが駆け付けていた。外壁が黒く塗られ窓が少ない鉄筋コンクリート四階建てのビルは、まるで要塞《ようさい》のようだ。通称〈ブラック・ビル〉と呼ばれ、近隣住民は威圧的なその建物周辺を避けて通る。

暴対法が施行されて以降、暴力団事務所の玄関には代紋《だいもん》や組看板が掛けていないことが多い。全国的に暴力団の排斥運動が高まる中、〈ブラック・ビル〉は異様な外見から悪の象徴のように気味悪がられていた。

現場では殺気立った組員と制服警官が揉み合い、周辺には野次馬による黒山の人集《だか》りができている。現場は異様な雰囲気が漂い、怒気《どき》を含んだ組員たちの罵声が周囲を圧倒する。野次馬を分け入った先に、血塗《ちまみ》れになって横たわる男の姿を確認した。

「被害者《ガイシャ》の様子は、どうだ？」

食い殺すような組員たちの視線に沖田は晒《さら》される。

「ほぼ、即死のようです」

制服警官に警察手帳を提示して被害状況を確認すると規制線を潜《くぐ》った。

組事務所の灯りに浮かび上がって横たわる黒影が、ひと目で若頭の諸井謙信《もろいけんしん》であることがわかった。折しも侠誠會に対し、黒岩組から絶縁状が出された矢先のことだ。絶縁状は破門状と呼ばれる義理回状とちがい、一定期間が経過したり組織に悔悟《かいご》の気持ちがあっても復帰できる見込みはない。

黒岩組の報復は想定内の出来事だったが、暴力犯係が最も恐れていた事態が発生した。若頭クラスが標的になるとは想定していなかったのだ。

「黒岩の奴らの仕業や。沖田の旦那、わしらこのまま黙っているわけにはいきませんぜ」

すぐにも報復しそうな組員を抑えて、若頭補佐の富樫尚道《とがしなおみち》が沖田に詰め寄る。

「若頭《かしら》！」と口々に叫びながら、諸井に駆けよる若衆たちを警官が制する。

「なにするんじゃ！」

復讐心に燃える組員が、獣のような鋭い目つきで警官を睨《ね》め付ける。その時、胸に代紋の入った特攻服を着た若い組員が「黒岩組の野郎、ナメたまねしやがって。戦争じゃ！」と、鉄パイプを振り翳《かざ》し強行突破しようとして武装警官に検挙された。

「高杉《たかすぎ》、組員を抑えてくれ。鑑識が来るまでは、誰も現場を触ってはいかん」

沖田は古株の組員に現場保存を指示する。

「沖田さん、このままじゃ収まりがつきません。若い衆を泳がして、格好を付けさせてくれませんかね」

「目には目をか？　そんな話を食えるか」

高杉の目が炯々《けいけい》と光り、その眼光に沖田が一瞬怯《ひる》む。

「組長は居るか？」

「今日は顔を見せていない。たぶん、自宅だろう」

自信なげに高杉が言葉を返す。

「現場検証が済むまでは、富樫とあんたで若い衆を抑えてくれんか」

沖田の言葉に高杉が無言で頷いた直後に、「てめえら見世物じゃねえぞ、バカ野郎！」と集まった住民に向けて若い組員が吠え立てる。目が血走り、今にも襲い掛かりそうな迫力だ。怯えた住民たちは、遠巻きに黙って見守っている。しばらく高杉は様子をみていたが、組員が鎮《しず》まるのを待って事務所に戻るよう命じた。

諸井は事務所前の路上に俯《うつぶ》せに倒れていた。黒壁にはネットリとした血飛沫《ちしぶき》が、ぶちまけたペンキのように鈍く光っている。背後から被弾したのか胸部と肩甲骨付近に盲管銃創《もうかんじゅうそう》が見られ、もう一発は明らかに右脇腹を貫通している。捻じれた横顔は怨念の籠った表情をしていた。

侠誠會ナンバー2の諸井謙信――。

次期組長の座は、ほぼ決定していたにちがいない。目を剝いた形相は死を自覚できずに、この世に未練たっぷりの顔つきをしている。引き千切れたシャツの胸元から、黒ずんだ般若《はんにゃ》の刺青《いれずみ》の一部が見えた。ヤクザ者の骸《むくろ》を何度となく見てきた沖田だったが、これほど生に執着した死相を見るのは久し振りだった。

侠誠會の内部は一階が事務所、二階が応接室兼幹部室、三階が若衆部屋、そして四階が組長の居住空間となっている。玄関は一坪ほどの広さで、鉢植えの陰には数本の金属バットが置かれていた。廊下はカチ込み防止仕様に造られていて極度に通路の幅が狭い。

暴対法の施行後、建物外壁への代紋や看板の設置は自粛されたが、逆に事務所内には他の組織からの絶縁状や破門状や復縁状が物々しく掲示されている。それはヤクザ社会に身を置く男たちの心意気だった。

表通りが急に騒々しくなった。戸外を見ると、刑事課メンバーや鑑識班を乗せた車両が次々に到着した。

「最悪の事態だな……」

現場を見るなり神永が困惑の表情を浮かべた。

「組員は全部で何人いるんだ」

「すでに一人は検挙されましたが、補佐の富樫を筆頭に舎弟頭の安藤《あんどう》ほか、こちらが把握している組員は高杉、落合《おちあい》、三浦《みうら》の三名です。組長の根津寛吉《ねづかんきち》は、自宅のようです」

「取りあえず組員たちを引っ張って、個別調書を取ってくれ。話のウラが合うか確認するんだ。

くれぐれも刺激しないように頼む」

「わかりました。では、高杉を今後の連絡係として残して、安藤、落合、三浦の三人と補佐の富樫を引っ張ります」

指示を受けた沖田は急いで部下を招集した。そこに再び、神永が駆け付けた。

「事情聴取が済んだら調書を巻いてくれ。一刻も早く筋読みをして、抗争《でいり》の疑いがあれば黒岩組を二十四時間態勢で立哨《りつしよう》警戒せねばならん！」

筋を読むとは、暴力犯係独特の捜査手法だ。過激派や思想団体を担当するのが公安係なら、暴力犯係は、暴力団組織の内情と動向を常に把握して行動しなければならない。もしも暴力団抗争だとしたら一分一秒が勝負となる。実行犯の逃亡阻止をしなくてはならないし、組事務所の証拠隠滅もふせがなければならない。少しでも対応が遅れれば、二次抗争、三次抗争も起きかねないからだ。

「デカ長、非常招集を掛けますか？」

惨状を見て沖田が神永に尋ねる。一瞬、周囲に緊張が走る。

「内勤者と管区機動隊員も招集してくれ。室さんには、一課の連中とともに周辺の聞き込みを頼んでくれ。万一、住民に被害者が出たら、取り返しのつかんことになるからな」

慣れた手順で指示系統を伝えると、神永は足早に事務所の奥に消えて行った。

戸外は投光機で真昼のように明るい。紺色の作業服を着た鑑識員が各所に散らばっている。指紋を採取する者、壁面の弾痕捜査をする者、タイヤ痕や路上に残された遺留品を探す者……。それぞれが与えられた職務を粛々《しゅくしゅく》とこなしている。規制線の内側がブルーシートで囲まれている。パトカーと救急車の回転灯が深夜のビルに反射し、物々しい気配が辺りに漂う。時折、ストロボが焚《た》かれるのは報道陣のカメラだろうか……。

現場検証が終わったのは、夜が白み始めた頃だった。室伏班の執拗な聞き込みから、やっと一人の目撃者を見つけ出すことができた。

その人物は向かい側のビルに住む主婦で、深夜の破裂音に驚いて目を覚ましたようだ。当初は車のバックファイアーだと思ったが、立て続けに三回続いたので慌ててベランダに飛び出したらしい。そこで主婦が見たものは、路上を走り去る一台の車だったという。しかし遠距離だったために車種さえわからないとの証言だった。

一方、中部署では組員に対して個別調書を取る作業に入っていた。高杉を除く事件現場に居合わせた四人を任意同行した理由は二つあった。一つ目は、組員同士の口裏を合わせられないようにする。そして二つ目は、捜査妨害や証拠隠滅を防いで現場作業を円滑に進めるためだ。

刑事二課には容疑者の取調室が五部屋ある。沖田は捜査員と組員を各部屋に割り当てた。若頭補佐の富樫の取り調べは沖田自らが受け持った。舎弟頭の安藤勝海《かつみ》を室伏班が担当し、組員の落合辰夫《たつお》の取り調べは友部班、三浦克也《かつや》は反町に任せることにした。

取り調べ内容は各々が承知していた。供述の一致は当然だが、ここで重要なのは事件後に現場からいなくなった身内組員の確認だ。かつて対立する組織の犯行と見せ掛けて、実際は怨恨による内紛だったこともあるからだ。聞き取り捜査には三時間を要した。当初は怒声《どせい》が飛び交ったが、供述が終わる頃には大分落ち着きを取り戻していた。

夜明け近く、現場検証も終わり聞き込みの捜査員たちも戻っていた。そして担当部署《元ダチ》が暴力犯係と決まると、刑事一課は捜査現場を明け渡して早々に引き上げていった。

3

翌日早朝、中部署五階の会議室に、〈暴力団・侠誠會幹部被害に係る銃器使用殺人事件捜査本部〉が設置された。

諸井謙信の遺体は、その日のうちに医療施設に運ばれて司法解剖された。体内から摘出された銃弾は科学捜査研究所に持ち込まれ、今日の午後にも解析結果の報告があるはずだった。静岡県警刑事部に所属する科学捜査研究所は通称〈科捜研〉と呼ばれ、以前は県警本部がある県庁別館内にあったが、現在は清水区谷田《やだ》に施設を移転していた。

沖田は神永の許可を得ると、ひと足先に科捜研へと出向いた。人気《ひとけ》のない山間に建つ科捜研には、有機溶剤を始め、青酸カリや亜ヒ酸などの毒物や、爆弾を作る材料がすべて揃っている。最も危険なのは金属ナトリウムや黄燐《おうりん》だった。空気に触れただけで発火してしまうため、地震・災害時の対策拠点となる危機管理センターが入居している県警本部ビルから移転を迫られたのである。

沖田が科捜研を訪れると、すでに諸井の体内から摘出した銃弾の鑑定が行なわれていた。職員に案内されて工学科の研究室に向かう。建物の内部には特殊な臭いが充満していた。それは病院とも化学工場ともちがう異質なものだった。

廊下を進むと天井に『火気厳禁』と書かれた大きな表示板が目に入った。沖田は臭いの正体が、建物内壁に塗られた防火塗料であることがわかった。各部屋の入口には部門別プレートが表示されていて、手前から〈法医科〉〈化学科〉〈工学科〉〈ポリグラフ〉などの文字を読み取ることができた。

工学科の研究所に足を踏み入れる。そこでは懐かしい人物が沖田を迎え入れてくれた。

「お久しぶりです。その節はお世話になりました」

科捜研・工学科に所属する薬物研究員の香坂《こうさか》が笑顔で立っていた。香坂にはかつて〈医師による担当患者薬殺事件〉で、病院の内偵捜査に協力してもらったことがあった。

科捜研に協力を依頼した事件は、沖田にとって忘れられないものだった。事件当初より捜査本部は一人の医師に容疑を絞り、裏付け捜査のために沖田たちを病院へと送り込んだ。殺害に使用するために医師が持ち出した薬品の証拠を入手するためだった。科捜研に協力要請したのは、薬剤に詳しい人材を必要としたからだ。病院側の要望で内部捜索は極秘裏に行なわれた。

捜査は予想外に難航した。薬品の在庫管理が杜撰《ずさん》な上に、医師たちが想像以上に非協力的だったからだ。香坂を含む捜査員たちは、病院の待合室に寝泊まりをする日々が続いた。

当時、沖田の妻の真由美は臨月を迎えていた。

これまでも沖田は妻の定期健診に付き添ったこともなく、出産直前を迎えても傍《かたわ》らに居てやることができなかった。捜査現場での仕事が許さなかったのだ。病院での泊まり込み捜査が続く最中、妻が倒れて緊急入院したとの連絡が入った。

そんな中、さらに追い打ちをかける事態が起こる。潜入捜査がマスコミに知られてしまったのだ。証拠固めは時間との戦いになっていた。沖田が持ち場を離れることは許されない。その時、「僕が二倍働きますから、奥さんの様子を見に行ってください……」と背中を押してくれたのが香坂だった。

「ところで銃弾《ギョク》の鑑定は、どうでしたか?」

すると香坂は、「驚かないでくださいよ」と前置きをしてから、おもむろに口を開いた。

「発射痕鑑別《BIRI》システムの結果では、過去に犯歴のある銃ではありませんでした。しかし……」

「なにか、新たな事実でも?」

「この銃弾はまちがいなく密造弾です」

唐突な香坂の発言に、沖田が言葉を失う。

「暴力団抗争で使用する拳銃は、殆んどが密輸入品です。しかも弾頭は例外なく鉛製です」

「ということは、諸井の体に残留していた弾頭はヤクザ仕様……鉛製ではなかったのですね」

「無垢《むく》の真鍮製《しんちゅうせい》でした」

現在、日本の警察が使用している拳銃は自己防衛を目的としているため、体内で有害となる鉛を真鍮で被覆した弾頭を使用している。

「密造弾と断定した根拠は、なんです？」

「これを見れば一目瞭然ですよ」と言って、香坂は二発の銃弾を沖田の前に差し出した。片方は変形していて、もう片方は被覆部分が剝がれている。

「この破れた真鍮カバーに覆われている方が、警察官の拳銃に装塡《そうてん》されているフルメタル弾《ブッ》です。そして変形しているのが犯行に使われた弾丸で、中身まですべて真鍮製。このような銃弾を扱うのは科捜研でも初めてです」

「もう少しわかりやすく説明してください」

沖田の手に、じっとりと汗が滲む。

「日本警察が使用しているフルメタル弾のように、鉛の銃弾に真鍮を被覆するには大変な手間が掛かります。だから密輸入弾は例外なく鉛製なのです。その点、今回持ち込まれた弾丸は一〇〇％真鍮からできている。つまりこれは、真鍮の丸棒から削り出したということです。フルメタル弾でもなく、鉛弾でもない第三の銃弾、ということは密造弾以外に考えられません」

無言のまま、しばらく沖田は考え込んだ。

「拳銃の特定は？」

沖田が、さらに追及する。

「それが、ちょっと……」と言って、香坂は言い淀んだ。

「言いづらいことでもあるんですか？」

「密造弾と判明した以上、拳銃の製造も視野に入れるべきです。というのも弾丸を作る技術力があれば、当然、本体の製作も可能ということです。かつて暴力団に出回ったCRSと呼ばれるフィリピン製の密造拳銃などは、ジャングルの中で手作業で作られた代物ですからね」

香坂は本音を洩らすと、さらに続けた。

「ここからは僕の推測になりますが……密造された拳銃がニューナンブではないかという懸念が拭えません」

その衝撃的な発言に、沖田はしばし言葉を失った。ニューナンブは日本警察官の正式拳銃である。ただでさえ街中での抗争に市民も神経質になっている。もしそのような噂がマスコミに流れたら、警察官による拳銃紛失が疑われかねない。香坂の口から出た言葉は、真正拳銃《マブ》でも改造銃《ゾーカイ》でもない密造銃……しかもニューナンブ。

「どうして、そう思われたのですか？」

沖田が慎重に言葉を重ねる。

「拳銃にはそれぞれ独特の特徴があり、この線条痕《ライフル・マーク》からはニューナンブの疑いが考えられます」

「…………」

想定外の事実を知らされた沖田は、急いで中部署に戻ると科捜研で得た情報を神永警部に報告した。

午後からは捜査本部で緊急会議が予定されていた。諸井謙信殺害事件が、黒岩組による犯行が疑わしいことから、裁判所より両組織への家宅捜索令状が発行されたのだ。深夜に緊急出動して以来、殆んど沖田は睡眠をとっていなかった。

捜査会議までの僅かな時間に仮眠を取ろうと武道場に向かった。

武道場の半分は柔道稽古のために畳が敷かれ、残るスペースが剣道用として板の間になっている。倉庫には大量の布団が収納されていて、誘拐事件などの長期捜査の際には署員たちの宿泊所となる。時には夫婦喧嘩をして帰宅できない者や、飲み過ぎて終電に乗り遅れた警官たちの宿泊所になることもあった。

足を踏み入れた瞬間に人の気配を感じた。すでに先客がいるようだった。

「なにしに来たんや？」

声のする方向に視線を向けると、そこには柔道着姿で横たわる反町の姿があった。

「お前こそ無断でサボるな、勤務中だぞ」

「全国大会に向けて、トレーニングをしてたところや」

寝ぼけ顔で白々とした嘘をつく。もっとも真夜中に呼び出された反町とて、自分と同じ寝不足なのだろう。

「実はマサやんに断りなしに科捜研に行って来たんだ、悪く思うな」

「いいから、早《は》よう分析結果を教えてえな」

「捜査会議で発表するだろうが、諸井を殺《や》った拳銃《チャカ》は密造銃だったようだ」

「……厄介な事件になりそうやな」

道場に祀られた神棚を見つめる横顔に、反町の質問が飛ぶ。

「手製の真鍮弾であることが判明した。奴らが密輸入しているブツではない」

「ということは、どこぞに密造工場があるわけや」

床の間には、『質実剛健』と書かれた墨書が飾られている。

「ところで例の取り調べやが、わしが担当した野郎を、ちょいと脅したら面白いことをゲロしよったで」

「マサやんの担当は三浦だったな。で、面白いこと……とは？」

「殺された諸井と富樫とは、日頃から上手く行っていなかったみたいや」

「若頭と補佐の関係だ。富樫にしてみれば、目の上のタン瘤《こぶ》だろうな」

「問題は、そこや」

もって回った口ぶりで、当夜の出来事を反町が語る。

「富樫がタレ込み電話しているのを聞いてしまったようやで」

「富樫が……いったい誰に？」と沖田が急《せ》かす。

「祖手は誰かわからんが、諸井の行動を逐一報告していたそうや」

反町の報告は、今ひとつ信憑性《しんぴょうせい》に欠けた。組員がそのような内部事情を尋問中に語るとは思えない。

「野郎が直接に手を下すことはないだろうが、諸井が目障《めざわ》りだったことは確かだろうな」

その時、捜査会議の開始を知らせる放送が署内に流れた。

「いいか、マサやん。本部長から正式発表があるまで、密造銃《ミッソー》の件は口外無用だぞ」

「わしらコンビやで、もう少し相方《あいかた》を信用してや。よろしゅう頼むわ」

二人はほぼ同時に立ち上がると、捜査本部がある階下へと足早に向かった。


捜査本部には、すでに主要メンバーが顔を揃えていた。会場内はクーラーの冷気に混じった整髪料と汗と煙草の臭いで噎《む》せ返りそうだ。

警察という組織は完全な縦社会だ。階級による内部の上下関係は絶対であり、いかなる理由があろうともその序列は揺るぎない。その証拠に少しでも早く出世を目指そうとするなら、昇任試験に合格するだけでなく、上司の後押しが必要となる。

一方、刑事という仕事に最も適しているのは、愚直に目の前の職務に打ち込むタイプである。その意味からすれば刑事になった時から、すでにエリート・コースからドロップ・アウトしていると言わざるをえない。常に深刻な現場を抱え、捜査漬けの毎日で試験勉強する時間さえ持つことが許されないからだ。

大学を卒業後、すぐにこの世界に飛び込んだ沖田は刑事生活を送るうち、いかに世の中が不条理であるかを悟った。殺人・強盗・恐喝・窃盗・傷害・婦女暴行……あらゆる事件が続発し、その多くは未解決のまま今も闇に葬られている。悲惨な事件と被害者に出会うたびに己の無力さを思い知らされた。日に日に現状への不満は募っていった。ひとつ事件を解決しても、次々に新たな犯罪が発生していく。その現実に出交わすたびに沖田は抱いていた夢が崩れそうになった。

参集した刑事たちが急に騒々しくなった。それぞれが好みの服装をして、私語を慎む者など誰もいない。その中にひと際、ざわついた集団があった。

「極道とはいえ惨《むご》いもんだな。三発も撃ち込まれては、ひとたまりもないぞ」

会話内容は回覧中の現場写真――昨夜、射殺された諸井謙信の遺体写真についてだった。鑑識員によってナンバリングされた遺留品に血塗れで横たわる男の姿が写っている。

「組幹部の命《たま》が獲られたんだ、これからマル暴の連中も大変だろうな」

「しばらく平穏だったのが不思議なくらいだ」

「すでに侠誠會では報復手段を練っているにちがいない」

会話の中心グループは刑事一課の捜査員たちだった。

「おそらく侠誠會のターゲットは、黒岩の若頭《わかとう》・五条《ごじょう》　篁《たかむら》だな」

遅がけに会場入りした反町に声を掛けたのは窃盗犯係の久保《くぼ》だった。

「そやな。ヤクザ世界では同格のタマを殺《と》らんと筋が通らんさかい」

「噂によると、捜査会議ではビッグ・ニュースがあるそうだぞ」と、強行犯係の池谷《いけたに》が横から口を挟む。池谷は昨年まで沖田たちと同じ、暴力犯係に在籍していた。

「ビッグって、なんだ?」再び、久保が尋ねる。

「極道殺しのヤマだ、楽しみにするこったな」

その時、「全員、起立!」と号令が館内に響き渡った。私語が静まり、捜査員が一斉に立ち上がる。

「敬礼！」

直後に、直立姿勢を解いて全員が着席する。

「ただいまから、『俠誠會組員・諸井謙信殺人事件』の捜査会議を始める。まずは本件の捜査指揮を執る県警本部の片山洋二郎《かたやまようじろう》広域暴力団対策官から事件の経緯と報告がある」と神永の声が会場に響いた。

本部からの出向対策官に対して刑事たちの間にざわめきが起こった。今回の暴力団抗争事件の担当者は、あくまで統轄責任者の神永である。刑事たちのざわめきの原因は、あきらかにマスコミ対策とわかる、所轄署を差し置いた県警本部の一方的パフォーマンスに対してであった。

「皆さん、昨夜は緊急出動お疲れさま。改めて説明するまでもないが、昨日午後十一時十三分、市内鷹匠町三丁目の暴力団・俠誠會事務所前で発砲事件が起こった。被害者《ガイシャ》は、俠誠會・若頭の諸井謙信・五十六歳だ。諸井は全身に三発の銃弾を浴びて、ほぼ即死状態だった。まだ事件の解明は進んでいないが、暴力団絡みの事案なので、市民に累《るい》が及ばないようにくれぐれも注意してもらいたい。急遽《きゅうきょ》、捜査会議を開催した目的は、本日十六時に黒岩組ならびに俠誠會の両組事務所に、同時家宅差押捜索を行なうからだ」

予期していたとはいえ、片山暴力団対策官の発表を耳にした捜査員たちが互いに顔を見合わせる。

「詳しい捜査方針および手順については、神永警部の指示に従ってほしい」と会場内を睥睨《へいげい》すると、さらに続けた。

「その前に、これまでの事件の経緯について説明する。今年に入ってから、上部団体の黒岩組から侠誠會に対して絶縁状が出されていたのは周知の事実です。その侠誠會が、いかなる理由から対立勢力の四代目龍神組の盃を受けることになった。昨夜より侠誠會組員および周辺の聞き込みから、今回の事件が侠誠會の仁義に反する行為への黒岩組のケジメである可能性が濃厚となった。目撃者によると走行中の車から発砲され、逃走車両は白色だったとの証言も得ている。以上が、事件に至るまでの経緯だ。そして今朝、新たに科捜研から被害者《ガイシャ》の体内から摘出された銃弾の解析結果が届いた。その報告によると犯人が使用した拳銃は三十八口径で、被害者への着弾は三発。その内の一発は右脇腹を貫通していたが、残る二発の銃弾の鑑定により驚きの事実が判明した。被害者の体から摘出された弾丸は、手製の真鍮弾とのことだ」

片山対策官はひと息に説明を終えると、しばらく間を置いて反応を窺った。

「そんなこと、知っとるわい」と反町が鼻クソをほじりながら呟く。

「手製とは、密造弾ということですか？」と会場の後方から質問したのは強行犯担当の警部補だった。

「現段階では断言できないが、ほぼまちがいないだろう」

「鑑定結果を、もう少し詳しく教えていただけませんか？」

同じ強行犯係の巡査部長が説明を求める。

「その件については、警部から説明してくれないか」と急遽、話を振られて神永が慌てて壇上に上がった。

　担当対策官とはいえ、事件の詳細については把握していないようだ。

「今、片山対策官からご報告があったように、鑑識結果は手製と思われる真鍮弾だった。これで諸君も理解できると思うが、これまでヤクザが不法所持していた密輸入弾ではないということだ」

「神永警部、単刀直入に言ってくれませんか？」

　質問したのは、先ほどと同じく安田《やすだ》だった。

「ロシアや中国ルートから密輸入された鉛弾とは全く異なる物《ブツ》だと理解してもらいたい。しかも我々が使用する執行実包ともちがう無垢の真鍮製だ」

「ということは、密造工場が存在する可能性があるんですね」

　知能犯係の刑事がストレートな質問をする。

「ここからは、私の口から直接に説明させていただきたい」と片山が神永を制する。「今後の捜査については、国内に密造工場があることを視野に入れてもらいたい。さらに科捜研によると、線条痕の特徴から限りなくニューナンブであることが疑わしい報告が伝えられた……」と、言い掛けたところで会場が急に騒がしくなった。

「ありえねえ……」

　会場のどこからともなく溜め息が洩れる。使用された凶器が、日本警官の三分の二が所持している正式拳銃。しかも発射された銃弾は手製弾だという。

――ニューナンブが民間に流れるはずがない。

――国内に密造工場があるとでもいうのか？

――警官が紛失した可能性も考えられるぞ。

――バカいえ、手製弾だと言ったじゃないか。

会場内のあちこちで、揣摩《しま》臆測《おくそく》が乱れ飛ぶ。その時、沖田は別の視点で密造銃《ミツゾー》について考えていた。

かつてヤクザの間にモデルガンを改造した銃器が出回ったことがあった。当時のモデルガンは鉄製の模造銃が公然と販売されていた。正面から見れば銃口の一部が閉ざされているものの、外観や重量は本物の拳銃と殆んど遜色《そんしょく》がなかった。しかし今回の事件に使用された拳銃には改造銃には見られない特徴があった。それはライフル・リングと呼ばれるもので、弾丸に回転力を与えて命中精度を高めるため銃身内面に螺旋溝《らせんみぞ》が彫られていたのである。

海外から輸入した密輸銃の大半には螺旋溝が施されているものはなく、それほどライフル・リングには高度な技術力が必要とされた。この両者のちがいは、関係者からすれば途轍《とてつ》もない出来事だった。それにしても、なぜニューナンブなのだろう……。沖田は左手の古傷を無意識のうちに触っていた。

「仮にミツゾーだとしても、銃身に螺旋を刻む技術など素人には不可能だろ？」

「そうやな、粗悪品やったら弾が詰まって、テメエの指が吹っ飛びかねんさかいな」

反町が噛んでいたガムを呑み込んで、隣の刑事に答える。再び、片山対策官の声が会場に響き渡った。私語が止み、一斉に壇上に視線が集まる。

「拳銃の密造は疑いの域を出ないが、本件の解決を握る重要な鍵となることは確かだろう。実行犯の逮捕と同時に、凶器の究明に全力を挙げてほしい。くれぐれも言っておくが、犯行に使用された拳銃にニューナンブの疑惑があることだけは絶対に部外秘だぞ。もしも外部に洩れるようなことがあれば、警察全体の威信に関わる。このことを肝に銘じて捜査に当たってほしい。次に、本日決行する両組事務所への家宅捜索だが、機動隊および警察犬も投入する。すでに報道機関にも通達済みだ。事件直後だけに銃器の押収は見込めないが、組員たちへの牽制と市民に対するパフォーマンス的意味合いも含んでいる。その辺を念頭に置いて、各自、慎重に行動してもらいたい。では神永警部、後をよろしく頼む……」

片山暴力団対策官は要点のみを言い残すと会場を後にした。いかにも現場仕事は職域外といわんばかりのタイミングの退席だった。


十五時――。中部署駐車場には所轄署の暴力犯係および県警本部・刑事部四課の捜査員と鑑識課員、さらに警察犬と機動隊一個分隊が結集した。

「初動捜査やないで、なんで警察犬まで導入せにゃあかんのや」

物々しい家宅捜索態勢に反町が不満を述べる。

「対策官が言ったとおり、市民の不安を和らげるためのパフォーマンスですよ。テレビカメラの前で、先頭を切って突入したらどうですか?」と風間が言うと、「アップで映って極道とまちがえられたら、みっともないぞ」と室伏の一言が周囲の笑いを誘う。

神永警部の指示により、家宅捜索メンバーが二手に分けられた。神永が率いる部隊が俠誠會を家宅捜索し、駿河町《するがちょう》五丁目にある黒岩組は沖田が統轄指揮をすることとなった。

「本日は中部署の捜査に協力していただきまして、ありがとうございます」

沖田は県警本部四課の応援部隊を前に礼を述べた。

「先ほど配った組事務所内部の見取り図を見てください。ガサ入れは俠誠會と同時に着手します。各班組は図に示されているように二人一組とします。一・二班の四名で入口を固めてもらいます。三班と四班は裏口の逃走経路を封鎖してください。後は五班から七班が現場制圧で、八班から十班は証拠品押収をお願いします。機動隊ならびに警察犬は、外で待機してトランシーバの指示を待ってもらいます。なにか、質問はありますか?」

一連の段取りを告げて沖田が質問を求める。「組員が抵抗したら、どう対処しますか?」質問したのは県警本部・生活安全部薬物銃器対策課から応援に駆け付けた若い刑事だった。

本件はあくまで中部署管轄の案件だが、本部に対して腰が引けてしまうのは縦割り社会の常だった。通常、事件は地区担当をする所轄署が捜査するが、県内の警察を統轄するのは県警本部である。当然、事件の発生時は県警本部に報告しなければならず、そのことにより主導権が本部に移り手柄を横取りされることもあった。

「桜田門の代紋を背負ってるんやで。遠慮せんと、ど突き返したらええんや」

呆れ顔で反町が答える。

一方の沖田は、本部からの援護者に対して極めて丁重に応じた。

「取り押さえて手錠《ワッパ》を掛けてかまいません。手に負えないようなら機動隊を要請してください。凶器や麻薬の証拠隠滅の恐れがあるので、組員全員の身体検査をしてもらいます。突入時には予測もつかないことも起きるので、その際は各自の判断に任せます。携帯電話の電源は忘れずに切っておいてください」

畑ちがいの刑事たちのために沖田が細かな指示をする。そして最後に、覚醒剤試薬キットの他に、手錠、特殊警棒、拳銃、防弾チョッキ、耐刃手袋の点検を各人に促す。さらに沖田は、梯子、脚立、バール、ガラス・ハンマー、エンジン・カッターの積み忘れがないか再確認した。

出発時間を迎えて、捜査員が特殊車両へと次々に乗り込んでいく。黒岩組の事務所前に到着すると、すでにテレビクルーと三台のカメラが待機していた。

報道関係者の最前列には東海《とうかい》新聞社の夏目美波《なつめみなみ》が見えた。中には門番の組員に脅されてカメラ位置を移動するテレビ局もあった。すべてはマスコミ向けと思えるほどの演出ぶりだ。

俠誠會を張り込んでいる神永から着手開始の連絡が入った。黒岩組の事務所前に一同が結集する。

「県警中部署の家宅捜索だ！」

先頭に立つ沖田が叫ぶ。事務所の中は静まり返っている。

「手入れじゃ、早よう開けんかい！」続いて反町が凄みのある声を上げる。

直後に、静かに扉が開いた。家宅捜索令状を提示して、一斉に捜査員たちが事務所内に雪崩《なだ》れ込む。

「動くな。両手を上げて、その場に座れ！」

背後から威勢のいい友部の声が轟《とどろ》く。

「なんだ、お前ら！」

若頭補佐の藤木政志《ふじきまさし》が、捜査員の前に立ち塞《ふさ》がり吠える。

「藤木さん、ガサだ。悪く思うな」

嬲《なぶ》るような藤木の目つきが、沖田の顔を見て一瞬和む。

「沖田の旦那、ガサくってもなにも出ませんぜ」

抵抗しようとする組員を、睨みを利かせて藤木が威圧する。

「同業者が殺されたんだ、手入れは仕方ないだろう」

「平成の刀狩りですかい？　いずれは、来ると思ってましたがね」

捜査員は割り当てられた仕事を黙々とこなしている。藤木の他に組員たちの中で騒ぎ立てる者は誰もいない。

「組長《おやじ》さんはいるか？」

「本部の定例会に出掛けている、帰りは明日の予定だよ」

留守を預かる藤木が、組長の不在を告げる。突然の家宅捜索に心の動揺は隠せない様子だ。

その時、事務所の奥から「早よう、開けんかい！」と反町の怒鳴り声が届いた。慌てて駆け付けると、金庫を開けようとしない組員をドヤし付けている。

「バカ野郎、早く開けろ」

「兄貴、いいんですかい？」

「ガサ入れだぞ、組長《おやじ》の留守中に事務所の使用制限命令でも出されたらどうするつもりだ」

藤木にドヤされた組員が、慌ててダイヤルを回す。

「奇麗なもんや、すっかり整理されとるわ」嫌味たらしく反町が当て付ける。「金庫内の写真も撮っておいてくれ」通り掛かった鑑識班を沖田が呼び寄せる。

「二階の応接間も撮りますか？」

「建物内は、すべて写真に収めてくれないか」

その後、家宅捜索は一時間ほどで終わった。押収物は予想どおり銃刀類はなく、段ボール箱三箱分の書類のみだった。一方、若頭が殺害された侠誠會の家宅捜索は、一筋縄ではいかなかったようだった。入口を屈強な組員たちにガードされ、マル暴刑事の要請にもいっさい応じようとしなかったという。

最終手段である機動隊による強行突破の直前に、やっと家宅捜索を受け入れたようだ。その後は徹底的に組事務所を捜索したが、黒岩組同様に拳銃どころか刃物ひとつ押収することができなかった。この結果は、警察当局では想定内だった。抗争最中《でいり》に組事務所に銃器を隠し持つほど愚かなヤクザはいない。

通常武器の保管は、組長から信頼された若頭か若頭補佐が一任される。武器庫の場所は、組員とは直接に関係のない知人宅を隠し場所にすることが多いという。隠し場所に共通するのは組事務所から近い場所に限定される。なぜなら万一、抗争事件が勃発した時に十分以内に武装できることが条件となるからだ。

しかし今の暴力犯係には、ヤクザの武器庫よりも密造工場を突き止めることが優先された。静岡県警としては、殺人事件の使用拳銃がニューナンブの疑いがあるということが広がることをなによりも恐れていた。警察の使命は市民生活の安全確保である。そのために警察機構は、国家から治安を守る組織として任命を受けている。

逆にいえば、国家権力が一旦信用を失うと、その回復は不可能に等しい。犯行に使用された拳銃は警察官が紛失した可能性がある……との噂が流れただけで、県警トップは警察庁に呼び出されて処分されかねないのだ。

その夜、家宅捜索の結果報告を兼ねて主任会議が開かれた。

すでに両組事務所の家宅捜索の映像はテレビに流れていた。いずれの放送局も暴力団抗争が勃発したような過熱した報道ぶりだった。一刻も早い凶器の出所元の特定が急がれたが、密造拳銃の疑いがある限りいっさいの情報は公表が差し控えられた。

主任会議では、ある捜査方針が打ち出された。これまでの捜査で不法拳銃は、覚醒剤事犯で副次的に押収されることが統計的に多かった。そこで達した結論は、密造《ミツゾー》銃が製造され、しかも暴力団筋に流れているとすれば、逆に覚醒剤《シャブ》ルートから突き止めるのが近道ではないかというものである。

これまで中部署では多くの銃器を押収した実績があった。それらの大半は、生安課薬銃係の五十嵐亮介《いがらしりょうすけ》警部補によるものだった。中部署内部では〈薬銃のエース〉と呼ばれる男だ。会議では片山広域暴力団対策官の決定で、五十嵐警部補が今回の密造銃捜査の一員に加えられることになった。同期の五十嵐か……沖田は心の中で呟いた。刑事仲間での彼の評判は、あまり良いものではなかった。

五十嵐には常に違法捜査の噂が付き纏《まと》っていた。あれほど正義感が強かった五十嵐が、なぜ変貌してしまったのだろうか……。同期生である沖田としては彼を信じたかったが、立場上それは許されなかった。時折、署内で顔を見掛けることはあったが、互いに滅多に口を利くこともなくなっていた。

神永と沖田は主任会議を終えて刑事部屋に戻ると、暴力犯係全員を招集した。

「片山対策官から、今後は一人でも多くのシャブ中《覚醒剤中毒者》を挙げろとの指示が出された」

「シャブ玉は、生安の管轄でしょう。俺らはマル暴ですよ」と室伏が不満を述べる。

「シャブ・ルートからミツゾーの出元を探れという命令だ。覚醒剤《シャブ》と拳銃《チャカ》は親戚みたいなもんだ。その本家が暴力団だから仕方あるまい」

「噂では、五十嵐警部補に特命が出されたそうですね」

二人の会話に口を挟んだのは朝倉だった。

「五十嵐って、まさか生安の……？」風間が聞き返す。

彼は今年に入って生やし始めた髭を、しきりに触っている。男っぽいマスクが、より一層精悍《せいかん》さを増したように感じる。

「チャカの押収件数は県下ナンバー・ワン、県警本部長賞の受賞も数知れず……だ」

「気に入らねえな。これは俺らのヤマだぞ」

室伏が敵対心を剝き出しにする。

「薬銃のスペシャリストだからじゃないですか」刑事経験の浅い朝倉が答えると、「お前には、捜査の裏側がわかっちゃいないんだよ」ため息を吐きながら室伏が応じる。

「裏側って、なんです?」

「まあ朝倉も、そのうちわかってくるさ」

部下をからかう室伏を友部が抑える。

「ところで、マサやんの姿が見えないようだが……」と神永が席を確認しながら尋ねる。

「反町さんなら、さっき諜報活動をするといって出ていきましたよ」

「諜報活動ねえ?」

「奴《やっこ》さんのS《エス》は飲み屋の女が多い。今ごろは下半身で対話してんじゃないのか」と室伏が露骨に揶揄《やゆ》する。

Sとはスパイの略称で、俗に言う密告屋《チクリヤ》のことだ。暴力犯係の捜査手法は独特で、刑事課内では公安係のそれに近い。組織内部の人間を情報提供者《ニス》に仕立てて、賭博や覚醒剤などの犯罪現場に乗り込んで摘発する。ヤクザの行動は非常に密行性が高いので、内部に精通する情報屋の存在なくして捜査は難しいのだ。

4

午後八時になるのを待って、沖田は携帯電話を手に取った。

「俺だ。今、どこにいる？」

「中田本町でネタ元と会っている」

「気になることがあるんだが、別の所で会えないか？」

屋外に居るのか受話器からは車の走行音が聞こえてくる。

「彩子《あやこ》の店に、九時でどや」

「じゃあ、一時間後に会おう……」

電話を切ると、沖田は中部署を後にした。外は、すっかり夜の帷《とばり》に包まれていた。駿府公園周辺にはライトアップされた旧市役所を始め、県警本部、裁判所、県立病院、図書館、音楽ホールなどの公共施設が集積している。不景気とは、まるで縁のない一帯だ。

街灯の灯る夜道を歩きながら、沖田の脳裏に「殺人に使用された銃は、ニューナンブらしい……」という片山暴力団対策官の言葉が再び蘇った。

クラブ『彩《あや》』に到着した時は、九時半を少し回っていた。反町には妻子がいたが、滅多に自宅に帰ることはない。日常の大半は愛人宅で過ごし、妻とは半ば別居状態にあった。未だに夫婦として体裁を保っているのは、一粒種の子どものお陰にちがいない。

反町は愛人の森本《もりもと》彩子にバーを経営させていた。『彩』は暴力団が群雄割拠《ぐんゆうかっきょ》する両替町《りょうがえちょう》にあって、ヤクザが寄りつくことはない。理由は簡単だ。刑事御用達の飲み屋だからだ。

反町は毎夜のようにこの店に出入りするが、飲食代を払うところを見たことがない。そのことについて沖田が問いただすと、「守り料や、奴らの用心棒代《ミカジメ》に比べたら安いもんやで」と笑い飛ばされたことがあった。

反町は飲み代を払わないばかりか、陰で彩子に小遣《こづか》いをせびっている。クラブ経営者の中には、ヤクザは定額のミカジメ料を支払えば済むが、刑事が出入りすると飲食代を徴収できない上に、盆暮れの付け届けばかりか、一般客をシャット・アウトしての歓送迎会を強制されると嫌う者もいた。

『彩』は瀟洒《しょうしゃ》なオフィス・ビルの半地下階にあった。内装は重厚なカウンターに、本革張りのボックス席が三席のみの小規模店舗だった。従業員は二十代のアルバイト女性が二人働いているが、反町はカラオケがないことが気に入らないようだ。

ピアノ・ジャズが流れる店内は穏やかな談笑で溢れている。我がもの顔でボックス席にくつろぐ反町の姿が目に入った。常連客の大半は彼が刑事であることを知っている。大理石のテーブルの上には、すでにバーボンとアイス・ペールがセットされていた。

「待たせて、すまん。出がけに野暮用が入ってな」

向かい席に腰を降ろすなり、ママの彩子が「いらっしゃいませ……」と二人の前に挨拶に現われた。ライト・パープルのシルク・ドレスに、さりげなく真珠のネックレスが胸元を飾っている。いかにも反町好みの女だ。挨拶を終えて同席しようとした彩子を、「悪いが席を外してくれ、二人だけで話がしたい」と反町は所払いをした。

「今夜は冷たいのね」

「秘密の話があるんや。そや、後で由布子《ゆうこ》を呼んでくれ」

「あら、お店の中で浮気かしら？」愛らしく彩子が、ふくれっ面を見せる。

「アホぬかせ、仕事の話や」

「マサちゃんも、たまには仕事することがあるのね」と嫌味を残して、彩子がその場を後にした。

「なにか、有力なネタを拾えたか？」

「カウンターで接客している由布子を知ってるやろ」と視線を飛ばす。

彼女が接待している男は濃紺のスーツを着こなし、頭髪をソフトバックに決めている。ウイスキー・グラスを傾ける仕草は、エリート・ビジネスマンそのものだ。

「あの女は侠誠會の三下《さんした》とつき合っている。最近、そいつが組事務所に行かなくなったそうや」

「いよいよ、黒岩に対する報復態勢に入ったのか？」

沖田は店内を見回すと、銜えたマルボロに火を点けた。外国煙草特有の香りが辺りに漂う。

「黒岩はケジメを付けたつもりだが、殺《や》ったら殺り返すのがヤクザ世界や」

「血のバランス・シートってわけか、いよいよキナ臭くなってきたな」

「殺人は強行犯、薬物は生安や。わしらは、拳銃《チャカ》の入手ルートと組員のケツを洗うのが商売や」

反町の作ったワイルドターキーのオン・ザ・ロックを胃袋に流し込む。カッと喉《や》が灼ける。

「そのチャカのことだが……」と考え込んでから、沖田は「真鍮の密造弾はともかく、使用拳銃がニューナンブというのが最大のミステリーだな」と言葉を続けた。

「警官は拳銃を保管庫に預けて帰宅する。紛失したら免職では済まされんで」

「かといって、ミツゾーだと決め付けるのにも無理があるぞ」

「誠やんの言うとおりや」

反町も同じ疑問にぶち当たっているようだ。

「熟練した職人でなきゃ、密造拳銃など作れるもんじゃない。スミス&ウェッソンやブローニングならともかく、ナンブは戦時中から日本軍が使用していた伝統的な銃だ」

「いったい、なにが言いたいんや」とほろ酔い気分の反町が尋ねる。

「戦後に改良されたニューナンブは、現在でも国内生産されているはずだろ？」

「警察に供給されているんや、当然やろな」

「密造者と生産工場の間に、なにか繋がりがあるとは考えられないか？」

唐突な沖田の発想に目を閉じて反町は考え込んだ。

「現実的とは思えんが、可能性を否定してたら刑事は務まらんで。ダメ元で当たってみる価値があるかもな……」珍しく反町が悲観的な意見を述べる。

その時、「マサさんから、お声が掛かるなんて嬉しいわ。どういう風の吹き回しかしら？」と由布子が反町の隣席に腰を降ろした。ミニスカート姿で脚を組む仕草に思わず息を呑む。艶《あで》やかな素脚が目に眩しい。

「グラスを持ってきぃや、一緒に飲むも」

「お言葉に甘えて、ご一緒させていただきます」とグラスを片手に席につく。

三人で乾杯した後、「色気のない話で悪いが、教えてほしいことがあるんや」と反町が切り出した。

「確か、お前の彼氏は侠誠會の組員やったな」

「やっぱり、色気がないわね」

「そう言わんと、協力してえな」

沖田が煙草を銜えると、即座にライターの火が差し出される。

「彼氏の名前が知りたいんや」

「三浦だけど、それが？」聞かれるままに由布子が答える。

「なんや、三浦克也かいな」

「あら、克也さんと顔見知りなの？」

「誠やん、わしが取り調べた例の奴っちゃ」

店内の照明が絞られ、ＢＧＭの曲調がガラリと変わる。マイルス・デイビスの『ラウンド・アバウト・ミッドナイト』、五〇年代クール・ジャズの名盤中の名盤だ。

「毎日、三浦はなにしとるんや？」

「マンションでゴロゴロしているわ」

「事務所に顔を出さんと、ヒモの身分かいな」

「外出禁止令が出されて、パチンコにも行けないとボヤいていたわ」

「他に、変わったことはないか？」

隣のボックス客を気にしながら質問を続ける。

「しばらく会えなくなるかもしれないからって、ネックレスを買ってくれたことくらいね」

「どういうこっちゃ」由布子の意外な言葉に反町が尋ね返す。

「私の方が知りたいわよ」

しばらく会えなくなる……という三浦の言葉から、俠誠會の報復が実行段階に来たことを沖田は直感した。絶縁された組織とはいえ、若頭の命《タマ》が獲《と》られたままでは自身の組の面子《メンツ》はもちろん、俠誠會のバックについている国内最大の暴力団・龍神組の沽券《こけん》に関わる。すでに俠誠會では報復への実行犯を用意しているのだろう。その身代わりこそが、三浦克也なのかもしれない。

「今日のことは、三浦に言うんやないで」反町がキッチリと口止めする。

その時、彩子がグラス片手に沖田の隣に腰を降ろした。周囲を見回すと客の数が幾分減っていた。

「ママ、私はこれで……」と由布子が立ち上がろうとした時、「常連さんばかりだから、今日は四人で飲みましょう」と彩子が引き留める。

「明日から密造《ミツゾー》の線を徹底的に洗おうや。今夜は、その前夜祭や」

ウイスキー・グラスを翳して反町が乾杯を煽《あお》る。

「ミツゾーって、なんのこと？」彩子が沖田に尋ねたが、「女には関係のないこっちゃ。誠やん、言っておくが、この店はお触り禁止やからな」と反町が戯《おど》けて話を逸《そ》らした。

酔うほどに四人の会話は弾んだ。しかし沖田の心は密造拳銃のことで一杯だった。警察官への貸与品であるニューナンブが闇社会に出回ることなど前代未聞だ。向かいの席には、女性二人を相手に上機嫌の反町の姿があった。

壁の時計に視線を這わせると、十二時になろうとしている。突然、睡魔に襲われた。しかし三人のテンションは一向に衰えない。その後、反町を囲んで閉店間際まで飲み続けた。そして店内に客の姿がなくなった頃を見計らって沖田は一人、『彩』を後にした。


夜の街から暴力団の姿が消えてから二日後、捜査本部に吉報が飛び込んだ。生活安全課の五十嵐亮介が覚醒剤所持者を逮捕したとの連絡だった。

「さすが麻薬捜査の専従だけあってやることが早い。マル暴も五十嵐の爪の垢《あか》でも煎《せん》じて飲め！」

神永が部下に向けて発破を掛ける。

「奴の爪の垢など飲んだら、首がいくつあっても足りんよ」と神永の檄《げき》に友部が愚痴をこぼし、

「首が飛ぶ前に、下痢するで……」と反町が同調する。

それにしても……沖田は、あまりに早い五十嵐の薬物犯検挙に我が耳を疑った。今回の密造銃捜査への特命にあまりにもピッタリのタイミングだったからだ。

午後になるのを待ってから、二課の取調室で容疑者の事情聴取がはじまった。麻薬不法所持者の名前は奥田《おくだ》哲也《てつや》——。過去にも覚醒剤使用の逮捕歴があった。五十嵐からの報告書によると、覚醒剤所持の情報を入手して家宅捜索したところ、トイレの水槽タンクから、〇・三グラムの小袋が発見されたとのことだった。通称〝パケ〟とは、覚醒剤の入ったビニールの小袋のことである。

覚醒剤の販売経路は、生産国→元締め→中間卸→小売人→売人→顧客というルートで捌《さば》かれる。それらは北朝鮮を経由して、中国・韓国から日本に運び込まれることが多い。国内の元締めとなる暴力団が、その大半をキロ単位で買い付ける。中間卸は数百グラム単位に仕分けして、小売人は五十グラム～百グラムに小分けする。入手した覚醒剤は、さらに三グラム～五グラムに計量して売人たちに売り捌く。売人は顧客販売用に、〇・一グラム～〇・三グラム入りのビニール袋に詰める。その小袋が通称〝パケ〟と呼ばれ、街頭で一万円～数万円で売買されるのだ。

奥田の取り調べは沖田班が担当した。事前の簡易試薬検査の結果は、意外にもシロだった。覚醒剤中毒者の体からは甘い匂いが漂い、ピンク色の汗をかくというが、今はその兆候も見られない。

「俺はやってねえ。お勤《服役》めが終わってからは、すっかりシャブから足を洗ったんだ。信じてくれよ」

「お前みたいなゴロツキを挙げたところで手柄にもならん。信じてやりたいところだが、部屋からブツが見つかったとあっちゃ、そうもいかん」

「ヤクなんか、隠した覚えはない、嘘じゃねえよ」涙目になって奥田が訴える。

「往生際の悪い野郎やな。前科者《マエモチ》の寝言が通用するほど警察は甘くないで。早よ入手ルートを吐いて、スッキリしいや」

緩急織《かんきゅうお》り交ぜて反町が責め立てる。

「身に覚えがねえんだから、仕方ないだろ」

「そうやな、足の生えたパケが夜中に遊びに来て、トイレの水槽タンクで水浴びしとったんか。われ、マル暴を舐めとんのか！」

我慢の限界に達した反町が、パイプ椅子を蹴り飛ばして怒鳴り付ける。

「い、いや、そ、そうだ……そういえば前日に、めずらしいダチが遊びに来た。きっと、野郎が仕込んだんだ！」

「マサやんのショック療法も、たまには効くようだな」

「ウソじゃねえ。吉良《きら》が突然に顔を見せたんだ」

「吉良？　聞き覚えのある名前だな」と沖田が眉を顰《ひそ》める。

「黒岩組の吉良誠《まこと》だよ」

「いっぱしに盃も受けられねえ、半ゲソ野郎やな」奥田の言葉に反町が反応する。

「吉良が、なにしに来たんや？」

「出所した噂を聞き付けて、顔を見に来たらしい。俺が出所したのは、一年以上も前なのによ」

「その翌日に、突然にガサ入れがあったんか。どうも気に入らねえな……」反町が、さらに追及する。

「聞きたいのは、こっちの方さ」奥田の言葉に「ちゃんと、尿検したんだろうな?」と納得のいかない様子で沖田が聞き返す。

「ションベンどころか、令状《キップ》も見せずに手錠《ワッパ》を掛けやがった」

「ずいぶんと、舐められたもんやな。それで、お前、どないしたんや?」

「ガタガタぬかすと密売《バイ》で挙げるぞ……と五十嵐の旦那に脅されたよ」

奥田は、当日のことを思い出しながら神妙に答える。

しばらく二人は奥田の聞き取りを続けたが、頃合いを見計らって尋問を切り上げた。

「なにか妙だな。吉良の野郎も、ただの使い走りにすぎんだろう。この一件には生安の成果主義が絡んでいそうだな」

「そうや、奴らは実績だけで動く犬やで。五十嵐なら、それくらいやりかねへんな」

沖田の核心を突いた言葉に、反町が憤懣《ふんまん》やる方ないというように吐き捨てる。

生活安全課は刑事課とちがって、防犯係や青少年係のほかに風俗営業や銃器・薬物など全般を取り仕切っている。パチンコや接客業の許認可権を一手に扱う何でも屋だ。成果主義という実績だけで動く犬……という反町の言葉どおり、銃器・薬物の違法捜査で証拠品を押収しても実態は不透明だ。

「野郎、マル暴に恥をかかせやがって」と反町が毒づく。

五十嵐亮介は生活安全課の薬銃担当者でありながら、銃器の押収件数は暴力団担当の刑事たちを上回っていた。彼は覚醒剤ルートと密輸銃ルートに二桁の情報提供者を持っているとの噂だった。

「誠やん、奴の嵌《は》めている腕時計はロレックスやで。さりげなく着ているポロシャツがアルマーニで、自家用車がＢＭＷや。あの野郎、よほどの金づるになる女《ダンベー》を摑んでるんやな。そのうち必ずケツを洗ってやるで」

イケメンで優男《やさおとこ》の五十嵐とは対照的な顔立ちの反町が、露骨に敵対心を燃やす。

「首なし銃《所有者不明》だったら誰でも挙げられるが、暴力犯係には首なしなど手柄にもならん。マル暴刑事《デカ》としての意地を見せてやる」

沖田誠次は初めて刑事になった頃のことを思い起こしていた。

先輩たちから出張費や捜査協力費と称した偽領収書を毎日のように書かされたのだ。架空の情報提供者の氏名と金額を筆跡を変えて領収書に記入させられた。それらは幹部連中の餞別費用などに充てられたが、やがて警察の裏金問題がマスコミでクローズアップされることとなった。それ以来、静岡県警では偽領収書作りが一斉に禁止されたのである。

沖田は暴力犯係の刑事になり、初めて強盗犯係や知能犯係とのちがいに気づいた。情報提供者を何人抱えるかによって力量が問われる暴力犯係の世界では、彼らへの謝礼や飲食代が絶対的な必要経費となる。信用できる密告者を育て上げるには長い時間が掛かる。有力な内部情報を得るためにはギブ&テイクを繰り返し、信頼関係を築かなければならない。遊ぶ金を与え、時には生活費を立て替えなければならない時もある。

ところが警察組織は経費などいっさい認めようとしない。現場の刑事たちが有力情報を摑むために、体を張って捜査していることなど考えていないのだ。情報提供者からの借金の申し出を断ってヤクザに寝返られたら、いかに刑事といえども命の保証はないだろう。とはいえ小遣い稼ぎや、犯罪の目こぼしを要求するチンピラには気を付けなければならない。安易に飼える犬ほど密告屋としての適性に欠け、保秘義務や忠誠心が希薄だからだ。

さらにヤクザと対等に渡り合うには、着衣も量販店の吊るし物というわけにはいかない。極道に見下されないためにも見劣りしない高級な服装が求められる。とても地方公務員の給料では賄《まかな》えない。そのためには公《おおやけ》にできない捜査費を捻出する必要があった。

暴力犯係の刑事たちには、それぞれ明かせない収入源《シノギ》がある。沖田は県内の金融、保険、商社など民間企業の危機管理を引き受けていた。暴対法施行後、ヤクザは企業舎弟《しゃてい》という新たな組織に形態を変えて表社会へと進出した。

俗にいうフロント企業である。従来の賭博《トバ》、用心棒代《ミカジメ》、闇金融《ヤミキン》、覚醒剤《シャブ》では組織の維持が難しくなったのだ。自分たちの生活が苦しくなると同時に、上部団体への上納金が納められなくなった。そこで考え出したのが企業舎弟だった。不動産や土木業・産業廃棄処理業界へ組員を送り込んで合法的な収入源を得るためである。

沖田のサイドビジネスは、暴力団が隠れ蓑《みの》にしているフロント企業による脅迫や介入を事前に阻止することだった。当然、沖田は企業顧問として正式に名を連ねるわけにはいかない。いかに営業成績の良い優良企業を多く抱えるかによって、暴力犯担当刑事たちの副収入額は決まる。裏稼業を前任者から譲り受け、その顧問料で情報収集屋への謝礼を支払うのである。

暴力団は組の代紋《だいもん》をチラつかせれば、ただそれだけで罪となる時世だ。しかし桜の紋所《もんどころ》は誰に対してでも隠然たる輝きを放っている。彼らが一般企業に対して手出しをすれば、ただちに沖田が駆け付けて容赦なく裏社会の人間たちを排除するのだ。

ヤクザは決して警察に対して本性を現わさない。なぜなら、警察組織が暴力団以上に面子にこだわり、万一、仲間たちが傷付けられれば、日本最大の権力組織の力を行使して壊滅に乗り出すことを熟知しているからだ。

業界での沖田の評判は良く、次第に取り引き相手を増やしていった。当然、上司や家族も知らない副収入である。その金で沖田は片手に余る情報提供者を抱えていた。そして、いざという時には惜しまずに身銭を切った。その信頼関係があればこそ、事件の有益情報へと繋がるのである。

吉良誠への不審を募らせた二人は、早速、彼が経営する市内の店舗へと向かった。

店の名前は『ベスト・ワン』。表向きはリサイクル・ショップだが、裏でなにをしているかわからない。奥田から吉良の名前が出たからには、直接本人の口から事実関係を聞き出すほかはないだろう。

「誠やん、吉良のヒキネタはなんや?」

ヒキネタとは、任意同行もしくは逮捕するための犯罪材料である。

「シャブの密売で充分だ。もしもシロだとしても、叩けばなにか埃が出るだろう」

奥田の取り調べを終えて、中部署を出たのは午後二時を過ぎていた。事前電話で吉良の在宅を確認すると、国道脇のファスト・フードで空腹を満たした。『ベスト・ワン』の場所は、カー・ナビで見当がついた。いかに準構成員とはいえ、ヤクザが真っ当なリサイクル・ショップを営んでいるとは思えない。

現場に到着すると、吉良は店先で中古テレビの手入れをしていた。沖田が声を掛ける。警察手帳を提示するなり、彼の顔色が一瞬にして青ざめた。

「仕事の邪魔をして悪いが、二、三聞きたいことがある。奥田哲也を知っているな」沖田は、単刀直入に本題に入った。

「奥田なら、しばらく会っていねえよ」

「トボけるな。最近、遊びに来たと聞いたぞ！」

「近くを通りかかったので、立ち寄ったままでだ」

明らかに嘘だとわかる口ぶりで吉良が応じる。

「立ち寄った先にシャブの置き土産とはな。奥田は、お前にハメられたことを証言したぞ」

吉良は冷静を装いながら「なんのことだ、妙な言いがかりはよしてくれ」と、とぼけ口調で言葉を濁す。

「おい、兄ちゃん。五十嵐になにを頼まれたんや？　わしが大人しゅうしている間にゲロしいや」

襟首を絞り上げられた吉良の顳顬《こめかみ》に血管が浮き上がる。

「早よ喋らんかい、意識が落ちてまうで」

吉良が足をバタつかせたところで、慌てて反町が両手の力を緩めた。

「わ、わかったから、手を離してくれよ」

「最初から素直に吐いたら、痛い思いをしなくて済んだんや」

「やはり、五十嵐に頼まれたんだな」二人のやり取りを傍観していた沖田が誘導尋問をする。

「密売《バイ》の目こぼしですわ」

「その交換条件が、奥田の自宅《ヤサ》へのシャブの置き逃げか？」

本題に斬り込んで吉良の返事を待つ。

「便所に行くふりをして、水槽タンクにパケを入れるように命令されたんだ」

「お前は、まだ弁当持ちやな？」

「執行猶予」

「もう、これくらいで勘弁してくれよ」

「まだ肝心なことを聞いてない。近ごろ密造銃が出回っていることを知っているな」と沖田が問い詰める。

「ミツゾー……？」真顔になって吉良が聞き返す。

「俺らは五十嵐のように甘くないぞ。お前みたいな前科者《マエモチ》は、五年はシャバに出られなくしてやる」

「正直に吐いたら、今の話は帳消しにしてくれるのか？」

吉良の語尾が微かに震える。

「お前次第だ、素直に白状すれば目を瞑《つぶ》ってもいいぞ」

密売の目こぼしを提示された吉良の食指が動く。

「嘘じゃないだろうな」

獄中生活を思い出したのか吉良の態度が神妙になった。その様子を見切った二人は次の言葉を待った。

「以前、兄貴分がミッゾーを持っているのを見たことがある……」と意を決した言葉を吐く。

「なぜ密造銃《ミツゾー》だとわかった」

「警察官《おまわり》が持っているチャカと同じだと、兄貴が見せびらかしていたからさ」

「いい加減なことをぬかすと、余生は刑務所《むしょ》暮らしや。せいぜい髭の生えた彼女に可愛がってもらうことやな」薄笑いを浮かべた反町が、嫌味たっぷりな言葉を吐く。

「勘弁してくれよ、本当に密売《バイ》をチャラにしてくれるんだろうな」

「ヤクザとデカは、信用で成り立つ稼業だ。俺たちを信じろ」

「旦那たちを信じて、何度も裏切られたからな」

吉良の顔から、いっさいの笑みが失せた。

「お前の見る目がないだけや」

「本当に、信じていいんだな」

「調子に乗ってタメ口《グチ》をきくな！」沖田が一喝する。

「俺が聞いた話では、三上登志夫《みかみとしお》という男が絡んでいるという噂だよ」

「三上登志夫？　どこの組の者《もん》や」

「この辺で勘弁してくれないかな」

「ここまで吐いて、ダンマリが通用すると思うか。二課を舐めんなよ、こら」

耳元で反町が、そっと囁く。

「奴は横浜で服役しているはずだ。俺が喋ったことは、絶対に言わない約束だぜ」

「さすがリサイクル・ショップの社長や、物わかりがいいで」

沖田は早速、法務省に問い合わせて該当者の有無を確認した。吉良の証言は嘘ではなかった。

一連の経緯を神永に説明すると、翌朝一番で横浜に出向くことにした。

5

午前七時、反町の運転で中部署を後にすると、一路、東名静岡インターチェンジに向かった。

煩雑《はんざつ》な仕事から解放された高速道路のドライブは、二人にとって久し振りの気分転換となった。

捜査車両は時速百十キロをキープしながら快適な走行を続けた。清水インターチェンジを過ぎると、右手の視界が開けて興津《おきつ》埠頭が見え始めた。埠頭にはコンテナを積み込んだ外国船籍のタンカーが数多く停泊している。

「中国あたりから、覚醒剤《ヤク》が積み込まれてへんやろな……」

柄にもなく反町が刑事魂を覗かせる。

「そんなに気になるんだったら、ここで降ろしてやろうか、税関検査でも手伝っていったらどうだ？」

「誠やんもいい性格してるで、まったく」

沖田の嫌味を軽く往《い》なして、反町は鼻歌を唄い始めた。左手の彼方に富士山の雄姿が見える。クーラーの効いた車内は快適で、同乗者が女性だったら最高のドライブ日和だろう。

歌声が止んだので運転席を見ると、反町が鼻の穴に指を突っ込んでいる。鼻毛でも気になるのか一心不乱に指を動かし続ける。

「おい、鼻クソをほじった手で、ハンドルを握るな！　この車は二人の共有物だぞ」

突然の沖田の叱責《しっせき》に、慌てた反町が指先をズボンで拭った。

「奴を信じて横浜に行くのはいいが、本当に三上はミツゾーに絡んでるんだろうな」

「ここまで来て、誠やんらしくないで。もしもガセやったら、吉良の野郎をフクロにして五年は臭い飯を食わしたる」

その時、反町の携帯電話の呼び出し音が鳴った。聞き覚えのある着メロは『牧場の朝』だ。

「運転中だ、出るなよ」という沖田の注意など意に介さず、反町は電話に出る。

「明美《あけみ》か、今日は会えんで。仕事で横浜に向かっとるんや。アホか、そうやないって。刑務所や、相棒と横浜のブタ箱にいる受刑者に聞き込みに行くんや。帰ったら電話するさかい、どこにも遊びに行くんやないで……」

早々に電話を切って、反町が照れ隠しに煙草を吸い始めた。

「女遊びも、ほどほどにしておけ」呆れ声で沖田が言うと、「固いこと言わんといてえな、誠やんも少しは免疫を作っておかんと定年まで体が持たんで」と反町が戯ける。

カーラジオから軽快なラップ・ミュージックが流れてきた。そのアップ・テンポに合わせて、反町が小刻みに指先でリズムを叩く。

「女もいいが、わしは猫が一番やな。夜遅く帰っても文句一つ言わんし、寂しくなると勝手に布団に潜り込んで来る。餌かてそうや。好きなだけ食べたら、そっぽを向きよる。アイツらは、犬みたいに主人に媚びることがない」

「なんだマサやん、猫を飼っているのか？」

「野良猫が勝手に居着いたんや。白黒斑《ぶち》の不祝儀猫《ぶしゅうぎねこ》だが、可愛いで……。我が家でわしの味方は、唯一、駒子《こまこ》だけや」

「コマコ？」

「ああ、『伊豆の踊子』のダンサーの名前や。いいネーミングやろ」

「マサやんにかかっては、ノーベル文学賞作家の作品も形なしだな」

反町が猫を飼っていることは沖田も知らなかった。布団の中で猫を抱いている反町の姿を思い浮かべただけでも笑いが込み上げてくる。

「わしの女遊びには哲学があるんや。亭主持ちには絶対に手を付けん、ほんまやで」

反町が話題の矛先を転ずる。

「なにが哲学だ、ものは言いようだな」と言い放ち、沖田は車窓に視線を移した。

「わしは最近になって思うんや、なにが楽しくて刑事なんぞになったのかって。世のため人のために寝る間を惜しんで働いて、回りを見たら家庭崩壊した連中ばかりや。これって、なんか可笑《おか》しいで」

沖田は彼の言うことを黙って聞いていた。ひと度この世界に足を踏み入れたら、二度と抜け出すことはできない。徹底的に社会正義を貫いて家庭不和を招くか、悪と手を結んで上手く立ち回るかのどちらかだ。また独り身を貫こうと思えば、出世コースから外れることは目に見えている。

「わしは勉強できんかったが、悪いことだけは許せんのや。でも、どうしてもいうことを聞かんのが、このチンチンやで。こいつばかりは別人格だ。チンコの先から赤い玉が飛び出して打ち止めになる前に遊んでおかんと後悔するで」

「もっと別の話題はないのか？　刑務所《むしょ》に向かうデカの会話とは思えんな」

「そやかて、戦場での兵隊の会話は下ネタばかりらしいで。恐怖心から逃れるためには女の話をするのが一番なんや」

「俺たちは、兵士じゃないぞ」

「横浜といったら、昼飯はシューマイやな」

反町のその一言を最後に、会話は途切れた。

前方に御殿場インターチェンジの標識が見えた。トイレ休憩を挟んで運転を交代した。横浜刑務所のある港南区には、あと一時間もすれば着くだろう。その前に海老名パーキング辺りで昼食を済ませなければ、反町が暴れ出しそうだった。


横浜刑務所は港南区役所の筋向かいにあった。市街地にあるB級犯罪者、いわゆる再犯者や暴力団員を収監する施設のためか、周囲は見上げるほど高い塀で囲まれている。一方で、建物の正面には車寄せ《ファサード》があり、一見して刑務所らしからぬ雰囲気も漂わせていた。

神永が事前に連絡してくれたために、面会手続きはスムーズに行なわれた。特別の取り計らいで三上とは個室での対面が許可された。刑務官に連れられ部屋に入って来た三上登志夫の顔立ちは一見して紳士的で、まともな勤め人のような風貌だった。背筋を伸ばして座る姿勢は、いかにも受刑者らしかった。

「静岡県警・暴力犯係の沖田と反町だ」

二人は本人を前にして身分を名乗った。すると同郷から訪れた刑事に不審を募らせながらも、表情を和《なご》ませた。

「お勤めは、何年だ？」

「恐喝傷害で四年六カ月。出戻りだから、仕方ないかもな」

懲役二年目を迎えた三上の顔には余裕さえ窺えた。

「今日、お前を訪ねたのは、ある人物から密造拳銃の情報を知っていると聞いたからだ」

「なんだよ、藪《やぶ》から棒に……」

三上は沖田の言葉に、一瞬うろたえた様子を見せた。さらに追い打ちを掛けるように「ウラは取れてるんや、素直に吐いた方が身のためやで」と言って、反町が銃の引き金を引く仕草を見せる。

「勘弁してくれよ。密造拳銃なんて、俺には関係ねえよ」

「お前がやったとは言っちゃいない。知っている情報を聞きたいだけだ」

「誰がタレ込んだんだ？」

三上の眼光が、一瞬、鋭く光る。

「協力してくれれば、仮出所の時期について掛け合ってもいいぞ」

「……その前に、約束が先だ」

刑期短縮について三上が確約を求める。

「静岡地裁に顔の利く検事がいるので、模範囚を勤めれば話をしてやろう」

「出まかせを言うな」

「信じないなら、それでもいいさ」

餌に食いついた獲物は、針を呑み込むのを見届けてから釣り上げるのが常道だ。

「わかった、約束だぞ……大谷町《おおやちょう》に住む五十がらみのオヤジから、チャカが手に入る噂を聞いたことがある」

「なんだ、お膝元じゃねえか」沖田が驚きの声を上げる。

「そいつは刑務所上《むしょ》がりで、過去にもミツゾー屋をやっていたらしい」

「駿河区大谷町にまちがいないな」

「さっきの話は、どうなるんだよ」

「こっちから連絡するから、それまで大人しく待ってろ」と言葉を残して、沖田は看守を呼んだ。刑務所の中は静寂そのもので、とても悪質犯罪者のみが収容されている施設とは思えない。これ以上、三上登志夫が知らないと踏んだ二人は、所長に礼を述べて横浜刑務所を後にした。


夜暗くなって捜査本部に到着すると、朝倉が満面の笑みを浮かべて沖田班を出迎えた。まるで出張土産を待つ子供のようだ。

「なんだ、そのニヤけた面は？」

「沖田さんから頼まれた一件は、やはりビンゴでした！」

「どういうことや？」唐突な発言に反町が面食らう。

「今夜の捜査会議で、室伏さんから詳しい報告がありますから、お楽しみに……」と朝倉は意味ありげな言葉を残して刑事部屋を後にした。

臨時会議は捜査員が全員揃うのを待って、午後九時から始められた。今夜は暴力犯係だけの内部会議だった。会議の冒頭、沖田班から横浜刑務所で得た情報が伝えられた。現在服役中の三上登志夫の証言によると、容疑者と思しき人物は駿河区大谷町に住んでいるという報告に、刑事たちの間からざわめきの声が上がった。続く友部班の報告は組事務所の近況報告だった。組員たちに特別な動きもなく不気味に静まりかえっているという。最後は、先ほど朝倉が予告した室伏からの報告だった。

「本日、沖田警部補から依頼を受けていた用件を防衛庁に問い合わせたところ、ニューナンブの製造元は日本精密機器テクノロジーであることが判明しました。この会社は戦時中、軍用拳銃ナンブを生産していた東京砲兵工廠《こうしょう》を吸収合併し、現在では電子機器や計量機器など防衛庁関連の特殊業務を請け負っているようです」

「室はん、前フリが長いで」と反町が冷やかす。

「これからが核心だから、もう少し我慢してくれ」と言葉を挟んで室伏は続けた。「意外だったのが、全国に七カ所ある支社の中で銃器製造部門が県内にあったことだ」

「ちょっと、待て」と神永の声が遮る。「沖田班が聞き出した密造銃の容疑者宅と、ニューナンブ生産工場とが我々のお膝元にあるということか？」

「そういうことになります」

「県内で警察拳銃が製造されているとは初耳だな」

室伏からの報告を聞いた友部が「偶然にしては、できすぎですね」と信じられない様子で呟く。

「明日一番に沖田班は日本精密機器テクノロジーに行ってくれないか。会社側に退職者リストを提出させて、一人一人潰していくほかないだろう」間髪を入れずに神永の指示が飛ぶ。

「令状なしでは、出し渋るかもしれませんよ」

「殺人捜査となれば、先方も拒否できんはずだ」

会議出席者たちは、日本精密機器テクノロジーの聞き込みに思いを馳せた。暗闇の先に光明が見えた気がした。明日の捜査は凶と出るか吉と出るか……沖田と反町は吉と出ることに一縷《いちる》の望みを託した。


目指す精密機器メーカーは、市の中心部から五十キロほど南西に位置していた。国道を走り続けると急に視界が開けた。遠州灘《えんしゅうなだ》だ。右手に海を眺めながら四十分ほど走行すると、前方に起伏の激しい山並みが現われる。

次第に人家が疎《まば》らになり、突然に工場地帯が出現した。建物の壁面には製造会社名が表示されている。さらに進むと、日本精密機器テクノロジーと書かれた大きな看板がビルの屋上に設置されていた。工場周辺は広大な駐車場スペースになっている。車の台数から推測して、従業員数は千人弱というところか。

受付を訪れて用向きを告げると、責任者との面会を求めた。応接室で待たされること、十五分――。刑事の訪問に慌てたのか、現場から駆け付けた代表者は息を弾ませている。

「お忙しいところ恐れ入ります。県警の沖田と申します」と手帳を見せる。

すると「工場長の井上《いのうえ》です」と言って名刺を差し出して、「県警と言いますと」と尋ね返した。

「中部署二課です」

「警察の方が、当社になんのご用でしょうか？」

「銃器製造部門の退職者リストを拝見したいのですが……」

「なにか、問題でもありましたか？」

工場長が不安そうな顔で二人の顔を交互に見つめる。

「現段階では詳しく申し上げられません。必要なら正式な書類を用意して出直します」

するとと工場長は「本社の許可が必要ですので、少々お待ちください」と言い残して、その場を後にした。

「誠やん、マル暴というたら話が早いんやないか」

「見込み捜査だ、ゴリ押しはできんよ」

「拳銃の製造工場に暴力犯係のデカが来たら、素直にリストを出すんやないのか」

「マサやんとちがって、俺はジェントルマンなんだよ」

沖田には警察からの協力依頼に、会社側が拒否できない確信があった。防衛庁から銃器製造の委託を独占的に受けている限り警察捜査は拒めないはずだ。結局、退職者リストが作成されるまでに一時間近く待たされた。やっと退職者資料を入手することができた二人は、工場長に丁重に礼を述べて帰路を急いだ。

到着早々、沖田は警察庁犯歴照会センターにデータを送信して、日本精密機器テクノロジーの退職者の中に犯罪歴のある者がいるか確認依頼した。ここまでは沖田としても五分五分の賭けだった。国産拳銃の製造工場が静岡県にあり、しかも密造犯らしき人間も県内に在住している。あまりにお膳立てが整い過ぎていたからだ。

間もなくして照会センターから連絡が入った。疑わしい人物が一人いるという。

〈平沢幹夫《ひらさわみきお》　五十七歳　静岡県生まれ・一九九〇年六月十三日・強盗傷害にて逮捕。三重刑務所にて三年六カ月の実刑……〉

すぐに沖田は三重刑務所に連絡し、平沢について問い合わせた。刑務官の報告によると、平沢幹夫は日本精密機器テクノロジーを退職後、エンジン部品の下請け仕事をしていたがバブル崩壊後に仕事が激減して廃業した。その後、四十七歳の時に強盗傷害事件を起こして服役。一九九七年六月に仮出所したとのことであった。

日本精密機器テクノロジーから提出された平沢幹夫の職歴に目を通した。

〈二十一歳から十七年間、銃器製造部門に従事……〉と記されている。そこで沖田は、一九九六年から四年の間で、三重刑務所に黒岩組の組員が服役していたかを法務省に問い合わせた。狙いは的中した。当時、舎弟頭だった灘波《なんば》忠道《ただみち》が傷害事件で服役した事実が判明したのである。そこから推測できることは、銃器製造に携わっていた平沢と獄中で知り合った灘波が、拳銃の密造話を持ち掛けた可能性である。

続いて市役所に平沢幹夫の住民登録を確認した。該当人物の登録はないとの回答だった。沖田・室伏両班は、黒岩組事務所へと急行した。灘波忠道に任意同行を求めて事情聴取するためだ。突然の暴力犯係の訪問にもかかわらず、灘波は抵抗することなく出頭した。

灘波忠道は暴力団にしては頭の回転が速く、一筋縄ではいかない男だ。沖田は室伏と相談の上、今回の取り調べを巡査の朝倉に担当させることにした。暴力犯担当者としての経験を積ませるためには絶好の機会だと判断したからだ。一人前の刑事になるためには場数を踏まなければならない。幾多の経験から独自の捜査手法を学ぶのだ。これは誰もが経験する通過儀礼のようなものだ。

「任同した灘波の取り調べだが、お前に担当してもらうことにした」

「僕にやらせてくれるんですか、ありがとうございます」

予期せぬ指名を受け、朝倉の顔に緊張が走る。

「奴はプンプン臭うぞ。密造銃《ミツゾー》の入手先を吐かせて、男になれ」

灘波相手に手を焼くことを二人は見越していた。海千山千のヤクザは決して一筋縄にはいかない。彼らは若い刑事相手には、まともに取り合わない。取り調べ開始から三時間が過ぎようとした時、朝倉が意気揚々《いきようよう》として戻ってきた。

「やっと吐きました。身内である稲葉会《いなばかい》の松田国光《まつだくにみつ》からチャカを借りたが、すぐに返したそうです」

「まちがいないな」

よほどの手応えがあったのか、朝倉の言葉は自信に満ちていた。

「で、松田のウラは取れたのか？」

「いえ、まだです」

沖田は早速、稲葉会本部のある焼津署の刑事に連絡を取った。すると回答は予想どおりだった。

「松田は半年前に肝臓ガンで死んだそうだ。裏付けの取れないお化けをダシに使われたな」

朝倉が悔しさのあまり拳で机を打ち据える。

「どうだ、いい勉強になったろ」

「もう一度、奴を締めます」と朝倉が部屋を出ようとした時、「いいから、後は俺たちに任せろ」と言い残して沖田は席を立った。

取調室に入ると、不敵な面構えで灘波が迎えた。鑿《のみ》で削ったように肉のない頬と対照的な太い眉。いかにもヤクザ渡世を生き抜いてきた極道面だ。

「沖田の旦那、お久しぶりです」

「挨拶はいい、うちの若い衆に恥をかかせてくれたな」

「歌うも歌わないも、俺には身に覚えのないことだ」

「ウラは取れている、しばらく泊まっていくか？」

「ヤクザ苛《いじ》めは止めてくださいよ。なんなら、わしの家《ヤサ》を調べてもかまいませんよ」

「抗争《でいり》の最中に、自宅に拳銃《チャカ》を隠すバカはいないだろう。ところで平沢という男を知っているな」

灘波の表情の変化をつぶさに観察する。

「そんな野郎は、仲間内にはいねえよ」

「平沢幹夫だ、三重刑務所の同窓生だ」

「知らねえな。そいつの懲役と罪名は？」

「強盗傷害で、四年臭い飯を食っている」

しばらく回想する様子を見せる。

「わしは独房が長かったんで、堅気《かたぎ》さんとは顔を合わせる機会もなかったしな」

「あんたも黒岩の幹部やろ、男らしゅうしたらどや」

堪《こら》え切れずに反町が口を挟む。

「それより旦那、俺をハメた野郎を教えてくれ。ただじゃおかねえ」

「極道も刑事も、ネタ元を明かすのは仁義違反だ。それを一番知っているのは、灘波さん、あんただろう」

沖田の挑発に言葉が返らない。吉良の情報に嘘があるとは思えなかった。灘波が組事務所で拳銃を手にするのを見たのだろうが、今となっては密造拳銃の在処《ありか》は藪の中だ。

「灘波を放してやれ」刑事部屋に戻ると朝倉に告げた。

「いいんですか?」

「すでに奴の手元に拳銃《チャカ》はない。ウラが取れない相手を、いつまでも繋いでおくことはできんだろう」

これで残された手がかりは、三上登志夫の証言のみとなった。今後の捜査は駿河区大谷町界隈にローラー作戦を展開して、目ぼしい人物を絞り込むことができるかにかかっていた。

郊外の県道を走り続けると、ビル群が見られなくなり田園風景が広がった。次第に農耕地を転用したパチンコ店やカラオケ店などの大型店舗が目立ち始める。ビニールハウスが立ち並ぶ一帯を過ぎれば、その先が大谷町だった。

駿河区大谷町は一丁目から六丁目まであり、新興住宅地と農家が入り混じった地域だ。戸数三千八百戸、人口一万四千人が暮らしている。情報提供者の三上登志夫と犯歴センターからのデータを重ね合わせれば、この限られた地域に容疑者である平沢がいる確率はかなり高い。今後は戸別に聞き込みを重ね、同時に住民からの情報流出も防がねばならない。

捜査員は連日にわたり、出入りの激しいアパート、借家、自治会にも入らない不審人物に重点を置いて捜索に当たった。気の遠くなるような地道な作業だった。刑事課だけでは手が回らず、時には地域課や生活安全課の力を借りた。週末に重点を置いて、連日、休みなく聞き込み捜査は続けられた。

大きな進展もないままに捜査が続けられていたある日、友部班から待望の吉報が舞い込んだ。

「目ぼしい当たりがあったぞ。手配条件にピッタリの男がヒットした」

捜査会議の席上、自信ありげな顔をした友部が発言した。

「男の年齢は五十代後半で、最近、家を改築して車も購入したらしい。近所付き合いもなく、会社勤めをしている様子もないそうだ」

「確かに臭うが、今ひとつ決め手がほしいな」との神永の発言に、「近所に畑を所有する人物の証言によると、時々ヤクザ風の男が出入りをしているそうです」と相棒の風間がフォローする。

「風《ふう》さん、本当に信用していいんやろうな」反町は、あくまで懐疑的だ。

「こう見えても地域課では交番指導員をしていました。聞き込みには自信がありますよ」との風間の言葉に、「やったで、これで決まりや」と反町がオーバーに片膝を叩く。

「しかし、ひとつ問題がある」と友部が疑問を呈する。捜査員の視線が彼に集中した。「肝心の張り込み場所だ。周囲が畑ばかりじゃ、車からの監視ができそうもない」

「近所にアパートを借りては、どうだ？」

提案したのは室伏だった。

「それは無理だろう。平沢の家《ヤサ》の周辺には、数軒の農家があるだけでアパートなどない」

友部が拡大地図に容疑者宅の位置を示す。しばし会話が途切れて無言状態が続く。

「夜間の張り込みは大丈夫だが、問題は昼間だ。明日までに具体的な場所を選定してほしい。では、解散……」

最後に神永が意見を取りまとめて、本日の捜査会議が終了した。限りなくクロに近い人物の浮上に、これまで鬱積《うっせき》していた捜査員たちのストレスが一気に解消された。明日からは新たな気持ちで事件に取り組むことができる……そう思うと、心なしか沖田も胸のつかえが下りた気がした。


ローラー作戦の合間に帰宅した沖田は、昼過ぎまで泥のように眠った。

目覚めると、小学生の裕介とパート勤務の真由美の姿はない。結婚当初から二人は警察官舎で暮らしていた。官舎での生活に妻は馴染めなかった。休日には上官との家族ぐるみの交際が強要され、日々の生活も同僚主婦の目を意識しなければならない。

真由美は次第に監視された生活に耐えられなくなっていった。留守がちな夫の仕事をサポートし、家庭を守るだけの生活には限界を感じていたのだろう。子どもが小学校に入学すると、真由美はパートに出ることを希望した。沖田には妻の気持ちが痛いほど理解できた。日中、官舎に取り残されることに耐えられなかったのだ。

勤めに出てから妻の様子は一変した。充分に予測できた結果だった。その後、夫婦の間に冷たい風が吹き抜けるようになった。一方、沖田も仕事で遅くなることに罪悪感を感じなくなっていった。未解決の事件には妥協を許さぬ捜査を続けた。それが沖田の生き甲斐だったが、家族の理解を得ることはできなかった。

刑事同士でコンビを組むと、相棒と共に過ごす時間は妻より長くなる。一旦、事件が起きれば朝から深夜まで顔を突き合わせ、自宅は寝るだけの場所と化す。互いに別行動を取れるのは、往復の通勤時間と情報提供者と密会する時くらいだろう。さらに捜査本部が設置されれば、四、五日間は家に帰れないことが頻繁《ひんぱん》に起きる。

原則的に捜査本部は、事件が起きた所轄署内に設置されることが殆んどである。ただし大事件や広域にわたって捜査が及ぶ場合は例外となる。県警本部に捜査本部が設けられて、各所轄署が事件解決に向けて力を合わせることが一般的だ。したがって沖田たちのような刑事は、所轄間の人間関係が大変に重要となってくる。

警察官の大半は刑事職に対して憧れを抱いているが、刑事になるためには昇任試験以外に上司の推薦が必要とされる。そのために少しでも早く身を固めて家庭を築くことも評価の対象となる。しかし現実とは皮肉なもので、刑事になった途端に時間を束縛されて家庭人ではいられなくなってしまう。いつの頃からか、誠次と真由美の間には埋めることのできない深い溝ができていた。

考えてみれば、沖田は小学四年生になる裕介の誕生日を祝ったことどころか、参観日や運動会に行ったこともない。

親子の間に決定的な亀裂が入った出来事が野球の試合だった。小学校に入学すると同時に、裕介は地元のリトル・リーグに入団した。そして今年になり夢にまで見たレギュラー・ポジションを獲得することができた。沖田はかねてから、正選手になったら試合の応援に行くことを約束していた。しかし試合当日になり、緊急招集がかかり観戦することができなかった。結果は三対二の惜敗——。それ以来、息子は父親に対して心を閉ざしてしまった。

布団から這い出ると朝刊に目を通した。食卓にはオレンジジュースと、冷めた目玉焼きとトーストが載っていた。自業自得とはいえ、一人だけの朝食を迎えるたびに彼の心は痛んだ。思い描いた家庭像が次第に色褪《いろあ》せていくことに耐えられなかった。

静まり返った家には自分の居場所はなく、仕事部屋で寝ることが多くなった。殺風景な空間には、デスクとソファベッドがあるだけだ。深夜帰宅に対する妻への気配りだったが、逆に沖田の配慮が夫婦間のすれちがいを生む結果となったのかもしれない。

時計をみると、正午を回っていた。沖田は午後の会議に備えて昼食を掻き込むと、家を飛び出した。

会議では様々な意見が提案された。しかしどれを取っても相手に気付かれずに張り込むには無理がある。幾度か議論を重ねた結果、夜の張り込みには特殊車両を使用することになった。問題は日中の監視活動だった。〈流し張り〉〈車両故障の偽装〉〈偽セールスマンによる訪問〉〈尾行捜査〉など、いろいろな手法が提案されたが〈遠張り監視〉することで意見がまとまった。

いよいよ明日からは本格的捜査が開始される。翌日も酷暑が予想された。張り込みは、体力勝負だ。沖田は事務処理を済ませると、反町とともに早や早やと帰路に就いた。


先発隊に選ばれた沖田班は、容疑者宅から五十メートルほど離れた農作放棄地に監視拠点を置くことにした。肩丈ほどに生い茂った雑草を円形に刈り取り、そこに飲料水と食料を持ち込んだ。特殊捜査車両は刑事部特殊班捜査係からの借り物だった。駐車場所は地主の許可を得て死角になる民家の空き地を確保した。

ワンボックス型の特殊捜査車両には最新機材がフル装備されていた。天井には伸縮式指向性集音マイクが内蔵され、夜間になれば暗視装置付き高倍率潜望鏡でナイト・ビジョンやビデオ・モニター撮影することも可能だ。さらに監視対象者に察知されないために車体に窓はなく、車両側面には〈田中電気商会〉と書かれたマグネット・ステッカーを付けて偽装工作をした。

「こんな炎天下じゃ、一時間もしないうちにミイラになっちまうで」

張り込みがはじまって早々、反町がぼやく。班員はみな、万一の事態に備えて、ヘルメットと社名入りの長袖作業着を着用していた。八月半ばの気温は、午前十時にして早や三十度を上回っていた。

「いくら水分を補給したかて、すぐに汗になってしまうがな」

足元には、すでに一・五リットルの空ボトルが二本転がっていた。

「喉は渇くし腹は減るし、やってられへんな」

「まだ十時だ、昼飯まで二時間もあるぞ」

「体がデカイぶんだけ、燃費が悪いんや。それよりヤブ蚊をなんとかしてくれ、蚊取り線香など屁の役にも立たんで」

交替までには時間があった。沖田から無線連絡を受けた室伏が、補充飲料と殺虫スプレーを現場に持参してくれた。

「熱中症になる前に、クーラー車で休んでくれ。友さんたちが流し張りをしてるが、やはり容疑者《ホシ》の工場から工作機械の音が聞こえてくるそうだ」

「朝早くから拳銃《チャカ》造りにご執心か。グズグズしてんと、早よう踏み込もうや」

反町がヤケ気味に愚痴る。

「監視を続行しろとの命令だ。どうやらデカ長は、ブツの受け渡し現場を押さえたいらしい」

「そやかて、買い手が来るとは限らんで。奴が配達する可能性もあるんや」

午後五時過ぎになって平沢と思われる人物に動きがあった。室伏が待機車に無線を入れる。平沢が自宅を出るのを確認して、三十メートル後方から沖田班が追尾を開始する。

「沖田から室伏班へ、応答せよ」

「はい、こちら室伏です。どうぞ」

「現在、尾行対象者《SH》は県道七四号線を池田《いけだ》方面に北上中。今のところ、不穏な動きは見られない。どうぞ」

「室田から沖田班へ、了解しました。尾行を続行して、随時、連絡をお願いします」

このまま県道を進めば私鉄駅に出るはずだ。静岡清水線の古庄駅《ふるしょうえき》なら、乗降客も少なく人目につきにくい。そこで平沢は誰かと待ち合わせて、密造銃の受け渡しをするのだろうか？　高鳴る胸を抑えて慎重に車間距離を保つ。

その時、突如、前方車両の左ウインカーが灯った。

「野郎、どっかに立ち寄るつもりだな」沖田が呟くと、「誠やん、スーパーや。晩飯でも仕入れるのとちゃうか？」と運転席の反町が呟く。

「沖田から室伏班へ、応答せよ」

「はい、室伏です。どうぞ」

「現在、ＳＨは県道脇のスーパー・マーケットに入った。駐車場で待機して尾行を続けるが、念のために古庄駅と長沼駅《ながぬまえき》に捜査員を待機させてもらいたい。どうぞ」

「了解しました。ただちに手配します」

室伏に無線を終えて間もなく、平沢は店の外に姿を現わした。手にしたスーパーの袋には、食料品らしき買い物がどっさりと詰まっている。平沢は用心深く辺りを見回すと、再び車に乗り込み来た道へＵターンし始めた。

「沖田から室伏班へ、応答せよ」しばらく間を置いて無線交信が届く。

「こちら室伏、どうぞ」

「ＳＨはスーパーで買い物をして、そのまま帰宅する模様。申しわけないが、駅で待機している捜査員に引き上げてもらいたい。どうぞ」

「こちら室伏、了解しました」

尾行を終えて沖田班が張り込み本部に戻ったのは、午後六時を少し過ぎていた。その後、しばらく平沢宅は静まり返っていたが、八時を回った頃から再び工場から機械音が聞こえ始めた。空を見上げると、月に群雲《むらくも》が掛かった不気味な夏の夜だった。

「たっぷり食料も買い込んだし、野郎は残業するつもりだな」

意気込んで張り込んだ捜査員たちから、愚痴がこぼれ始める。

「わしにはプンプン臭うんや、ダメ元でガサ打たせてくれへんかなあ」

「マサやん、ここは我慢のしどころだ。奴《やっこ》さんは必ず尻尾を出す。仕掛けるタイミングをデカ長は考えているはずだ」

ふて腐れる反町を沖田が宥《なだ》める。張り込み初日は、さしたる成果もなく終わった。その後、十時まで監視を続けて捜査員たちは一旦、引き上げることとなった。

張り込みは翌朝より再開されたが、この日は一向に動きがなかった。捜査員たちの間に重い空気が流れ始めた頃、平沢宅に来客があった。時間は午後八時を回っていた。捜査員の間に緊張が走る。肉眼でも車両のライトが移動するのがわかった。車は敷地内にある倉庫前で停止した。

「夜のご出勤とは、水商売並みやな」反町が冗談混じりに呟く。

「暗視カメラをズーム・アップしてくれ、モニターの準備はいいか！」

沖田の指示で朝倉が急いで機器を操作する。特殊車両のルーフから音もなくスコープが伸びる。画面《モニター》に対象物が青白く浮き上がった。

「なんや、トラックやで。軽トラでチャカを買い付けに来る極道はいないやろ」

画面に見入っていた反町が呆れ顔でぼやく。朝倉が望遠レンズの倍率を上げて、車から降りた男に照準を合わせた。作業着姿らしき男の輪郭が映し出される。

「マサやんの言うとおりだ。どう見てもヤクザ者には見えんな」

室伏が気の抜けた声を洩らす。モニターに映し出された男は車から荷物箱を降ろして家の中に入った。

「友部班は、尾行の準備をしてくれないか」

しばらくの間、男たちに表立った動きはなかった。

「班長、訪問客が帰る模様です」

じっと無言でモニターを凝視していた朝倉が報告する。ただちに友部と風間が覆面車両へと向かう。画面から車影が消えると同時に、再び平沢宅から機械音が聞こえ始める。先ほどから降り始めた雨が、次第に激しくなった。

「友部より本部へ、応答願います」

尾行中の友部班より、突然に無線連絡が飛び込む。

「こちら本部、感度良好」

「現在、対象者《マルタイ》の職質が終わりました。面白そうな手土産を持ち帰りますので楽しみにしてください、どうぞ」

「面白いとは？　どうぞ」

「戻ったら、詳しく説明します。瓢箪《ひょうたん》から駒が出るかもしれませんよ」

ヒョウタン……と沖田は尋ねようとしたが、すでに無線が切られていた。友部と風間が戻ったのは、連絡を終えてから二十分後だった。到着するなり、二人は監視車の中に乗り込んできた。

「班長、これを見てください！」

友部が興奮した様子で小さな金属部品を差し出す。

「職質相手は、平沢にこのブツを納品したことを認めました」

「これは、形状からして加工途中の薬莢《やっきょう》のように見えるが……」

沖田が男と平沢との関係を聞く前に、再び友部の声が返った。

「普段は自宅でオートバイ部品の下請け仕事をしているようです」

「住所と名前は聞いただろうな？」

「もちろん。当初は工賃も高くていいアルバイトだったようですが、最近では精度にうるさく四割近くが返品されるとボヤいていました」と友部が応ずる。

「何を作らされているのか知っていたのか？」

「いい加減なオヤジで、管楽器の部品《パーツ》だと言われて引き受けたようです」

友部は予想外の押収品に興奮が冷めやらぬ様子だった。

「風間、すぐにこれを鑑識に回してくれ」

間髪を入れずに沖田の指示が飛ぶ。

「これが薬莢と断定できれば、わしらの努力も報われるんやがな……」

静かだった反町がにわかに息を吹き返す。すぐに沖田は神永に連絡を入れると、現場の撤収作業を指示された。

6

所轄署に戻ると、上機嫌で神永が捜査員たちを出迎えた。すでに神永は、鑑識課に持ち込まれた押収品の分析結果を知らされていた。

「暑い中、連日ご苦労だったな。鑑識によると、ブツは三十八口径の薬莢にまちがいないそうだ」

「平沢はパーツの一部を、堂々と外注に出していたんですね」

「いずれにしろ、これだけの証拠品《ブツ》を押さえれば本ボシは決まりだろう」

沖田の疑問に神永が答える。

「いよいよ、ガサ打ちやな」と反町。

「まあ待て、あと一手詰めたい」

「と言いますと……」

「母屋《県警本部》の鼻を明かすには、絶対にミスは許されない。確定的な現場を踏んでからガサ状を切りたいが、二次抗争を考えると時間的な猶予もない。そこで明日、平沢が外出した時に家の内部を探ってほしい」

　神永は初めて部下の前で本音を語った。警部の本心を知った捜査員たちは背筋の伸びる思いがした。

「違法捜査にはなりませんか？」風間が素朴な質問をする。

「セールスマンを装って、内偵をする程度なら問題にはならないだろう。その役目を警部補に一任したいのだが……」

　唐突に指名を受けた沖田の戸惑いは隠せない。

「デカ長の指名とあれば異論はありませんが、なぜ自分なんですか？」

　責任の度合いからすれば異存はない。しかし、ただそれだけとは思えなかった。

「では聞くが、反町が背広姿をしても、サラリーマンには見えないと思うが……」

　神永の発言に周囲から失笑が起こり、その場の雰囲気が一瞬和む。改めて考えれば、反町の風貌は角刈り頭にギョウザ耳だ。さすがに警部だけあって沖田が適任者であることを見抜いていた。

　翌朝、沖田は着慣れないネクタイ・スーツ姿で自宅を後にした。普段と出で立ちがちがうだけで、すっかりサラリーマン気分になるのだから人間とは不思議なものだ。

今朝も妻の見送りはなかった。結婚当初は危険が伴う職業のため、朝の見送りだけは欠かすことはなかった。しかし最近の真由美はちがった。一旦、帳場《ちょうば》が立つと何日も帰らない生活に愛想を尽かしたのだろうか。今では息子を私立中学に進学させたいと、パート・タイマーの早出勤務も増えているようだった。

登庁すると、仲間たちから冷やかしの言葉が飛び交った。室伏は「刑事より役人向きだな」と言い、友部は「冴えない銀行員みたいだ」と笑った。反町にいたっては「団地妻相手のコンドーム・セールスマンやな」とからかってくる始末だった。その中で朝倉だけは、「パリッとスーツで決めると桜田門のキャリアみたいですね」と誉めてくれた。

気合を入れて朝一番から現場を張り込んだものの、この日に限って平沢は一向に出掛ける気配がない。時折庭先に姿を見せたが、雑事を済ませると再び家の中に消えていった。

平沢が外出着に着替えて現われたのは、午後三時過ぎだった。すぐに友部班が追尾を開始する。

「いよいよ、セールスマンのお出ましやな」

反町が他人事のように言い放つ。もしも平沢が出戻るようなら、携帯電話に連絡が入る手はずになっていた。現場に到着すると表札を確認した。古びた木札に『平沢』と書かれた文字が読み取れた。油で煤《すす》けた玄関の窓ガラスには、他人のような己の姿が映っていた。スーツを着るのは警察学校の入校式以来かもしれないな……そんな記憶が去来する。

緊張しつつ、玄関脇のブザーを押した。壊れているのか呼出し音がしない。滞在時間は限られていた。引き戸に手を掛けた。鍵は掛かっていない。

「ご免ください」

形式的な挨拶をして、家の中に足を踏み入れる。脱ぎ散らかされた靴が目に入った。

建物内は薄暗く、工業油の臭いが鼻を衝く。奥の八畳間には丸めた絨毯《じゅうたん》が立て掛けられ、ストーブの上には空のペットボトルや食べ掛けのカップ・ラーメンの容器が載っている。壁に貼られたカレンダーは三カ月前のままだ。

玄関脇には、作業場へ続く通路があった。コンクリートの床に鉄クズが散在し、足の踏み場もないほど猖獗《しょうけつ》を極めている。それらの中から真鍮の丸棒と鉄パイプが沖田の目に留まった。銃弾と銃身製作に直結する部品だろうか……。用心深く、さらに奥へと進んだ。

心臓が高鳴る。

踏み出した足の裏に異物を感じた。

ライトを当てる。

光に浮かび上がった物を見て、ビクンと心臓が震えた。

円錐状の金属の塊だった。

手に取って、じっくりと観察した。

旋盤《せんばん》で削った加工途中の部品……弾頭にちがいない。

さらに奥に足を踏み入れた。

見たこともない工作機械が所狭しと配置されている。

冷房が切られた工場内は、暑さと油の臭いで噎《む》せ返っている。

一台一台の特殊機械にライトを当てて点検する。

オイル塗《まみ》れの床に革靴が滑る。

車の音に反応して、懐中電灯を消す。

機械の陰に身を潜めていると、次第に走行音が遠ざかっていく。

再びライトを灯して一台の工作機械に光を当てた時だった。

一瞬、眼球が凍《い》てついた。

工作機械の脇には、回転銃の部品であるリボルバーが転がっている。

別の棚に視線を移すと、そこには未完成の製品が無造作に放置されていた。その中の一丁を手に取った。ズシリと重い感触が伝わる。体が記憶している心地よい重量だ。

正式な家宅捜索ではないので、証拠品を持ち帰るわけにはいかない。持参したデジタル・カメラで撮影する。現状報告をすべく工場を飛び出した。無意識のうちに全力疾走していた。特殊車両の中では捜査員たちが沖田の帰りを待ち侘びていた。

「密造銃を発見したぞ！」息も絶えだえに沖田が車に駆け込む。

「班長、これを飲んでください」

沖田は噴き出す汗を拭おうともせず、朝倉が差し出した水を一気に飲み干した。

「これを見てくれ。五連《れんこん》発弾倉と特徴的な銃把《にぎり》からすれば、ニューナンブなのは明らかだ！」

沖田がデジカメ画像を皆に見せる。

「〈平沢オリジナル〉か……。誠やん、面白《おもし》ろうなってきたな」

息が整うのを待って、沖田は中部署に報告を入れた。神永は予測どおりの報告に満足した。そして引き続き現場に待機するように命じた。

時間は午後四時になろうとしていた。周辺の畑には、野良仕事をする人影がまばらに見えた。車両内の緊張感が高まる。誰もが所轄署からの連絡を心待ちにしている中、神永から待望の電話が入った。家宅捜索の許可を知らせる一報だった。いっさい他言は無用とのことだ。

「マル暴は、首ありチャカを挙げてなんぼや。それが今回は製造工場まで発見したんやで」

「反町先輩の言うとおり、本部長賞ものですよね」と朝倉。

「ニューナンブの密造など前代未聞だ、警視総監賞もまんざら夢じゃないぞ」

日頃から県警本部に手柄を横取りされている中部署としては、今回は、是が非でも本部を出し抜きたかった。そのためには神永の言葉どおり秘密保持を徹底する必要があった。

友部班を見張りに残して所轄署に戻ろうと車を発進させた時、「誠やん、あれ吉良とちゃうか？」と反町が隣車線を指差した。赤信号待ちをしている軽トラックに乗っているのは、まぎれもなく吉良誠だった。

「車を止めろ！」

青信号になり発進しようとするトラックの前に、反町が車体を寄せ停止させた。突然に進路妨害をされた吉良が驚いて急ブレーキを踏む。

「どこ見てんだ。気をつけろ！」軽トラックの窓越しに吉良が怒鳴る。

「おい、コラ！　こんなところで、なにしてんだ」

沖田の声に気付き、思わず目を見開く。

「刑事さん、冗談がキツイっすね。ご覧のとおり商売ですよ」

相手が暴力犯係と知って急に態度が改まる。

「極道にしては勤勉やな」

荷台には回収したばかりのリサイクル品が満載されていた。

「刑事さんこそ、なんの捜査ですか？」

「お前には関係ないことや。まさか荷台にシャブを隠して配達中じゃないやろな」と反町が問い詰める。

「勘弁してくださいよ。臭い飯はこりごりですわ」

所持品検査をしてから、車内をくまなく捜索する。荷台には、電子レンジ、掃除機などの家電製品の他に、ゲーム機、鳥の剝製、ギターから一輪車まで積まれていた。

「まるで廃品回収屋やな」

覚醒剤を発見できなかった反町が捨て台詞《ぜりふ》を吐く。

「だから、なにもないと言ったじゃないですか、元どおりに積み直してくださいよ」

「アホか、それがお前の仕事やろ。素人相手に買い叩いて、ボロ儲けするんやさかいな」

「旦那たちのやることは滅茶苦茶ですよ。勘弁してほしいな」

犯歴のある吉良は、刑事に逆らえないことを心得ている。

思わぬところでタイム・ロスしてしまった沖田たちは、その場に吉良を残して帰りを急いだ。

意外な人物との出会いに疑念が残ったが、家宅捜索前の捜査員たちに心の余裕はなかった。

午後八時過ぎ、中部署で待機していた班員たちに友部より連絡が入った。十分前に平沢が外出先から帰宅したとの知らせである。捜査令状手続きを終えた沖田と反町は、神永を筆頭として捜査車両の隊列とともに駿河区大谷町にある密造拳銃工場へと向かった。

街並みを外れると、遠くに明かりの灯った建物が見えた。玄関先には平沢の自家用車が駐車されている。今ごろは緊急事態にも気づかずに、拳銃造りに没頭しているにちがいない。現地に到着した捜査班は、五十メートル手前の空き地に集合して、神永から家宅捜索の手順を告げられた。対象者は一人、逃亡することなど不可能だ。しかも下見確認も終えている。

「平沢に動きはなかったか？」

現場に張り込んでいた友部班に尋ねた。

「戻って来てからは、いっさい外出はしていません。大人しいもんです」

明かりの灯る建物を見て経過報告を済ませる。

再び捜査員は車に分乗すると、平沢宅の敷地内に進入した。手順どおり各班が逃亡経路を封鎖する。神永を先頭に沖田と室伏班が玄関を開けると、家の奥からテレビの音声が微かに聞こえた。

「平沢幹夫、銃器等製造法違反および銃刀法違反により家宅捜索する！」

捜査令状を手にした神永に続き、捜査員が一斉に家の中に雪崩れ込む。しかし呼び掛けに本人の応答がない。裏口からは実動部隊が家宅捜索に着手した。工場内は照明が灯り、クーラーも稼働したままだ。なにか、様子が変だ……と沖田が工場内に足を踏み入れた時だった。

「なんじゃ、こりゃあ！」と反町が雄叫《おたけ》びを上げた。

皆が一斉に駆け寄り、目前の惨状に言葉を失う。工作機械の陰に血塗れになった平沢幹夫の惨殺体が横たわっていた。胸から流出した血液が衣服を伝って床の泥油と同化している。機械脇には加工途中の拳銃部品が散在していた。その光景を目の当たりにした一同が立ち尽くす。

「やっと挙げたと思ったら、死体《ホトケ》とは……」茫然自失状態で神永が呟く。

長期にわたる捜査活動の末に突き止めた容疑者が殺害されていたのだ。失意に満ちた沈黙が現場に漂う。

「訪問者が誰もいなかったと言ったが、まちがいないな」

「少なくとも、監視地点からはなにも確認できませんでした」

問い詰める口調に友部が力なく答える。

「どうやら、犯人の侵入経路は裏口だったようだな」

「ガサ情報が抜けているとは考えられない。いったい、誰が……」

沖田が瞑目して想像を巡らせる。

「取りあえず現場検証だ。至急、鑑識班を手配してくれ」

夜更けにもかかわらず、騒ぎを聞き付けた近隣住民たちが集まり始めた。周囲は投光機で照らされ、闇の底に平沢宅が浮かび上がっている。

その時、規制線の外側から突然にストロボが焚かれた。

「こらあ、お前ら。なにしとんじゃ！」と反町の怒声が飛ぶ。撮影していたのは報道関係者だった。

「東海新聞の夏目です。いったい、何事があったんですか？」

暴力団の抗争事件の最中、連日にわたり各新聞社入り乱れての取材合戦が続いていた。すでに殺人現場と化した敷地内は、蜂の巣を突ついたような騒ぎとなっていた。その中で応対したのは沖田だった。

「サツ番のお夏さんか。どうやって、この事件《ヤマ》を嗅ぎ付けた？」

「退社途中に中部署の動きが慌ただしかったので、勝手に尾行しちゃいました」

夏目美波の顔が投光機に照らし出される。彼女のヘア・スタイルは、清楚でボーイッシュなショートボブ・カットをしている。

残業を終えた夏目は、中部署前を通り掛かった時にビルの四階に異変を感じた。周囲を観察すると、建物の側壁には数台の捜査車両が待機している。窓に映っていた人影が消えた直後だった。捜査員が一斉に車に乗り込む姿を目撃した。彼女は、迷わずに車列の後を追った。

「サツを尾行するとは、二課にスカウトしたいところだ。スクープしたいんだろうが、殺人《コロシ》となればそうもいかんぞ」

「殺人事件って、本当ですか？」

「取材には応じられん、捜査の邪魔だ」

「そこをなんとか、お願いします」夏目が哀願したが、「絶対に、ダメだ！」と一喝された。

いかに事件記者といえども、殺人直後の事件現場に出合うことなど奇蹟に等しい。

翌日の朝刊に証拠品の押収現場写真が掲載されていたのは東海新聞だけだった。他紙は平沢幹夫宅の外観写真と、夜討ち取材での短い記事が併記されていたにすぎない。各紙の掲載写真のちがいは、生き馬の目を抜く報道現場にあって決定的な取材力の差と、同時に記者にとって最も必要な運の強さを物語っていた。

7

捜査本部では三千余点の証拠品整理、原材料購入先の特定、外注者の事情聴取と、膨大な裏付け捜査が連日連夜にわたり続けられていた。

家宅捜索前に容疑者の口封じをされてしまった暴力犯刑事たちの胸中には忸怩《じくじ》たる思いがあった。死亡原因は匕首《あいくち》で心臓をひと突き。至近距離からの犯行には顔見知りの線が濃厚となる。諸井殺害事件から発生した拳銃密造犯逮捕の失敗に、県警本部から突き上げられた神永は懊悩《おうのう》した。

今日も彼は朝から本部長に呼び出されたまま帰って来ない。捜査指揮官である神永が責任を追及されていることは明らかだろう。

「チャカの製造元が刃物《ヤッパ》で殺られるとは、シャレにならへんな……」と反町が場の雰囲気を和らげようと冗談を飛ばす。

「平沢情報が洩れていたとは考えられないし、口封じされたのも納得できん」

沖田は千載一遇のチャンスを逃した精神的ダメージから立ち直れなかった。神永警部の立場からすればなおさらだろう。神永不在の刑事部屋は、まるで通夜のようだった。警部の席は捜査員全員が見渡せる場所に位置していた。朝早くから登庁する上司の姿が見えないのは寂しいものだ。神永は今年五十七歳で、警察の中でも激務とされる刑事課を任されるには珍しく穏やかな人柄だった。

部下を叱責することもなければ、無理難題を押し付けることも滅多にない。常に冷静沈着で物事を理詰めで考えるタイプの性格だった。同時に、私生活を表に出すことも殆んどなかった。噂によると妻とは若い頃に死別したらしい。一人息子はすでに成人して東京にいるという。以前は県警本部の地域部地域課に在籍していたが、あることをきっかけに所轄署の刑事課への道を選択したことはあまり知られていない。

「張り込み現場に吉良が現われたことが、ずっと気になっているんだが……」

「誠やんもか、わしもや」

「市内から三十キロ以上も離れた片田舎で、偶然に出交わすのも変だ」

「絞めてみる必要があるで」と反町。

「もう一度、奴《ヤサ》の店に行ってみるか」二人はその足で吉良の店に出向くことにした。

県道一五七号線を走っていると雨が降り出した。灼けたアスファルトの路面から一斉に湯気が立ち昇る。

「幻想的やな。まるで、ロンドンみたいや」

景色に見とれた反町が、思わず感想を洩らす。

「行ったことあるのか？」

「ない」

反町を無視して走り続けると、見慣れた新興住宅街に差し掛かった。吉良の店はシャッターが閉まったままで、郵便受けには配達物が溜まっていた。建物の中には人の気配が感じられない。仕方なく二人は、周辺の聞き込みをすることにした。近隣住民から得られた情報は、数日間は閉店状態のまま……という証言のみだった。その言葉に、沖田は妙な胸騒ぎを感じた。


平沢幹夫殺人事件の捜査が行き詰まっている最中、再び発砲事件が発生した。

深夜に黒岩組事務所が威嚇《いかく》射撃されたとの連絡だった。現場に駆け付けると、窓ガラスには一発の銃痕が残されていた。建物に向けて発砲することを、ヤクザの間では〈ガラス割り〉という。ガラス割りは一見して腕白《わんぱく》少年の悪戯《いたずら》のような行為だが、彼らの世界では重要な意味を持つ。次はこの程度では済まないぞ……という完全な脅しである。

関東系ヤクザは予告攻撃をすることが多いが、関西系のヤクザは直接報復が常識的だ。さらに九州となると過激で市民を巻き込む抗争も珍しくない。いずれにしろ街中で拳銃を使用した脅迫行為は、一般市民が巻き添えになる危険性が高い。

そこで一九九五年六月の改正銃刀法で設けられた発射罪規定により、ガラス割りの刑罰が重くなった。一般には聞き慣れない〈発射罪〉とは、公共の場所や乗り物の中で被害の有無を問わず短銃などを発射する行為に対する処罰規定だ。

それまでは対立する組事務所に銃弾を撃ち込んでも懲役四、五年の処罰だった。しかし発射罪の施行により殺人未遂罪に問われることもあり、誘拐罪と同等の無期懲役刑を科することも可能となった。やはり火種は燻《くすぶ》っていたのだ。互いに燃え上がらないうちに鎮火させなければならない。

すぐに対策本部にて緊急会議が開かれ、黒岩組と俠誠會への家宅捜索が再度検討された。平沢幹夫の殺害は県警トップの間で問題視された。神永の現場指揮が不適切ではなかったかとの指摘である。本来なら責任者の交代が当然の措置だろう。辛うじて彼が職務を続行できたのは、自らの進退を賭けて指揮官として残りたいと申し出たからである。さらにそれを後押ししたのが県警本部刑事部長の浅田《あさだ》だった。

彼は神永の過去を知る数少ない刑事仲間の一人だ。

神永の家庭は巡査部長時代に不幸な出来事に見舞われたことがあった。当直の夜に買い物に出掛けた妻が通り魔に襲われた事件である。一報を受けた彼は現場に急行した。物々しい人集りの中で救急車に搬送される妻は、すでに絶命していた。神永は捜査班に加わることを懇願したが、被害者の身内が加われないことは警察内部での鉄則だ。長期間にわたって捜査は続けられた。多くの目撃情報が得られたものの、未だに犯人は捕まっていない。

その後、神永崇史は県警本部を去ることを決意した。所轄署への異動を希望し、刑事になることを目標にした。刑事一課に配属されてからは数多くの凶悪犯を検挙した。浅田から人事会議の席上で彼の過去を知らされた本部首脳陣は、彼の心意気を尊重して指揮官を続行させる決断を下したのだった。

「皆も知ってのとおり、昨夜、黒岩組事務所に向けて発砲事件が起きた。俠誠會の報復予告とみてまちがいないだろう。車から発砲されたために、立哨警戒に当たっていた警官も実行犯の姿を確認できなかったようだ。鑑識課の報告では、使用拳銃はコルト・ガバメントとのことだ。本日の決定により、再度、両組事務所への家宅捜索を実行することになった。俠誠會の報復が本格化すれば器物破損程度では済まされないだろう。その前に、双方に圧力を掛けておかねばならん。前回同様、捜査に当たっては充分に警戒してもらいたい」

神永は事件の顚末《てんまつ》を説明し、非常招集した目的を捜査員たちに説明した。

「立番をしていた警官が無事で良かったで。もしも相手がギンダラ《トカレフ》をブッ放していたら、防弾チョッキを貫通しちまうからな」

隣の反町が耳元で囁く。その言葉を聞きつつ、沖田は街中に泳がせていた情報提供者の言葉を思い出していた。

「デカ長、昨日に得た情報ですが、俠誠會に妙な動きがあるようです」

神永は鋭い眼光を向け、沖田の言葉を待った。

「……どうやら、龍神組系の始末屋《プロ》が市内に入ったとのことです」

「ネタ元は、確かだろうな」神永が沖田に確認を求める。

「一課の在任中から自分が泳がせている情報屋《エス》なので、まずまちがいないでしょう」

「若頭《わかとう》のタマを獲られたからには、近々、必ず実弾が飛び交います。手遅れにならないうちに、一刻も早くガサ打ちをするべきです」

ヤクザの世界では親子関係が絶対的だ。二番目に優先されるのが兄弟分の盃となる。かつて兄弟盃は同門同士が常識だったが、近年のヤクザ社会では代紋ちがいの繋がりも許されている。五分盃が対等であるのに対し、五厘下がりなど組織の大小により力関係にも微妙に格差が生じる。したがって弟分の組織が窮地に立たされれば、龍神組としては援護をするのが当然の行為となる。

「ガサ入れについて、質問および報告事項はないか？」

神永はゆっくりと捜査会議場を見渡してから、「では、明日の強制捜査の段取りについて説明する」と言って、さらに続けた。

「今回、沖田班は黒岩組を担当してくれ。室伏班と友部班は侠誠會だ。その他の捜査員は、組織表どおり二班に分かれて指揮官の指示に従ってほしい。念のために機動隊にも要請を掛ける。ガサ入れ時間は、組員が出揃う午後三時に同時執行する。手錠および拳銃を携行、防弾チョッキを着用すること。平沢幹夫が殺されたことにより、母屋《おもや》からの風当たりが大分強くなっている。疑わしき物《ブツ》があれば、すべて押収すること、以上解散！」

神永の力強い声とともに、会議は午後九時に終了した。

その夜、沖田と反町は葵町の居酒屋に立ち寄った。いつも飲みに誘うのは反町だったが、今夜は沖田から声を掛けた。明日の強制捜査について事前に打ち合わせをしておきたかったからだ。

「会議の席上で言った始末屋《プロ》のことやが、ネタ元は誰や？」

反町が焼酎、沖田はビールで乾杯した。一杯目の焼酎を反町は一気に飲み干した。嗜《たしな》むのではなく酔うための酒の飲み方だ。

「侠誠會が出入りするクラブのホステスだ。昔、組員に付き纏われて困っていたのを助けてやったことがあってな」

「誠やんも、隅に置けんのう」

「自分と一緒にするな、今では信頼のおける情報屋《エス》の一人だ」

「わしだって女に対しては信念があるで、セックスは家庭に持ち込まん主義や」

二人の前に焼き鳥とおでんが運ばれてきた。

「そんな水みたいなもんで、よう酔えるな……」ビールを呷《あお》る沖田を見つめる。

「人が飲むものにケチ付けるな、それより明日の打ち合わせだ」

「誠やんは、侠誠會が大人しゅう黙っとると思うんか？」

「若頭《わかとう》のタマを獲られたんだぞ。報復しなかったら全国のヤクザから笑い者《もん》になる。かといって、現段階で仲介役に立てる親分衆は誰もいないだろう」

短くなったマルボロを揉み消すと、残ったビールを飲み干して冷酒を注文した。

「奴らは面子《メンツ》が立たないことを絶対に許さん。その辺は、マサやんの方が詳しいんじゃないのか？」

「俠誠會のターゲットは、黒岩の若頭の五条やろうな」

「今ごろは五条篁には、ベッタリ用心棒が貼りついているだろう」

客が入るたびに二人の視線は入口へと注がれる。ヤクザ者や新聞記者が来店すると、二人のプライベート時間が奪われるからだ。

「ところで誠やんは、なんで警察官になったんや？」

「なんだ、やぶからぼうに……」

「以前から、ずっと聞きたかったんや。刑事稼業も楽やないさかいな」

反町の意外な質問に思わず冷酒を呷った。カッと喉が熱く灼けつく。

「ベタな理由だよ。高校時代に好きだった女生徒が暴漢に襲われたからだ。言っておくがプラトニックだったからな」酔った勢いで、思わず沖田の本音が洩れる。

「ほんまかいな」

「茶化すんなら、しゃべらんぞ」

「信じるがな、ウソやない」

「それ以来、彼女は不登校になった。その後、鬱病《うつびょう》になって卒業直前に自ら命を絶ってしまった」

そう言って沖田は押し黙った。

「犯人は逮捕されなかったんやな」

「被害届が出されたのは自殺した後だった。きっと両親は世間体を考えたんだろうな。しかし俺には世の中に、そんな野郎が野放しになっていることが許せなかった」

「そないなことがあったんかい。女や子どもに手を出すクズ野郎には、ムカッ腹が立つで！」

酒の勢いにまかせて、感情を剝き出しの言葉を吐き捨てる。

「そのことを嫁はんは知っとるのか？」

「しゃべるわけないだろ。今度は、マサやんの番だぞ」と沖田が強い口調で発言を求める。

「わしがデカになった動機は、そんな立派なもんやないで。高校時代は、悪名高き三流校の番《ばん》を張っていたんや。放課後になると、毎日のように他所《よそ》の高校に殴り込みに行っとった。〈岸和田《きしわだ》K高の反町〉いうたら、市内で知らん高校生はおらんかったな」

空のロックグラスに注いだ焼酎を生《き》のままで呷る。

「喧嘩は必ず素手《ステゴロ》やった。バットや鉄パイプの相手にも連戦連勝や。しかし世の中は広いもんやな、喧嘩相手がおらんようになり、淀川《よどがわ》を越えて遠征に行ったんや」

「高校生だろ、他にやることがなかったのか？」

「偏差値が最低の工業高校やったし、教師たちも自分の学校を〈岸和田遊園地《ランド》〉と呼んどった」

反町とコンビを組んで以来、互いの過去を話すのは初めてだった。

「確か、殴り込み先は吹田《すいた》市の普通高校やったな。喧嘩といえば乱闘が常識やで。それが痩せたチビ一人が校庭で出迎えていたんや。しかも、相手は丸腰やった」

「みんな、怖くなって逃げ出したんだな」

沖田は校庭の真ん中にポツリと立つ、男子生徒の夕方の情景を想い浮かべた。

「わしは相手に先に、殴るように仕向けたんや。すると予想外のパンチが顔面にヒットしおった。カッと頭に血がのぼって、柔道の技を掛けようとしても、次々に矢のようなパンチが的確に飛んでくるんや。その繰り返しやった」

「それで……」

「結局、奴の体に殆んど触れることなくKO負けや」

ロングピースを吹かした反町が、照れ隠しに苦笑いを浮かべる。

「後で聞いた話やが、そいつはボクシング部で高校総体の大阪代表選手やったらしい。あの時は、子分の前でボコボコにされてザマはなかったで」

飲むほどに反町は饒舌《じょうぜつ》になった。残ったおでんを平らげて、焼酎を水のように飲む。

「明日はガサ打ち本番だぞ、ほどほどにしたらどうだ?」

「まだ宵《よい》の口《くち》や。もう少し、いいやろ」

反町を誘ったことを後悔し、頭の中で強制捜査のシミュレーションを繰り返す。

「わしが初めて喧嘩に負けた相手は、その後、プロボクサーになったようや。名前を金光《かねみつ》と言って日本ランキングの上位まで登り詰めたが、網膜剝離でプロライセンスを失効したらしい。次に奴と出会ったのは大阪府警の取調室やった。ボクサー崩れの極道に成り下がっていたんや」

「立場が逆転していたわけか」

煙草を吸い終えると、反町は枝豆と冷奴を注文した。

「腕っ節の強さが見込まれて、大阪の指定暴力団に拾われたようや。逮捕された時には組長の側近やった。逮捕容疑は銃刀法違反。取り調べの立ち会いを頼まれたが、とてもわしにはできんかった」

「マサやんらしくないな」

沖田には反町の言葉の意味が理解できなかった。

「大阪府警の取り調べは悠長なもんやない。どないなヤクザでも、半ベソをかくまで殴る蹴るや。取り調べの可視化なんぞしたら、極道に同情が集まるほどえげつないわ。しかし奴は、筋金入りやった。ド突かれることに慣れとったんやな。最後まで拳銃《チャカ》のルートを歌わずに懲役を食らったんや」

淋しそうな反町の視線が、焼酎のグラスに注がれる。

最後の一杯を飲み終えると二人は店を出た。

帰路の途中、沖田は刑事になり立ての頃を思い出していた。刑事の初仕事はお茶汲みに始まる。〈お茶汲み三年〉といわれ、誰よりも朝早く出勤して先輩刑事たちの湯茶を準備するのだ。沖田は、それらのことを退職した警部補から教えられた。

〈まずは先輩たちのお茶の好みを覚えろ。一人一人のお茶の濃さと熱さを記憶するんだ。刑事に必要なのは日常行動の変化を敏感に察知する能力だ。先輩デカの好みの味が一回で覚えられん奴は、刑事としての適性なしだ〉。今になってみれば尊い先達《せんだつ》の教えだった。

沖田は常々、反町を見ていて感じることがあった。若い頃から凶暴な関西ヤクザ相手に渡り合った実績があり、素手の喧嘩なら誰にも負けないことを自負している。まさにマル暴刑事になるために生まれてきたような男だろう。しかし体力や攻撃能力が暴力犯係の適性基準ではない。逆に自分の力を過信してしまうと、そこに付け込まれ闇社会に取り込まれる危険性がある。

現在の反町の捜査手法は、強引さが前面に出過ぎていた。刑事の力量は、あくまでも力対力ではない。ヤクザとて人間だ。情にほだされれば頑《かたく》なに閉ざしていた殻を思わぬところで緩めることもある。しかしそれを今、反町に理解してもらう難しさもわかっていた。

自宅の最寄り駅に到着した。タクシー乗り場を通り過ぎて、夜の町を歩いた。シャッターの閉まった商店街を通り過ぎる。歩行者の数はまばらだ。大きな音に振り返ると、自転車を蹴り倒す酔っ払いの姿があった。その音に驚いたホームレスが奇声を上げる。

明日の強制捜査のことが頭をかすめた。腕時計を見ると、十二時を回っていた。今ごろ真由美と裕介は寝ているだろうな……。一人で飲みたい衝動を抑えて帰路についた。今夜はシャワーで汗を流して早く寝ようと思った。

翌日、捜査本部では午前中に黒岩組担当と侠誠會担当の二組に分かれて家宅捜索の打ち合わせが行なわれた。大規模な捜索を前にして、捜査員たちが浮き足立っているように感じられた。それに伴い各々の再チェックが神永から要請された。

午後になると各自が武器保管庫へと向かった。手錠と拳銃を受け取ってから、防弾チョッキを身に着けて持ち場に集合した。すでに捜査車両は、一時間前から駐車場に待機している。家宅捜索への準備は全て整い、出動命令を待つばかりとなった。

午後二時二十分――。所轄署裏に集合して神永から注意点を告げられた後、二手に分かれて捜査車両に分乗した。

午後二時三十分――。すべての準備が整うと、一斉に中部署を出発。両組事務所は中部署を中心に、ほぼ対極的な場所に位置していた。何度経験しても緊張する時間帯だ。

午後二時五十分――。現場到着、後続車両に無線連絡を入れる。全車が組事務所の手前で停車した。沈黙の時が流れる。計画どおり面割れしていない私服刑事が、通行人を装って対象物に探りを入れる。

午後二時五十六分――。偵察員から「異常なし」の報告が入る。すべて予定どおりだ。捜査員が待機態勢で指令を待つ。

出動命令と同時に、全車一斉にエンジンを始動し捜索現場に向けて発進した。

午後三時――。沖田班は、黒岩組事務所前に捜査車両を横付けして組員たちの逃走経路を塞ぐ。

「各車、配置完了です」との連絡が入る。敷地内から獣が威嚇する低い唸り声が聞こえた。

「着手開始！」の合図とともに、捜査員たちが一斉に出動する。その時、侵入者の気配を察知した犬の吠え声が響き渡った。

「中部署の沖田班だ、扉を開けろ！」

事務所内部からは、なんの応答もない。沖田の合図により、後方に待機する機動隊がエンジン・カッターを始動する。そのけたたましい作動音に、犬の鳴き声がさらに激しくなった。

周囲が騒然とする中で、ゆっくりと組事務所の扉が開いた。

「ガサ入れだ。その場から誰も動くな！」

捜索令状と差押許可状を見せると、捜査員が一気に雪崩れ込む。役割どおり担当捜査員が階段を駆け上がり、組員たちの証拠隠滅を阻止する。

「なにが家宅捜索じゃ、わしら被害者やぞ！　責任者は誰や」

二階の応接間から怒声が聞こえ、沖田に続いて反町が現場に直行する。そこにはソファに踏ん反り返った若頭の五条篁がいた。前回の家宅捜索時には、組長の源次とともに総本部に出向いて不在だったはずだ。

五条の外見は、ひと目で極道とわかる風体《ふうてい》だ。時代遅れのパンチパーマ・ヘアで、暈《ぼか》しの入ったサングラスを掛けている。金のチェーンを首に巻き、痩せた体にはド派手なベルサーチのシャツを纏っていた。

「いよいよ、ご両人のお出ましか」

二人に向けて不遜《ふそん》な態度で言葉を吐き捨てる。

「同時ガサだ、文句言いっこなしだ」

毅然とした態度で沖田が応ずる。その間も五条は、腕組みをして座ったままだ。

「悪いのは奴らの方やぞ。いい加減にせんかい」

「わしらも忙しいんじゃ。暇つぶしにガサ打っとるとちゃうんや。気《き》ぃ付けんと、次はガラスだけや済まんことになるで」五条の言葉に反町が対抗する。

「なんじゃと！」

五条の側近が、過剰反応をみせ本能的に吠える。肩が筋肉で盛り上がり分厚い胸板をしている。太い首の上に載った顔はゴリラそのものだ。

「マル暴の連中に脅されちゃ、わしら身も蓋もなか」

「いま騒ぎを起こされては困るんだ。上からも徹底的に叩くよう言われているんでな」

「好きなようにしたらええ、鼠の子一匹も出えへん」

「五条さんよ。釈迦に説法かもしれんが、くれぐれも身辺には用心した方がいいぞ」

そう言い残すと、沖田は再び事務所に向かった。一階では組員たちが見守る中、次々に押収物が段ボール箱に詰め込まれていく。二人は捜査員たちの作業を見守っていたが、目ぼしい押収物があるようには見えなかった。前回の強制捜査以来、事務所内が徹底的に統轄管理されているようだ。

その間も、激しい犬の吠え声は一向に止む気配がない。

「予測したとおり、隅々まできれいなもんや」

静観する組員を見渡した反町がポロリと本音をこぼす。捜査員の中には、すでに手持ち無沙汰の者も見受けられた。

「今回のガサ目的は、抗争予防だから仕方ないだろう」

「それより、誠やん、さっきから気になっていることがあるんや」

浮かぬ顔で反町が尋ねる。

「なんだ……」

「犬や」

「犬が、どうした」と沖田。

「前回に来た時に、犬はおったか？」

「確か、いなかったな」

「猫ならいいが、犬はどうも気に入らんで」

反町が考えていることが理解しかねた。

「俠誠會のカチ込みを警戒して、番犬を飼ったんじゃないのか」

「わしが大阪におった頃にも、おんなじようなケースがあったんや」

「組事務所に犬がいたのか？」

「熊や」

「熊……？」

「そや、武闘派の組事務所にガサ打ちよったら、熊を放すぞと脅されたそうや。様子がおかしいと睨んだ指揮官が熊小屋をどけたら、仰山《ぎょうさん》のチャカが出てきよったで」

反町が、懐かしそうに府警時代を述懐する。

大阪府警・刑事部四課は、ヤクザの世界では最も恐れられている。逆に刑事の立場からすれば、極道に舐められたら四課失格の烙印《らくいん》を押されたも同然だ。そのためには外見からヤクザに成り切らなければならない。今ではパンチ・パーマどころか極道ルックも自粛させられたが、反町が在籍当時は先輩刑事から浪花《なにわ》ヤクザの真髄を徹底的に仕込まれたようだ。

「おい、お前ら府警が怖いんか！」

身長百八十センチ以上、体重百キロを超す屈強な猛者たちが先頭を固める府警・捜査四課のガサ入れは、乱闘が常識的だった。言葉で相手を挑発し、指一本でも体に触れた瞬間に修羅場と化す。もしも組員たちに威圧されたら四課刑事にとっては恥となる。

そのためには日々格闘術で体を鍛えていた。中には厳しい訓練に耐えられずに警察を辞める者もいたが、反町には打って付けの職場だった。肉厚の体格に坊主頭、カマボコ指輪《リング》と金のチェーン、その上に空手胼胝《だこ》と耳が潰れていたら極道との区別はつかない。平組員なら道で顔を合わせただけで路地に身を隠す者もいたという。今でも最も自分が輝いていた時代だと反町は誇りに思っている。

言われてみれば、番犬なら手頃な中型犬で充分なはずだ。あえて飼育が難しい軍用犬の必要があるのだろうか……。「機動隊もいることだし、一丁やってみよか」と反町は、すっかり乗り気だ。

沖田は完全武装した機動隊を呼び寄せた。異変を敏感に察知したドーベルマンが早くも吠え立てる。威嚇する猛犬を機動隊員が押さえ込む。捕獲して口に猿轡《さるぐつわ》をかますと、尾を垂れて猫のように大人しくなった。

「貴様らなにさらすんじゃ！　罪のない犬まで巻き添えにするんかい！」

機動隊員の行動を見ていた五条が堪え切れずに噛みつく。沖田の合図とともに、檻の嵌まった犬小屋が撤去された。剝き出しになった地面には無数の地虫が這っている。

待機していた捜査員たちが一斉に地面を掘り返す。沖田と反町は事態の推移を見守った。しかし武器庫どころか土を掘り返した痕跡さえ見つからない。その後も組事務所内を徹底的に捜索したが、凶器ひとつ摘発することはできなかった。

一方、俠誠會の家宅捜索は室伏班が担当した。渡世社会で彼の顔を知らない者はいない。組員たちは先頭に立つ室伏義男を見ると素直に奥へと招き入れた。事務所には大きな木彫りの代紋を中心にして、関係団体名が書かれた提灯《ちょうちん》が整然と並んでいた。

一斉に捜査員たちが事務所の中に突入する。応対したのは事情聴取から解放された若頭補佐の富樫だった。組長からの通達なのか恐ろしいほど組員たちは落ち着いていた。富樫の案内で室伏は奥の部屋に通され、一対一で根津寛吉と向き合った。

十二年前より二人の間には忘れられない因縁があった。根津が俠誠會の二代目組長を襲名したばかりのことだ。すでに室伏はやり手の暴力犯刑事として最前線に立っていた。当時の俠誠會のシノギの中心は闇金融だった。その裏で覚醒剤の密売にも手を染めていた。

かねてから審議中であった暴力団対策法の施行を見越して、室伏たち暴力犯係は俠誠會を解散に追い込もうと考えていた。複数の闇金融被害者の証言を得て、一気に二代目組長の使用者責任を追及するつもりだった。しかし制定されたばかりの新法は、地裁一審で有罪判決が出たものの高裁では却下されてしまったのだ。今では暴対法により組長の使用者責任に対して厳しくなったが、その一件以来、根津寛吉は室伏義男に対して執念深い恨みを抱き続けている。

「また、室伏巡査部長にお会いできるとは光栄ですな」

開口一番、苦々しい表情で根津が迎える。勧められるままにソファに腰を沈めると、根津寛吉は慇懃《いんぎん》な笑みを浮かべた。胡麻塩《ごましお》の坊主頭に鋭い眼光。笑うと左目尻から頬に走る傷痕が醜く引き攣《つ》る。一介の愚連隊から暴力団にまで伸《の》し上がった歴史が面構えに表われている。

「自分たちも好き好んでガサを打っとるわけじゃありませんよ。悪い噂が耳に入ったんで、念のための捜査です。悪く思わんでください」

「それが旦那たちの仕事だから仕方ないだろう。しかし誤解されては困る。今ここで戦争でも起こしたら、臭い飯を食うのはわしですからな。そんなことは、室伏さんなら百も承知でしょう」

根津寛吉は室伏を見て頬の肉を緩めた。目は笑っていない。

「先ほども言ったとおり、これは形式的な捜査です。自分たちも上から命令が下りたら、従わなければなりませんからな。その点では、警察社会もこの世界も一緒でしょう」

「室伏の旦那には敵《かな》いませんなあ。いつも、この手で丸め込まれてしまうんですから」

ひとしきり二人は、互いの立場を保持しつつ牽制し合い別れた。

両組織の家宅捜索はさしたる成果もないままに終わったが、両陣営の引き締めを目的とした効果はあったようだ。だが、このまま俠誠會が大人しくしているとは思えない。いつどこで火を噴くかが問題だ。いかなることがあっても暴力犯係としては、一般市民から犠牲者を出すことだけは許されなかった。

翌日から、再び密造拳銃の究明捜査が開始された。膨大な押収品を手分けして部品の分析や加工方法、材料の搬入元などを探った。しかし購入先の手がかりは杳《よう》として摑めなかった。

「沖田警部補、これを見てなにかおかしいと思いませんか？」

朝倉が差し出した写真には、双方の組事務所の内部が写っていた。

「クイズみたいに言わんと、早よ教えんかい」と反町が話に割り込む。

「部屋の中が整然とし過ぎているんです」

「そやな、我が家より整理整頓されとるわ」

「朝倉の言うとおり、男所帯とは思えんな」と沖田が改めて疑問視する。

「このスケジュール表を見てください。一流企業の営業部並みにビッシリと日程が書き込まれていますよ」

大きなホワイトボードの升目には、日々の行動予定が克明に記入されている。

「これの、どこが問題なんだ？」

「八月二十三日の欄です」

「昨日なら、俺らがガサを打った日じゃないか」と風間がガムを嚙みながら答える。

「黒岩組の黒板には✓印があり、俠誠會にはⒼの記号が記されています」

「マルGねえ……。ひょっとして、我々のガサ日が洩れていたのか？」

朝倉の言葉どおりならば、事前に彼らは家宅捜索日を把握していたことになる。

「妙な一致だな。八月二十三日だけは、両組とも行事予定がなにも入っていない」

「しょせんヤクザはヤクザ、知能はサル並みやな」と反町が冗談を飛ばし、「さすが一流大学出身だけあって、目の付けどころがちがうな」と風間が持ち上げる。

問題は、どこから家宅捜索の内部情報が洩れたかだ。もしも、内部の人間から流出しているとしたら大問題だ……。沖田が思案に暮れていると、捜査本部から緊急捜査会議の招集が掛かった。

会議の決定事項として平沢幹夫が密造した拳銃の数と、流通先を突き止めることが急務となった。友部班と室伏班が組筋を探り、沖田コンビは夜の繁華街の聞き込み捜査が決まった。神永警部の命令で、それぞれが抱えている情報提供者から証言を集めることが指示された。

8

黒岩組の組員が深夜の路上で射殺されたのは、緊急会議の二日後だった。被害者は構成員の幸《こう》田悟郎《だごろう》。自宅マンションに戻るところを狙撃されたとの一報が入った。

静岡県警中部署・刑事二課に緊張が走った。目撃者は現場を通り掛かったタクシー運転手で、それ以外の有力情報を得ることはできなかった。その鮮やかな手口から侠誠會側に雇われた始末屋《プロ》であることが推測された。最悪のシナリオが現実のものとなった。これ以上、抗争が激化すれば一般市民に犠牲者が出かねないだろう。

暴力犯係が今後の対応に苦慮している時、中部署に駆け付けたのは東海新聞の夏目美波だった。彼女は常にトレード・マークの黒縁のメガネを掛け、活動的な低めのパンプスを履いていることが多い。当初は女性のサツ回り記者を珍しがった刑事たちだが、後になって男の記者より気骨があることがわかった。取材に際して粘り強く、妥協を許さぬ執拗さと明るさを兼ね備えている。

「お仕事中、失礼しまあ〜す」

夏目は明るく挨拶をして部屋に入るなり、持参した手土産を刑事たちに配り始めた。

「呑気《のんき》に菓子なんか食っている場合じゃねえんだよ！」

苛立ちまぎれに暴言を吐く室伏の怒声に、室内が静まり返った。そのような彼の言動を目にするのは本当に稀《まれ》だった。しかも相手は女性だ。

「黒岩組員が殺されて二人目の犠牲者が出たんだ。番記者なら事件の方向性は読めるはずだ。悪いが出直してくれ」

室伏の非礼をフォローする沖田の心づかいだった。

「そうと知ったら、余計に捜査状況を聞きたくなりました」と夏目が記者根性を剝き出しにする。

「ところで、この菓子は誰の差し入れだ？」と再び沖田が尋ねる。

「私の個人的な手土産です」

「ならいいが、社費で買った饅頭《まんじゅう》には毒《ワイロ》が入っているからな……」

すると夏目は「賄賂だなんて、ひど過ぎます」とムクれて、大袈裟に人差し指でメガネを押し上げた。

「まあ、気にするな」と言って反町を見ると、すでに饅頭を頬張りながら茶を啜っている。

「二課には毒にあたるようなデリケートな野郎はいまへんで」

反町の一言に夏目の顔に笑みが零《こぼ》れて、その場の雰囲気が解《ほぐ》れる。日頃からぶっきら棒な反町だが、時として人間関係を円滑に繋ぐパイプ役となることがある。そのたびに沖田は、誰でも取り柄《え》の一つはあるものだ……と感心させられた。

夏目は気を取り直すと、皆に挨拶を残して颯爽《さつそう》と刑事部屋を後にした。翌日の新聞紙面には、「東西指定暴力団の代理戦争勃発か？」との見出しが躍った記事が大々的に掲載されていた。


対立組織を探る友部班と室伏班をよそに、沖田は黒岩源次の自宅を訪ねることにした。かねてから彼とは個人的に話をしておく必要があると考えていたからだ。

玄関前には数台のパトカーが配備され、防弾チョッキを着用した立哨警官の姿があった。沖田は警察手帳を見せて警戒を通過した。

重厚な長屋門を潜ると、見事な日本庭園が目に入った。見越しの松や本柘植《つげ》が繁る木陰には苔むした石灯籠《いしどうろう》と蹲《つくばい》がバランスよく配置されている。母屋は百坪以上の数寄屋《すきや》造りで、別棟のガレージには色ちがいのベンツ二台と、白塗りのレクサスが目に入った。

玄関に足を踏み入れると、スーツ姿の藤木政志が沖田を丁重に出迎えた。ひと目で高級ブランドとわかる麻仕立ての三つボタン・スーツだ。たぶんドーメルやフィンテックスのイギリス生地なのだろう。藤木のダンディズムは刺青にまで徹底していた。化粧彫りと呼ばれ、女を抱いた時など体温の上昇とともに背中全体に不動明王《ふどうみょうおう》が浮き出るという。

藤木は組長から全幅の信頼を得ている。ヤクザ者に多い単純かつ粗暴な男ではない。理性的で義理堅く、管理能力に長けている。県内暴力団資料によれば私立大学法学部を中退後、酒場で傷害事件を起こし懲役刑の前科があった。その後、房内で知り合ったヤクザに勧誘されて、黒岩組の建設関係のフロント企業に就職した。暴対法が施行され、暴力団への引き締めが厳しくなった頃だ。

法の目をかい潜った藤木の経営能力により、会社は飛躍的に成長した。ヤクザ社会の過渡期だった。その噂を耳にした源次は、予想外の報酬を提示して若頭補佐のポストを用意したようだ。端整な顔立ちの藤木政志という男は、この世界では珍しくヘッド・ハンティングされたインテリ・ヤクザだった。

藤木は挨拶を済ませ、奥間の和室へと沖田を案内した。座敷の壁は聚楽《じゅらく》風で、天井は正目杉一枚板、欄間は唐草の透かし彫りと贅を尽くした造りだった。

「今日は親分《おやじ》さんと一対一《サシ》で話に来たんだ。悪いが席を外してもらえんか」と伝えると、源次が目で合図をして藤木を退室させた。

「今回は、どでかい事件《ヤマ》を起こしてくれましたね」と、二人になるのを待って沖田が切り出す。

「当然や。これまでずいぶんと面倒を見てやったのに、恩を仇《あだ》で返しおって」

黒岩源次は着物姿には不釣り合いな葉巻を燻らせている。左手首には水晶の数珠が巻かれ、小指の第一関節から先が欠損している。黒岩源次は昔気質《かたぎ》のヤクザで、外見も任侠という言葉を彷《ほう》彿《ふつ》とさせる風貌だ。

「俠誠會と絶縁した理由は、なんだったんです？」

沖田が本題に切り込み、それを見越したように源次がニヤリと笑う。

「野郎らはまともに稼業《シノギ》もせんと、上納金もろくに納めんようになった。うちの縄張《シマ》りのクラブで働く女に手をつけるし、挙げ句の果てに龍神組とつるんでいることがわかったんじゃ」

「まさか、龍神組が拾うとは意外でしたね」

「本来なら根津の首を獲りたいところだが、さすがに頭《かしら》を殺《や》ったら龍神との全面戦争になるだろう。わしも組を潰すわけにもいかんのでな」

黒岩はそう言って不遜な笑みを浮かべた。

「それで若頭《わかとう》の諸井を……？」

「誰がやったか知らないが、これが極道の渡世や。わしらの稼業は男を売る商売だ、ケジメを付けんことには子分どもに示しがつかん。所詮、奴らは愚連隊上がりの外道《げどう》だ。任侠世界の掟をキッチリ教えてやらんとな」と言って、源次は爬虫類のようなネットリとした目を輝かせた。

「ナンバー2を殺られたからには、当然、俠誠會としてはタマを獲り返しにくるでしょうね」

「その時には、こっちにも考えがある」

葉巻の煙を溜め息のように吐き出す。沖田も胸ポケットからマルボロを取り出して庭に視線を転じた。

「これ以上、死人《ほとけ》が出るようなら徹底捜査が避けられなくなる。双方の話し合いで鞘《さや》を納めてもらえないだろうか？」

沖田が刺激しないように優しく話を切り出すと、用意していた源次の言葉が即座に返った。

「奴らの出方次第だな。タマを獲られれば、獲り返すだけだ」

「親分《おやじ》さんの言いぶんもわかりますよ」

「だったら、ヤクザ同士の喧嘩には目をつぶってくれないか」

「そうはいきません」

今度は沖田が、キッパリと拒否する。その言葉を源次は軽く受け流すと、水晶珠《だま》を弄《もてあそ》びながら上目づかいで沖田を見つめた。その眼差《まなざ》しには極道特有の退廃が漂っていた。

「奴らに消された幸田は平組員だ。若頭《わかとう》を殺られた侠誠會としては面目丸潰れや。これが極道世界の不文律いうもんだ」

「早いとこ双方で手打ちをしてくれないと、警察としても黙っているわけにはいかないな」

「そうは行かんよ。わしらは頭《かしら》が狙撃されても、未だに犯人が捕まえられん警察とはちがうんでな」

莞爾《かんじ》として笑う源次に、沖田には返す言葉がなかった。指摘された警察庁長官狙撃事件は、容疑者を特定できず現在も未解決のままだ。その後の黒岩源次との話し合いは一時間ほど続いたが、妥協点も見出せずに物別れに終わった。

沖田は帰る道すがら、現代におけるヤクザの生き様について考えた。暴力団対策法の施行以来、かつて暴力団が行なってきた民事介入暴力が禁止された。彼らは暴対法により、民間人への脅し行為にはじまり、組員脱退妨害の禁止、指詰め行為・刺青強制行為の禁止などの広範囲にわたり規制されたのだ。

バブル経済により渡世人であるヤクザ独自の生き様が曖昧になり、すべて金が支配する世界へと変貌していった。経済ヤクザとしてあらゆる職種に手を広げ、民間企業を抱き込む方向へと転換を図ったのだ。そこで多くの資金を獲得した彼らは次第に組織を拡大していった。

しかしバブル期が崩壊すると同時に暴対法が施行され、徐々に彼らの生活環境は厳しくなっていった。経済不況により組本部への上納金を納められなくなった下部組織は苦境に立たされた。これまで通りの商売《シノギ》ができなくなったのである。

目に見えてヤクザ組織からの脱退者が増え始め、再び犯罪が頻発するようになっていった。上部団体に金を納められない弱小組織は廃業もしくは解散する他はない。次第にヤクザは本来のイデオロギーを失い、金にしか価値観を見出せなくなり民間人を侵食し始めた。暴対法が施行されたのは、金のためには手段を選ばないヤクザを戒めるための措置だったのである。

人生を刹那《せつな》的《てき》に生きる極道たちを見るたびに、沖田は複雑な気持ちになった。ヤクザは人間の屑にちがいない。しかし堅気世界のモラルが崩壊しつつある今、人間の根源的な生き方を追求したかつての極道たちの義侠心や任侠道に郷愁すら感じることがあった。

バブル景気が崩壊して暴力団対策法による締め付けが厳しくなるに従い、次第に警察とヤクザとの関係は険悪になっていった。かつて存在していた互いの紳士協定は完全に崩壊してしまったのである。警察は法を盾にヤクザに対して厳しく取り締まり、逆に彼らは構成員の現状報告や敵対組織の動向などの情報を警察に流すことがなくなったのだ。

暴対法の完全施行は、想像以上に渡世人の生活を脅かし存在理由をも奪ってしまった。ヤクザ稼業から足抜けする組員数に歯止めがかからなくなった。年を追うごとに弱小組織が解散し、残った団体も次々に広域指定暴力団に吸収されていったのである。


連日にわたり、沖田班による夜の繁華街の聞き込み捜査が続けられた。

夜の街からヤクザの姿は消えていた。沖田と反町の二人は、主にクラブやバーを重点的に捜査した。暴力団幹部が部下を引き連れて出入りする確率が最も高いからだ。そして粘り強く聞き込みをしているうちに、沖田の情報提供者から両替町のクラブに吉良の愛人がホステスとして働いていることを聞き出すことができた。

暴対法が強化されるに従って賭場《とば》の開帳もままならなくなった博徒系の黒岩組は、飲み屋からのミカジメ料が重要な資金源となった。逆に愚連隊上がりの侠誠會は、警察からの取り締まりを恐れることなく利権・金融・覚醒剤売買と次第に手広く商売《シノギ》をするようになっていた。彼らの収入額は税務署もいっさい把握していない。暴力団は税法上では無職の扱いになっているからだ。

毎晩遅くまで続く聞き込みは、蓄積疲労となって二人の体を萎えさせた。仕事を終えて書類を作成しながら気が付くと、突っ伏して寝ていることが度々あった。たまに事務所で顔を合わせた捜査員たちの口数も次第に少なくなっていた。

その時、血相を変えて反町が刑事部屋に飛び込んで来た。

「誠やん、またしても五十嵐が手柄を挙げたで」

「シャブか？」咄嗟《とっさ》に沖田が反応する。

「チャカや。しかも真正《マ》拳銃《ブ》やない」

「なんだと！」

「ミツゾーを三丁」

「密造銃……」

「問題は、そこなんや」

珍しく反町の歯切れが悪い。暴力犯係が血眼《ちまなこ》になって捜している密造拳銃を、生活安全課の刑事がいとも簡単に摘発したというのだ。五十嵐亮介は去年一年間だけでも、銃器八丁、覚醒剤にいたっては三キロ以上の押収実績を挙げている。暴力団担当刑事では考えられない数字だ。

「チャカの出所はどこだ？」

「首なし銃や」

「三丁も挙げて、首なしとはどういうことだ！」

「奴《やっこ》さんの得意な手口やろ」

銃器や薬物の押収成果は、生活安全課と刑事課では同じ目的でありながら全く異なる。生安課は手段より押収物の量で実績が認められる。しかし暴力犯係では、押収物は単なる証拠品にすぎず、所有者を摘発しなければ事件として立件できない。

五十嵐の捜査方法には、これまでにも違法ではないかとの噂が絶えなかった。五十嵐は功を焦っているのではないか……沖田の心に一瞬、不安が湧き起こった。

「首なしなど、数のうちに入るか。ヤラセまでして出世したいんか、あのド腐れが！」

我慢の限界に達した反町が、声を荒らげて悪態をつく。

最近の五十嵐亮介の行動は誰も把握できなかった。日中に出勤することは殆んどなく、夜の出勤時間も例外的に本人の自由意思に任されていた。二人は押収物の保管所に向かった。拳銃は紛れもなく〈平沢オリジナル・三十八口径〉だった。しかも自分たちが使用する拳銃と見分けがつかないほど精巧に造られている。

反町は弾の入っていないニューナンブの撃鉄を起こし、壁の時計に向けて引き金を引いた。


吉良誠の愛人である樋口未映子《ひぐちみえこ》のマンションを突き止めた二人は独自捜査を開始した。現場近くのコンビニで食料を仕入れて、夕方から捜査車両の中で張り込んだ。

樋口未映子が暮らす建物は、ライトアップされたアプローチに、パール・カラーのタイル貼りの外壁だった。ビル全体がシックな色調で統一され高級感が漂っている。マンションの窓灯りが消えてしばらくすると、ひと目でブランド品とわかる衣装に身を包んだ女性が颯爽と姿を現わした。思わず二人は顔を見合わせた。

「涎《よだれ》が出るほど、いい女やなあ……」

反町の言葉に思わず沖田も頷いた。確かに見惚《みと》れるほどの美人だった。エントランスの灯りに照らし出された姿は、ワインカラーのミニ・タイトなワンピースを身に纏い、遠目からもクロコダイルとわかる黒革のケリーバッグを携えている。均整のとれた体から伸びた脚とエキゾチックな顔立ちは、華やかなクラブの中でも際立つことが容易に想像できた。

女はアプローチに立ち止まり周囲を見渡した。五分ほどすると、純白のセルシオがマンションの車寄せに滑り込んだ。車内は暗く運転者を確認できない。ドアが開いた直後に男の姿が浮かび上がり、次の瞬間には視界から車が消えていた。吉良が姿を現わしたのは、それから二時間後のことだった。

マンション近くで信号待ちをしている背に向けて沖田が声を掛ける。

「おい、マコトちゃん。もうガラクタ屋は閉店休業したのか？」

突然の声に、振り向いた吉良の顔面が蒼白になった。

「なにを、コソコソ逃げ回ってるんや」節くれ立った指をポキポキと反町が鳴らす。

「話があるんだが、顔を貸してくれないか」

沖田の言葉に吉良の表情が凍った。吉良は両脇を二人にガードされて夜の公園に向かった。腕をねじ上げた反町が、公園の公衆便所へと引きずり込む。

「この間はずいぶん慌てていたようだが、大谷町までなんの用事で出掛けたんだ」

「商品の買い付けだと言ったじゃねえか」

額には冷や汗が浮いている。

「あの日、俺たちと会ったのは偶然じゃないな」

「いったい、なにが言いたいんだよ」

「俺らが張り込んでいた相手はチャカの密造犯でヤクザとツルんでいる。これだけ言えばわかるだろう」

「まさか、俺が関わっていると言うんじゃないだろうな」

言葉を選んで慎重に吉良が答える。

「半端者にしては、物わかりがええやないか」

反町は、銜えていたロングピースを水の溜まった側溝に投げ捨てた。

「冗談じゃねえ、いい加減にしてくれよ」

「なんやと、もう一度言うてみい。あの夜、密造屋が殺されたんや。これが冗談で済まされるんか、ボケ！」

「罠じゃねえだろうな」

「刑事《デカ》がカマシなんぞするか」

「どうしても挙げたいようだが、俺には誰も手出しができないバックがついているんだぞ」

逃げ場を失った吉良が反撃に転じる。

「バックだと、上等やないけ」反町が襟首を締め上げる。

「暴力はやめろ。警察を呼ぶぞ！」

「舐めたことを、ぬかしやがって」

言い終える前に反町の頭突きが顔面に炸裂し、鼻血を噴き出した吉良がその場に崩れ落ちた。

さらに反町は吉良の髪の毛を鷲摑みにして、洋式便器の中に顔を押し込んだ。便器の水が鮮血で朱に染まる。

「平沢から何丁のミツゾーを仕入れた？」

沖田の質問に吉良の返事はない。

「素直に吐かんかい！」

反町がシャツの胸倉を再度締め上げた。一瞬、吉良の体が浮き上がり、鳩尾《みぞおち》にボディブローが減《め》り込む。グェッという喘ぎ声と同時に、コンクリートの床に体が崩れ落ちた。その倒れた頭を反町は革靴で踏み付けた。

「知らねえよ、本当に知らねえってば……」と吉良が涙声で救いを求める。

「黒岩の三下《さんした》が殺されたのを知ってるな。若頭《わかとう》を殺られた侠誠會は、二人分のタマを獲らんことには手打ちにならんぞ」

「俺には関係のねえことだ」

「どうしてもシラを切るなら、お前が密造拳銃《ミツゾー》を流したと侠誠會に伝えるが覚悟はできているな」

吉良の表情から血の気が失せる。

「奴らは地獄の果てまで追ってくるぞ。すでに関西から始末屋《プロ》が乗り込んだという噂だ」

ここが勝負と読んだ沖田が鎌を掛けた。事実、見覚えのない男が侠誠會に出入りしている報告を摑んでいた。

「刑事のくせに脅す気かよ」

「どうしても歌う気がねえのなら、タマを潰して二度と女を抱けない体にしてやろか」と言って、吉良を四つん這いにさせる。

「マサやん、ちょっと待て」と沖田が制した。

「先ほどお前は、自分にはバックがついていると言ったな」

「…………」睨まれた吉良は言葉が出ない。

「デカが手出しできないバックとは、いったい誰のことだ」

「意味なんてねえよ」

「マサやん、希望どおりオカマにしてやれ」

待ってました、と一声を発して反町が近寄る。

「勘弁してくれ、喋ったら本当に身を守ってくれるのか」

一瞬の沈黙が三人の間に漂う。直後に腹を決めた吉良の言葉が届いた。

「誰にも言わないと約束できるか？」

「約束は守る、俺たちを信用しろ」

「本当に、信じていいんだな」

執拗に吉良が確認を迫る。これ程まで恐れる相手とは、いったい誰なのだろう。通常はバックといえばヤクザが相場だが、警察さえ手出しができない後ろ盾とは……と考えて沖田は吉良を見据えた。その眼光の鋭さに吉良が怯《ひる》む。

「あんたらの、お仲間だよ」

「仲間……？」

「現役のデカだよ」と覚悟を決めた声が返る。

「五十嵐亮介やな」

反町の言葉に吉良の表情が固まった。眉ひとつ動かせない。まさか、あの五十嵐が……という言葉が沖田の頭の中を駆け巡る。

「奴に首なし銃を頼まれたんやな」

「そういうことだ」

「何丁仕入れたんだ？」間を置かずに沖田が尋ねる。

「黒岩組の十丁分から、ヤラセ用として四丁を回したよ」

「四丁だと！　残る一丁は、どうなった？」

「本当に、身の安全は保障してくれるんだろうな」

「五十嵐は腐ってもデカだ。お前の命まで獲ることはない」

「護身用に自分が持っているんじゃないのか。それ以上のことは、俺も知らねえ」

「奴も考えたな。いざという時には、ミツゾーをブッ放せば、すべてヤ印《ヤクザ》の仕業になるわけや。これまでマル暴のガサ情報を流していたんも五十嵐の野郎やな？」

筋が読めた、とばかりに反町が言い放つ。

「五十嵐の旦那は、シャブの上がりの中から十パーもハネるんだぜ。自分もジャンキーのくせしてよお」

「ジャンキー？」思わず沖田が聞き返す。

「押収した薬《ヤク》でシャブ中になってりゃ、世話ないよな」

精一杯の吉良の抵抗だった。

「ミイラ取りがミイラになった……か」沖田は溜め息まじりに呟き、「五十嵐との取り引き条件はなんや？」と反町が続けた。

「ガサ入れ情報だよ」

「やっぱりお前やったんやな、なめたマネしやがって！」

ノーモーションで繰り出した反町の拳が顔面を捉えた。吉良の体が後方に吹っ飛ぶ。手洗い場の鏡が大きな音を立てて割れ、公衆便所に入ろうとした学生が慌てて逃げ去った。

「勘弁してくれ。五十嵐さんの情報屋《エス》は、ヤバすぎて嫌だったんだ」

堪え切れずに吉良の泣き言が入る。沖田には彼の言葉が信じられなかった。しかしこの期に及んで、嘘を言う度胸があるとも思えない。

「お前は奴にハメられるぞ。どうだ、俺たちと組まないか」

怯えた吉良の顔を沖田が見据える。

「今度は、旦那たちの密告屋《チクリヤ》になれとでもいうのか？」

「五十嵐の情報屋《エス》のまま、奴の行動を極秘に俺たちに流してくれ。その代わりミツゾーの件は俠誠會には伏せておこう、どうだ？」

断れないことを見越して沖田が条件を提示する。吉良としてはまさに〈前門の虎、後門の狼〉

ということだ……。

「従うしかないじゃねえか。コンクリート・ブロックを体に縛られて、駿河湾を泳がされるよりましだ」

刑事の密告屋をしていたことが組織に知られれば生きていることはできない。この世界の掟を知る吉良が素直に応じる。

「ところで、平沢を殺ったのは誰だ？」

「俺がシノギをしようとした矢先に消されちまったんだ。もういい加減に勘弁してくれよ」

無実を訴える吉良誠の目は真剣だった。すでに怯えは消え失せ、救いを求める真摯な眼差しをしている。

「お前を信用しよう。その代わり、今後は俺たちのために働いてくれ」と沖田が説得すると、渋々と承諾したのだった。

現在、警察が導入している〈特別協力者登録制度〉とは、情報提供者《エス》を刑事たちが手足として活用するためのシステムだ。この制度は提供者に危険が伴う代わりに、ある種の特典が補償されていた。もしも情報提供者が複数で罪を犯した場合、一旦は全員が逮捕されるが情報屋のみ罰則軽減の便宜を検事に諮《はか》ることが可能だ。しかしその際には、細心の注意を払わなければならない。逮捕者の中で一人だけ特別待遇を受ければ、仲間内から周辺を探られ身の危険に晒されかねないからだ。

すぐに沖田は、五十嵐の情報提供者に吉良が登録されているかを県警本部に問い合わせた。やはり正式登録はされていなかった。つまり、非公式の密告屋ということになる。

「吉良は奴の特別の情報屋で、いざとなれば尻尾を切る腹だぞ」

帰りの車中で、今後の吉良誠の使い道について二人は話し合った。

「上等やないけ。こうなったら徹底的に五十嵐の尻を洗おうや」と反町が意気込む。

思わぬところで五十嵐の正体を摑むことのできた沖田と反町は、今後の対応策を練るために夜の街へと繰り出した。

9

五十嵐亮介の異例の人事異動が発表されたのは、黒岩組と侠誠會の抗争が激化しつつある時だった。所轄署の生活安全課から県警本部の生活安全部薬物銃器対策課への異動である。時期的にも異例なことであった。

五十嵐のほかにも意外な人物の動きがあった。彼の上司である八木《やぎ》慎一《しんいち》が県警本部の捜査第三課長になり、元課長の伊吹《いぶき》史朗《しろう》が生安部長に抜擢されたのだ。

警察官には階級名と官名がある。課長職は官名であり、階級名では警視にあたる。同じく部長職は官名で、階級名では警視正となりノンキャリアとして出世できる頂点であった。

現在の静岡県警察署は県警本部の下に二十七カ所の所轄署が存在する。その中で中部署は県警筆頭の大規模警察署で中心的な位置を占めている。所轄警察署から県警本部への異動は、民間企業の支店から本店への転勤に当たり実質上の栄転である。五十嵐が異動命令を受けたのは、薬物銃器対策課が生活安全部から刑事部に移管されるにあたり実績を上げるための特別要員としてだろう。

立て続けに勃発する暴力団抗争と、それに伴う新聞社の度重なる夜討ち朝駆け取材に暴力犯係は閉口していた。しかしその中においても、東海新聞の夏目美波だけは唯一例外だった。

各新聞社のサツ回りは、新人記者が担当するのが業界の慣例だ。事件を取り扱う警察署に毎日出向くことで、ネタ取り手法を習得させる目的なのだろう。

夏目が新聞記者になった頃には警察番《サツバン》の中では紅一点だった。毎朝のように顔を見せる彼女は、いつの頃からか刑事課のマスコット的存在となっていた。基本的に刑事課への新聞記者の出入りは禁止されている。しかし、いつの頃からか夏目美波だけはフリーパスで出入りできるようになった。東海新聞のフリーパスを知った他社も、数年後には女性記者を担当させたが二匹目のドジョウとはいかなかった。

マスコミ報道が連日にわたり抗争事件を取り上げる最中、対立する組織は水面下で密かに手打ち話を進めていた。仲裁人は関東一円を取り仕切る指定暴力団の大物組長との噂が沖田たちの耳にも届いていた。そこで暴力犯係は手分けをして実態を探ることになった。暴力団同士が和解しようとも、すでに三人の命が失われている。市民の安全を担う警察としては看過するわけにはいかない。

仲裁役は熊谷《くまがや》一家の織田政臣《おだまさおみ》総長らしいことが判明した。その事実を知った沖田班は、早速、俠誠會へと出向いた。

俠誠會の建物周辺には以前はなかった赤外線警報装置が張り巡らされ、玄関にはモニター・カメラ、窓は防弾ガラスが嵌められていた。インターホンに向かって身分を告げると電子ロックが解除され、ジャージ姿の屈強な男が姿を現わした。薄い眉と底光りする眼光は、ヤクザ以外に適職がない極道面をしている。

「マル暴が、いったいなんの用だ！」

出迎えた若い組員が怒気を帯びた声で凄む。屈強そうな四肢、無精髭に隠れた顎の先端に縫い傷がある。

「兄ちゃん、元気がええのう。ガサとちがうで。早よう、中に入れんかい」

反町が食い殺すような視線で睨み返す。

沖田たちが足を踏み入れると、「バカヤロー、刑事さんに失礼な口を利くな！」と兄貴分が若い衆をドヤし付けた。事務所内でくつろいでいた組員たちが、一斉に立ち上がり挨拶する。正面には神棚と関係団体名が入った提灯《ちょうちん》が連なる。ランニングシャツ姿の若衆の体には、未完成の倶《く》利迦羅紋紋《りからもんもん》が彫られている。

「すんませんが、体を検《あらた》めさせてもらいます」

低姿勢で兄貴分が申し出る。

「上等やないけ」反町が凄む。

「定《き》めですねん、勘弁してください」

「刑事《デカ》が極道にボディ・チェックされるとは、世も末だな」

迷彩色のTシャツを着た組員が二人の体を入念に探る。

二人は部屋住みの若衆につき添われて、組長室へと案内された。部屋の中央にはチーク材のデスクと革張りソファが配置され、壁際には五十インチの大型テレビが備えられている。

「今日は親分さんの様子を伺いながら、挨拶方々、寄らせてもらいました」

「忙しいのに、刑事さんもご苦労なことですな」

組長の根津寛吉が口元に笑みを浮かべながら嫌味を放つ。

「相変わらず俠誠會の若い衆は、元気がよろしいな」

根津の嫌味を受け、沖田が返した。

「なにか、粗相《そそう》でもありましたかいな」

「入口でボディ・チェックされましたで」

「あのバカが……」眉根を寄せて根津が呟く。

「飲み物でも、いかがでしょう？」

「コーヒーをもらおうか、マサやんは？」

「わしもコーヒーや。ミルクと砂糖をたっぷり頼むわ」

二人の背後に立つパンチ・パーマの若衆に「わしはいつものやつだ、すぐに持って来い」と根津が命じた。

「今回は大変な目に遭いましたな。しかし双方で早く鞘《さや》を納めてくれんと、我々も警戒態勢を解くわけにいかんのですよ」と沖田が切り出すと、「わしは龍神組の盃を受けるに当たって、筋だけは通したつもりだ。絶縁状を叩き付けられた上に若頭《わかとう》を殺られたんじゃ、若い者《もん》に示しがつかん」と根津が落ち着いた声で応答する。

「お互いにタマは獲《と》ったでしょう。この辺で事を収めてもらえませんかね？」

「沖田さん、素人みたいなことを言われては困りますな。えげつない金の取り立てをされた上に、縄張りで働く女との揉め事で、一方的に絶縁状《チラシ》を出されては兄弟分に格好がつきませんぜ。おまけに若頭《かしら》と三下《さんした》組員とは、命の重さがちがうことくらいご存じでしょう」

根津の言葉に沖田は即応できなかった。

「暴対法が施行されてからは、子分の不始末はわしが責任を取らされますからな。極道の世界も生きづらくなりましたわ」

「すでに手打ち話が進んでいるという噂ですが……」

「さすがマル暴刑事、情報が早いですな」

その時「失礼します」と声がして、コーヒーが差し出された。

「仲裁役は熊谷一家の総長のようですが、互いに納得済みなんですね」

「貫目のある織田総長に異論はないが、半々《クロブタ》だとしたら話は拗《こじ》れるで」

「手打ちとなったら、黒ブタが常識でしょう」

沖田は根津の意を測りかねた。

「黒岩の出方次第やな。悪くて六分四分、五分の手打ちなら戦争じゃ」

沖田は刑事二課への配属直後に、暴力団の手打ち式のビデオを研修のために見せられたことがあった。

会場となる大広間の上座中央には紋付き羽織袴《はおりはかま》姿の仲裁人が座り、襖には〈四方同席〉と書かれた和紙が貼られていた。神棚には〈浪の花〉と呼ばれる塩が盛られ、右側に白米、左に鰹節、そして背中合わせの鯛と日本刀が供えられた映像が映し出された。式場は神棚を挟んで衝立《ついたて》で左右に分けられている。双方同数の関係者が羽織袴姿で別々の入口から同時に入場する。解説者のナレーションでは、この時まで双方の組員たちは絶対に顔を合わせてはならないという。その後、仲裁人より「この度の出来事につきましては、○○さんと××さんにおかれましては○分と○分の手打ちをお任せくださったそうですが、それに相ちがいがありませんか」との口上があり、異論がなければ双方を遮っていた衝立が媒酌人の手により取り払われる。この時、初めて当事者同士の顔合わせとなる。そして背中合わせの二振りの日本刀を腹合わせにしてから、神前への報告儀式が執り行なわれる。神前儀式を終えると、背中合わせだった二匹の鯛を腹合わせに直すのだ。今後は共存共栄しようという意味が込められているという。いかにヤクザの世界が儀式にはじまり儀式に終わるといっても、その余りの仰々しさに驚いた記憶が蘇った。

「今後は、黒岩組の条件次第ということですね」

手打ち式の模様を頭に描きつつ、沖田は根津の渋顔を見つめた。再度、和解について執拗に迫るが根津は答えない。大理石のケースから煙草を取り出すと、金張りのカルティエで火を点けた。

「これは極道同士の揉め事だ、これ以上は勘弁してくれないか」と言って、ゆっくりと煙を吐き出す。

「騒ぎを起こさなければ、わしらも手出しはしまへんで」

二人の会話を静観していた反町が口を挟む。

「渡世上の不始末は自分たちでキッチリ話をするが、あんた方もケジメを付けなきゃ不公平じゃないんですかい？」と剃刀《かみそり》のような鋭い視線を飛ばす。

「どういうこっちゃ？」と反町が浮かぬ表情で尋ね返す。

「わしの子分たちに首なしチャカを仕込ませて、出世したお方がおるだろうが……」

「マル暴相手に因縁を付ける気かいな」

根津の挑発的な言葉に反町が応ずる。

「知らんのは、あんたらだけだ。極道を舐めたらあかんで」

「なんのことか、はっきり言ってくれ」沖田が問いただす。

「あんた方の縄張りを食いものにする、ご同業者のことだよ」

そう言って根津は不遜な笑みを浮かべた。あえて沖田は、それ以上の追及を避けた。

「言いたいことはわかった、身内のことは自分たちで解決しよう。その代わり今回の騒動で、住民に被害が出たら徹底的に締め付けるからな」

「戦争が長引いて得する者はいない。互いに早く手仕舞いにしたいからな」

根津の表情が急に穏やかになった。そして二度手を叩くと、二人の前に料理と酒が用意された。暴力犯係が組長に面会を求めた場合、相手のもてなし方により力関係を推し測ることができる。

運ばれてきたのは料亭の仕出し料理だった。その意味では、根津が訪問客に胸襟を開いたことは確かなようだ。沖田たちは、夕方まで酒を酌み交わしてから侠誠會を後にした。


双方の組織から実行犯が自首してきたのは、それから間もなくしてからだった。

黒岩組からは諸井殺人容疑者として伴野清光《ばんのきよみつ》、侠誠會からは黒岩組員の幸田殺害容疑者として吉村忍《よしむらしのぶ》、そして平沢殺人実行犯を名乗る三浦克也が中部署に出頭した。どうみても身代わりの末端組員たちだった。出頭した三名の身元を調べると、すでに全員に対して破門状が出されていた。所属組織とは縁を切った身で罪を被るべく自首したのだ。そこには刑期を勤め終えた暁には、復縁状を用意して地位の格上げが約束されている。

暴力犯係は、黒岩組の幸田殺害だけはプロの犯行との確信を深めていた。

頭部を一発で仕留める手口があまりにも鮮やか過ぎるのだ。しかも司法解剖では被害者の射入口周辺から微かに硝煙反応が出たという。推測できることは、準近射または近射発砲されたことになる。殺害現場は自宅前だ。両組織に外出禁止令が出されたことを考慮すれば、不審者に対して必要以上に警戒していたであろう。その点からも、顔の知られていない始末屋《プロ》の可能性が推測された。

現代の日本にも殺人を生業《なりわい》とする闇の仕事人がいる。報酬の折り合いが付けば、誰からの依頼でも請け負うといわれる。外見は一般人と変わりなく暴力団から盃を受けないので、警察としては容疑者を絞り込むことは困難だ。報酬に関しては、一千万円前後が相場と言われている。ところが東南アジアの殺し屋となると話は別だ。彼らは往復の渡航費を含めても、その十分の一でも請け負うという。

一般の殺人事件であれば刑事一課の職域であり、徹底的な犯人究明が命題となる。しかし殺害されたのはヤクザだ。互いの組員が自首し、個人的な復讐だと主張すれば次第に事件は風化していく。両組織が手打ちとなった最大の争点は、若頭・諸井謙信殺害に代わるもう残り一人分の命の穴埋めだ。媒酌人の落とし所は縄張り《シマ》分けだった。黒岩組が繁華街の一部を分割譲渡して、五分の手打ちで共存の道を選んだようだ。

暴力犯係がマスコミから解放された夜、沖田宛てに一本の電話が入った。電話の相手は、夏目美波だった。

「沖田警部補ですか？　突然に電話してすみません、東海新聞の夏目です」

久しぶりに耳にする若い女性の声に、一瞬、心が和む。

「仕事熱心だな、事件は幕を引いたはずだ」

「いえ、取材ではないんです」

夏目からの返事は意外なものだった。沖田は机上に両足を投げ出した格好で、紙コップのコーヒーを口にした。

「実は昨夜、当社に匿名の通報があったので連絡させていただきました」

「嫌がらせや脅し電話なら、マル暴の管轄ではないぞ」

「ほかに相談できる刑事さんがいないので、つい……」

「お夏さんに見込まれたってわけだ」と冗談を飛ばすと、「勝手に連絡して申しわけありません」と珍しく殊勝な言葉が返る。

「新聞記事に因縁でも付けられたのかな？」

「それなら話はわかりますが、警察官の不祥事についての通報だったんです」

「……警官の不祥事とは、聞き捨てならんな」

沖田の胸中にただならぬものが走った。というのも、今年に入ってから静岡県警の不祥事が立て続けに発生していたからだ。地域課警官による飲酒運転事故に始まり、運転免許課職員の個人情報漏洩問題。さらには公安課刑事によるストーカー脅迫事件。極め付きが松浪憲史郎《まつなみけんしろう》県警本部長の愛人疑惑だ。警察官の不祥事が依願退職処分されたにもかかわらず、本部長だけは妻の狂言としてマスコミが嗅ぎ付ける前に警務部が闇に葬ったのだった。

「酔っ払いの悪戯電話じゃないだろうな」

「当初は私もそう思いましたが、店の名前と内容まで告げたので、連絡した方が良いと思いまして……」と伝えて彼女は言い淀んだ。

「話の内容を詳しく聞かせてもらおうか」この時点でも沖田は懐疑的だった。

「市内にある〈セクシーレディー〉という店で、刑事さんが金品を受け取るのを目撃したようなのです」

「名前からすると、風俗店のようだな」

「沖田警部補は、ご存じですか？」

「聞いたこともないし、興味もないね」

「フィリピン女性が接客する店らしいですよ」

「今流行《はや》りのピンパブだな」夏目の会話を軽く受け流す。

「通報者は店の常連客で、その刑事さんは、従業員からボスと呼ばれているようです」

「ボスといえば、店の経営者ということになるが……」

「仕事のお仲間に、五十嵐という方はいらっしゃいませんか？」

名前を耳にした瞬間、手にした紙コップを沖田は落としかけた。

「名前は、なんというんだ？」

「確か、リョウスケと言っていました」

「五十嵐亮介……だと！」

「やっぱり、心当たりがあるんですね」

予測どおりの反応に夏目が即答する。

コーヒーを飲み終えた沖田が、紙コップを握り潰す。頭の中に「あんた方の縄張りを食いものにする、ご同業者のことだよ」と言い放った根津寛吉の言葉が浮かんだ。まちがいない。彼は五十嵐の裏の顔を知っている。すべて見越した上で、暴力犯係に揺さぶりを掛けて来たのだ。しかし、どうしても沖田の知る亮介と耳に届く五十嵐とが一致しない。

「もしも事実なら、なぜ、お夏さんが追っかけないんだ。東海新聞のトップ・スクープになるぞ」

「探りを入れようとしましたが、新聞は週刊誌とは使命がちがいます。まさか刑事さんが水商売からバック・マージンを受け取っているかとは聞けないですよ」との言葉が返る。

新聞記者がこのような情報を持ち込む時、多くの場合は、後日、別件での見返りを求めることが常識だ。興味ある密告情報に対して、沖田は無関心を装って軽く聞き流した。

「イガラシ・リョウスケだったな、覚えておこう……」

含みを持たせて答えると夏目の返事を待たず、沖田は電話を切った。五十嵐亮介の名前を伝えられた時、彼の脳裏には警察学校時代の亮介の記憶が鮮明に蘇っていた。

五十嵐とは、警察学校の同期生というだけでない浅からぬ縁があった。

入校当時から二人の間には埋められない溝があった。五十嵐は国立大学、沖田は私立の二流大学卒業。しかも沖田が平凡なサラリーマン家庭で育ったのに比べて、五十嵐の家系は二代にわたり国会議員をする名家の出身だった。警察学校に入校すると、六カ月の初任科コースを履修しなければならない。その期間は二十四時間の監視生活が余儀なくされる。全寮制で自由時間など全くなかった。

沖田は今でも警察官を拝命した時に宣誓した言葉を思い出す。〈私は日本国憲法を忠実に遵守して、警察職務を優先し、何物も恐れず、何物も憎まず、良心のみに従い、公正中立に職務遂行に当たることをここに固く誓います〉

この頃はまだ希望に燃えて意気揚々とした毎日を送っていた。しかし集まった生徒たちがすべて正義感溢れる者ばかりではなかった。候補生の中には気性が荒く体力自慢の猛者《もさ》もいた。隙あらば他人を蹴落とそうとする曲者《くせもの》揃いだった。入校早々から六人部屋に詰め込まれ、プライバシーのない地獄のような日々が続いた。

沖田は二〇二号室の部屋長を命ぜられ、五十嵐亮介も二〇三号室の部屋長を任されていた。大学の法学部を卒業した彼は、憲法・刑法・刑事訴訟法・民法などの座学において右に出る者はいなかった。学力は常に首席を維持していた。一方、沖田は剣道・柔道・逮捕術・拳銃操法などの術科に長けていた。当然、教場で机を並べる機会も多く、いやが応でもライバルとして競い合う間柄だった。

午前六時に起床後、点呼および国旗掲揚をする——。

洗顔を終えて五分間で朝食を済ませると、休憩時間もないまま今日一日のカリキュラムを消化しなければならない。一般教養に始まり、各分野の基本実務、刑法や刑事訴訟法などの各種法律の修得、そして柔道、剣道、逮捕術の実習をこなしてから、さらに十キロのランニングが強行される。少しでも手を抜けば教官たちから罵倒《ばとう》が浴びせられた。

夕食を終えると、風呂の時間となった。入浴後には補講が待っていた。日常挨拶から敬礼の仕方、寝具の畳み方まで厳しく指導され、まるで懲役囚のような日々が続いた。少しでも集合時間に遅れたりランニング順位が悪ければ、即、部屋全体の連帯責任となった。

一人のミスが部屋全員の懲罰対象となるのだ。腕立て伏せや、腹筋、スクワットなどの体罰以外にも、外泊禁止のような精神的な制裁が科されることもあった。逆らえば容赦なく殴られた。これらの処罰は、実務に就いた時に過ちを犯さないための通過儀礼なのだろう。徹底した上意下達は自衛隊と遜色なく、入校時から一週間で十三クラスから十一クラスに人数が減少した。この過酷なトレーニングは警察官の資質を養うために必要だが、若い候補生たちにとっては限界を超えた世界だった。

三月に学校を卒業したばかりの若者たちは、まだ学生気分が抜け切らない者が多い。彼らの第一の試練は入校直後に待ち受けている。強制的に頭を丸められた後、〈特別教育期間〉と称して一カ月間にわたり休日のない訓練が続けられるのだ。

沖田が警察官を志した頃は、バブル経済の最盛期で公務員の志望者数は低迷していた。四年生の大卒者は競って一流企業に殺到した。しかし沖田の人生設計は定まっていた。確かに民間企業の方が高賃金が約束されたが、あくまでも沖田の夢は刑事になり社会悪と対峙《たいじ》することであった。そのためには厳しい警察学校の訓練に耐え抜かなければならなかった。警察学校は一人前の警官を育てる教育機関であると同時に、不適格者を振るい落とす試練の場でもあった。志の低い者は次々に脱落していったのである。

警察学校で植え付けられるものは競争意識だ。教場と呼ばれるクラスで日々競い合いが行なわれる。学科試験・武道評価・掃除まで、すべてが点数化された。厳しい教官の下で半年間耐え抜いた者だけが、日本最大の国立企業に通用する戦士となるのだ。

かつて一度だけ五十嵐と酒を酌み交わし、互いの将来について語り合ったことがあった。入校して一カ月が過ぎたゴールデン・ウィーク前のことである。初めて外泊許可が下り実家への帰宅を予定していた沖田に、五十嵐亮介が声を掛けた。彼からの突然の誘いに沖田は戸惑った。

「やっと娑婆《しゃば》に出られたんだ。どうだ、一杯やらないか?」

外部との接触どころか、飲酒を禁止されていた体はアルコールが枯渇《こかつ》していた。五十嵐の誘いを断る理由はなかった。

「地獄の〈特別教育期間〉を無事に乗り切ったんだ。今夜は、二人で祝おうぜ」

店を探すのももどかしく、沖田たちは駅前の居酒屋に転がり込んだ。カウンター席に腰を降ろして生ビールで乾杯した。二人の坊主頭は、店内ではひと際目立って見えた。

「あと五カ月の監禁生活かあ。早く出所して、現場勤務がしたいよなあ」

ジョッキの半分を飲み干して、五十嵐が熱い息を吐く。

「俺は交番《ハコバン》勤務を終えたら、実績を積んで刑事を目指すつもりだ」

沖田が任官後の自分の希望を告白する。

「刑事か……夢がないな。自分は一日も早く昇任試験にパスして、県警の上層部に伸し上がってやる」

「キャリアでもないくせに、もっと現実的になれよ」

沖田の言葉に反応して五十嵐が睨み付けた。充血した目が据《す》わっている。

「なんだと、もう一度言ってみろ!」

「ああ、何度でも言ってやる。お前は所詮、お坊ちゃまだ。考えが甘いんだよ」

「いいか警察社会じゃ、幹部にならなきゃなにもできん。確かに、俺の考えは理想的かも知れんが、現場勤務などしていたら出世などできんぞ！」

酔いが回ったのか五十嵐は雄弁になり、一層、鼻息が荒くなった。

「五十嵐、国内を見回してみろ。強盗、殺人、麻薬売買や外国人による売春が横行している。まるで野放し状態じゃないか。だから俺は刑事になって一人でも多くの犯罪者を検挙するつもりだ」

「考えが甘いのは、お前の方だぞ。悪は根元から断たなきゃダメだ。いくら下っ端を挙げたところで犯罪の根絶などできん。俺はトップに這い上がって、世の中の悪を徹底的に排除してみせる。その時は沖田、お前も一緒に手伝ってくれ！」

二人で酒を酌み交わし、夜遅くまで熱く語り合った。以来、ずっと五十嵐のことが頭から離れることはなかった。配属部署はちがっても、昇進の噂は耳に届いていた。あの頃の五十嵐の自信と正義感は、どこに行ってしまったのだろう。まだ卒業配属《そつはい》前から幹部になると豪語していた男に対する沖田の不安は、ここに来て的中してしまったのか……。

「今の電話は、誰やったんや？」

突然の反町の声に現実に引き戻される。

「東海新聞の夏目からだ」

「やけに、誠やんにご執心やな。ひょっとして、彼女の好みのタイプかいな」

刑事部屋には捜査を終えた刑事たちが戻り始めていた。

「新聞社に悪徳警官のタレ込み電話があったそうだ」

「酔っ払いのヨタ話とちゃうか？」反町が軽く受け流す。

「飲み屋で賄賂を受け取っていた刑事の目撃情報だ」

「店からのワイロなら、さしずめ生安が臭いな」

「マサやんの読みどおりだ」

「まったく奴らは、夜の商売を牛耳《ぎゆうじ》っているから羨ましいで」

反町は本音を洩らし、「で、誰なんや。そいつは？」と尋ね返した。

「刑事の名前は、五十嵐だそうだ」

「野郎、いよいよ尻尾を出しくさったな」

「それが、今回は単なる袖の下じゃなさそうだ」

「どういうこっちゃ！」反町の過剰反応に沖田が声を潜める。

「ひょっとすると、店の経営に絡んでいるかもしれん」

「誠やん、いい機会やないか。徹底的に洗おうや」

反町の表情が急に険しくなる。

「個人プレイはまずい、刑事課として筋を通すべきだ」

「筋を通すって、どないするんや」

「まず、神永警部に事情を伝えよう」

「わしらで締め上げたらええがな」

反町は今にも先走りそうだったが、同期生の沖田としては少しでも慎重に事を運びたかった。しかし賄賂疑惑まで出てきては、とてもかばい切れそうにない。

窓の外を見ると、市庁舎や高層ホテルが雨に霞んで見えた。刑事部屋では帰着した捜査員たちが椅子に座り込んでタバコを吸い始めた。その中でただ一人、新人の朝倉だけがかいがいしくお茶汲みをしている。

沖田は二課のメンバーが揃うのを待って、神永の所へと向かった。そして暴力犯係の情報洩れの実情を報告し、今後の防止策を講ずることを申し出た。当初、神永は情報漏洩に対して懐疑的だったが、これまでの五十嵐亮介の具体的な行動を知らされて考えが変わった。

「ヤクザから苦情が出るようでは、問題が大きくなる前に処理せねばならんな」

神永の心を動かしたのは、やはり根津寛吉の言葉だった。この時点でも沖田は半信半疑だったが、吉良の自白と根津の言葉を考え合わせれば信じないわけにもいかなかった。

「五十嵐の身辺を洗うほかないようですね。監察が目を付けてからだと動きづらくなります」

「すぐに暴力犯係を集めてくれ。捜査に支障が出ているからには、一刻も早く対処しなければならん」

ただちに中部署別館・第三会議室に臨時招集が掛かった。予告なしの緊張会議に、刑事たちの間に揣摩《しま》臆測《おくそく》が乱れ飛ぶ。

午後七時過ぎ、暴力犯係七名が会議室に揃うと、冒頭に神永から主旨説明があり、議事進行係は沖田に委ねられた。

「今夜は、デカ長にお願いして暴力犯担当者だけに集まってもらった。このことは同部屋の知能犯の連中にも内密にしてもらいたい」

開口一番、会議の秘密性を沖田は強調した。

「実は、我々の捜査情報が外部に抜けている疑いがある。先日行なわれた黒岩組と俠誠會のガサ打ち情報も筒抜けだったようだ。日頃の捜査で疑問点があったら、なんでも言ってくれ……」と伝えて捜査員からの反応を待った。

一部の刑事が耳打ちをする光景を目にしたが、多くの仲間たちは沖田からの次の言葉を待っていた。

「まずは、私と反町巡査部長が得た情報について報告したいと思う。このたび県警本部の薬銃課に異動になった五十嵐警部補のことだ。実は信用のできる筋から、彼が裏社会とリークしている確信的な証言を入手した」

捜査員たちの間にざわめきが起こった。私語が収まるのを待って、沖田は続けた。

「さらに俠誠會に立ち寄った折には、組長の根津から警察の捜査方法を批判された。これまでに何度も組員たちに首なし銃の依頼があったようだ。もしもこれが事実なら大変な事態になるだろう」

沖田の発言に続いたのは反町だった。

「盛り場の噂では、奴には複数の愛人《バシタ》がいるそうや。飲み代は踏み倒す、女に金は貢がせる、挙げ句の果てには、シャブやチャカのヤラセ捜査や。生安の中には、女性容疑者に手を付けたと羨ましがる仲間もおったで」

「マサやんも顔負けだな、まるで歩く生殖器だ」

反町の発言を友部が揶揄《やゆ》する。

「着てるもんかて、吊るしや官給品じゃなくブランドもんや。おまけに外車まで乗り回しおって、もうわしは我慢の限界じゃ！」

刑事課には捜査権はあるが許認可権や取締権がない。飲食店や風俗営業しかり、銃刀類を売買する古物商の営業認可まで、すべて生活安全課が取り仕切っているのだ。業者からの接待は日常茶飯事で、飲み会の招待、ゴルフ・コンペ、温泉旅行などあらゆる優遇を受けている。生活安全課の幹部ともなれば、特別接待されるため私生活の羽振りまでもちがってくるという。

典型的なのがパチンコ業界だった。パチンコ台の検査に始まり、新機種の導入、ライバル店より一日でも早く営業したければ、裏の力学が働くのも当然だろう。まして遊技業組合には数多くの関連団体が存在し、警察ＯＢの受け皿になっているから始末に悪い。警察内部には、ソープランド街を管轄する警察署長になると家が建つと陰口を叩く者さえいた。

「最近の五十嵐の捜査方法は、確かに目に余るもんがある」と口を挟んだのは室伏だった。「組員の噂では、ガサ状なしで踏み込まれた準構成員《ハンゲソ》がいたらしい。ガサ打ちしたものの証拠《ブツ》が見つからず、きっちり口止めして帰ったそうだ」

「そういえば以前、恐喝で黒岩組員を送検した時に、検事がぼやいていたっけな」

室伏に続いて発言したのは友部だった。意外な発言に「検事が……」と警部の神永が尋ね返す。

「奴が挙げた容疑者《ホシ》は、怖くて立件できないと言っていました」

「どういうことだ？」

「実績を上げるためなら、確実なウラが取れてなくても地検に送るらしいんです」

この時とばかりに、捜査員たちから次々に陰口が飛び出す。数多くの本部長賞受賞に絡む疑惑を、誰もが一度は耳にしたことがあるようだった。

「薬銃担当の知り合いから聞いたんだが、最近では滅多に刑事部屋《デカ》にも顔を見せんそうや。いくら母屋《おもや》が実績主義かて、少々やり過ぎとちゃうか。五十嵐との夜の接待漬けで、伊吹部長も口出しできんとの噂ですわ」

反町の後に続いて沖田が発言する。

「実は昨夜、東海新聞社に市民から匿名のタレ込みがあったようだ。通報者は飲み屋の常連客で、刑事が金品をもらう現場を目撃したらしい。その刑事は従業員たちからボスと呼ばれていて、名前が五十嵐であることまで告げたらしい」

「ボス……とは、どういうことだ」と神永が唸った。

「キナ臭いですね」と付け加えたのは友部だった。

「風俗営業、外国人不法就労、猥褻風俗事犯、すべて彼らの握っているセクションじゃないか」

室伏の言葉に、思わず皆が顔を見合わせた。

「決定的な情報はないのか」

「許可さえもらえれば内偵しますが……？」

沖田の言葉に、神永は頬杖をついたまま考え込んでいる。一同が押し黙って彼の反応を待った。

「身内を洗うのは監察の仕事だ、もしも母屋に知られたら大変なことになる」と言って神永は捜査員たちを見渡すと、「慎重に事に当たらないと必ず犠牲者が出るぞ。取りあえず沖田班は店《たな》に探りを入れてくれ」との決断を下した。

10

中部署暴力犯係は、勤務時間の合間を縫って独自捜査を行なうことになった。しかしこの期に及んでも、沖田は同期生の五十嵐を信じたいという思いを捨てることができなかった。警察学校では模範生として過ごし、沖田とは互いに本部長賞を取ることを誓い合った仲だ。そんな彼が魔手に染まるとは考えられなかったのだ。

沖田班以外も〈セクシーレディー〉周辺の聞き込みを開始した。当初は重く口を閉ざしていた住民たちだったが、度重なる刑事たちの聞き込みにやっと心を開いてくれた。近隣住民の証言によると、店に暴力団風の男が頻繁に出入りしている事実が明るみになった。さらに同業者からの情報では、刑事らしき人物が店の経営に携わっている事実を得ることができたのだ。

しかし、五十嵐亮介の日常行動を把握することは容易ではなかった。相手も捜査のプロだ。おまけに職場が県警本部へ移ったために居場所を摑むことさえままならない。沖田は熟慮の末、吉良を徴用することにした。

五十嵐から信用の厚い吉良なら、〈セクシーレディー〉で働くことが可能かもしれない……と同時に沖田は、別の情報提供者を店の常連客に仕立てるために足繁く通わせることにした。いよいよ、これで〈セクシーレディー〉への包囲網が整った。

目論《もくろ》みどおり五十嵐から一目置かれている吉良は、店のサブ・マネージャーとして働くことが許可された。彼の報告によると、〈セクシーレディー〉の支配人は黒岩組の梶村《かじむら》という男のようだ。

店は元ラーメン・チェーンだった建物を改装した物件らしい。周囲にはカラオケやパチンコ店、家電量販店などの郊外大型店舗が建ち並んでいる。

フィリピン人ホステスたちは、安倍《あべ》川沿いのアパートで共同生活を強制され、ワンボックス・カーでの送迎役を吉良が任された。八人のフィリピン娘たちは外出の自由も許されず、仕事場とアパートを往復する生活を強いられている。

彼女たちの日常行動を監視するのが吉良の役目だった。〈セクシーレディー〉に来る男性客の目的は、女たちの携帯電話番号を聞き出し個人的にデートに誘い出すことである。来店客はフィリピーナにこづかい程度のチップを渡せば、気軽にセックスができると考えている。彼らの多くはフィリピン本国で安価な買春経験をした者たちだろう。

〈セクシーレディー〉では、各ホステスに客のメール・アドレスを聞き出すことが義務付けられていた。指名客に毎日メールを送り、再び店に足を運ばせるためだ。彼女たちに課せられた一日の送信メール数は、最低一人五十件――。つたない日本語を駆使して自分の顧客にラブ・メールを送り続ける。店外での個人的な接触を持たせないよう吉良の監視下に置き、来店するとボディ・タッチでスケベ心に火を点ける商法だ。

ホステスは五十嵐好みの二十代の美人揃いで、料金設定は〈飲み放題　九十分・五千円〉。この金額で繁盛しないわけがない。しかも制限時間が近づくと、指名されたホステスが猫撫《ねこな》で声で時間の延長をねだるのだ。客たちは来店のたびに、チップやプレゼントを持参して彼女たちを落城させようと画策するが、そのような行為はいっさい禁止された。

瞬《また》く間に店の評判は口コミで広がり、週末ともなると駐車場は満車になった。吉良の報告によれば、そのような厳しい監視態勢の中でも特別客がいるのだという。さらに詳しい事情を知るために沖田は吉良に接触することにした。

待ち合わせ場所は吉良の幼なじみが五年前に開業した喫茶店で、名前は『ル・ブラン』。場所は昭和町のオフィス街の一角にあった。

店内に入って椅子に腰を降ろすなり、沖田はマルボロを銜えて火を点けた。ランチ・タイムを過ぎた店には客の姿はない。壁には小さな出窓があり、愛らしい観葉植物が飾られている。吉良には不似合いな店だ。

「飯、食いましたか？」

開口一番の質問に「腹ペコだよ」と沖田が答える。

「ここのハンバーグ・ランチ、なかなかイケるんですよ」

血色の良い顔を見て安心した沖田は、「じゃあ、食べながら、話を聞こうじゃないか」と微笑み返した。

刑事は自分の抱えた情報提供者には最大限の気をつかう。なぜなら彼らは情報料と引き替えに身を危険に晒し、その微妙なバランスの上に両者の関係は成り立っているからだ。沖田と〈セクシーレディー〉を繋ぐ生命線は吉良からの情報提供だけだった。

ほどなくして、二人の前に料理が運ばれてきた。差し出されたランチを、会話を忘れて黙々と食べる。それほど『ル・ブラン』のハンバーグは美味かった。

「少しは、店に慣れたか？」

寝不足のためか、吉良の顔がむくんでいるように感じられた。

「毎晩、ダンサーのTバックを見ているだけじゃ、インポになっちゃいますよ」

「かといって集団下校じゃ、送り狼ってわけにもいかん……か」

沖田が食後のコーヒーを注文する。

「早速、本題に入るが、特別客のことについて教えてくれないか」

吉良の顔から笑みが失せる。

「はっきりした身元はわかりませんが、ボスも頭が上がらない人物が二人いるようです」

「筋者《すじもん》なのか？」

「俺の勘では、会社の社長みたいに地位のある感じだったな」

「社会的地位のある人間が、ピンパブねえ……」

解《げ》せない様子で沖田が呟くと、「許せねえのは、その連中が店の女をお持ち帰りすることだ」と窓の外を見つめて吉良が吐き捨てる。

「五十嵐は、なにも言わないのか？」

「ボスも、奴らには逆らえないみたいだな」

「その男たちの素性を探ってくれないか、これは少ないが謝礼だ」

沖田は入ったばかりの副業《シノギ》の報酬を丸ごと手渡した。吉良は中身を確かめずに懐に収めると、

「いつも、すんません」と言ってペコリと頭を下げた。

「言っておくが梶村には、くれぐれも気を付けてくれ。頼んだぞ」

支配人をしている梶村については、少なからず沖田には心当たりがあった。聞き覚えのある苗字からすれば、黒岩組の新顔である梶村拓也《たくや》の可能性が高い。刑事一課に在籍していた頃に、暴走族上がりのチンピラを検挙したことがある。罪名は恐喝だったが、その後に組織にスカウトされたというところか……。

いずれにしても黒岩組が経営に絡んでいることは確かだ。五十嵐亮介は、刑事が犯すべからざる途轍《とてつ》もない深みに嵌《はま》った可能性が高まった。

翌日になるのを待って沖田は、市議会議員、県議会議員、反社会勢力に関係する企業役員など

の顔写真を部下に集めさせた。五十嵐が特別扱いする〈地位のある人物〉を絞り込むためである。沖田の指示から五日後には、百枚ほどの顔写真が集まった。それらの中に彼は、ある人物の顔写真を忍び込ませた。

「沖田だが、すぐに会いたいんだ。時間は取れないか」

吉良に携帯電話を入れると、寝ぼけた声が返ってきた。

「いいっすよ、何時にしますか?」

「一時間後に、前と同じ店で待っている」

隣から女の囁き声がしたので、用件を伝えると早々に電話を切った。

暑がりの反町を伴った沖田は、県庁舎前の信号機を右折して七間町通りに向かった。陽光に炙《あぶ》られていると、五分もしないうちに全身が汗ばんでくる。歩道の半分を放置自転車が占領し、灼けたアスファルトの照り返しに眩暈《めまい》がしそうだ。伊勢丹前には高校生がたむろしている。歩道脇の木陰を二人は無言で歩いた。国道三六二号線のスクランブル交差点の信号が赤になった。

「待ち合わせ場所は、どこや?　わしは貧血で倒れそうやで」

「もう少し痩せたらどうだ。今年は、無差別級に出場するつもりか?」

「そやったな、試合までに減量せんと失格やで」

信号が青に変わった。一斉に交差点に人が行き交う。プラザホテルを左折して両替町通りに入った。昼間の飲み屋街は、歩行者もまばらで閑散としている。不機嫌な反町を無視して歩き続けた。玄南《げんなん》通りを過ぎて呉服町《ごふくちょう》の信号を右折すれば、待ち合わせ場所の『ル・ブラン』に到着する。

「着いたぞ、ここだ」

「ずいぶん可愛い店やな」

メルヘンチックな外観を一見した反町が感想を洩らす。

「奴の知り合いの店らしい。情報屋《エス》との密会場所には最適だぞ」

扉を開けると、顔見知りになったマスターが挨拶してきた。反町はしきりと店の中を見回している。沖田は前回と同じ席に座り、互いにアイス・コーヒーを注文した。

二人は煙草を吸いながら新聞を読んで時間を潰した。店内には音量の絞られたクラシックが流れている。二人の前にアイス・コーヒーが運ばれ、一口飲んだ反町が慌てて立ち上がりトイレに駆け込んだ。

しばらくして戻ると、妙にスッキリとした顔をしている。

「下痢でもしたのか？」

「やっと出たで、大蛇が一本や。久しぶりのK点越えやな」

品のない反町のジョークに呆れていると、吉良が姿を現わした。

「女とお愉しみのところを、悪かったな」

「気にしないでください」

「それにしても、お前もタフやな」と反町が羨ましがる。

「たまには摘まみ食いでもしなきゃ、バカバカしくてやってられませんよ」

照れ隠しに子供みたいな表情を見せる。

「実は、今日呼び出したのは、面割りをしてもらうためだ」

「面割りですかい？」

「そや、悪党がどいつか教えてほしいんや」

沖田が厚い写真の束をテーブルの上に取り出すと、無言で吉良が一枚ずつ確認し始めた。見覚えのない顔を除外していく消去法だ。その間、二人も黙って彼を見守った。やがて十分が過ぎようとした時、「この連中ですよ」と、迷うことなく二枚の写真を選び出した。

「絶対に、まちがいないだろうな！」

予想していたとはいえ沖田の声に力が入る。吉良が差し出した顔写真は、あらかじめ彼が混入していた県警関係者だった。

「見まちがうわけねえよ。来店のたびにタクシーまでエスコートするのは俺の役目ですぜ」

反論を許さぬ厳しい口調が返った。

「この連中は、いったい誰なんです？」

「お前には関係のないことや」反町が、即座に突っ撥《ぱ》ねる。

「ヤバイ仕事を押し付けて、それはないでしょ」

「確実なウラが取れたら教えよう、それまでは誰にも口外できんのだ」

吉良が先走った行動をすることを沖田は恐れた。

「ボスと義兄弟になったとも知らずに、ドスケべな親爺たちだな」

「義兄弟……？」吉良がニヤけた顔で含み笑いを返す。

「ボスは新人ダンサーの面接を、ラブホでするんですよ」

「連れ込みやな」

「文字どおり、同じ穴のムジナってわけです」

「金銭授受があれば、立派な買春行為だぞ」と沖田が言うと、「金を払うどころか、連中がボスから現ナマを受け取るのを見たことがありますよ」と吉良が反論する。

「確かやろうな！」

「さしずめピン助は、貢ぎ物ってとこかな。紳士面した好き者揃いだぜ、まったく」

「誠やん、早速、今夜は〈七人の侍会議〉と行こか……」会議嫌いの反町が、珍しく話し合いの場を申し出る。

まだ刑事に成り立ての頃、先輩から〈白いものは、洗えば洗うほど白くなる。黒いものは、洗えば洗うほど黒くなる〉と諭されたことがある。まさに至言だ。〈セクシーレディー〉の営業許可は正式なものか？　入管難民法違反はないか？　売春行為の有無は？　幾多の疑念が沸々と頭の中に湧いてくる。もしも県警上層部が賄賂を受けていたら徒事《あだごと》では済まされない。

吉良からの情報を神永に伝えると、ただちに暴力犯関係者が招集された。沖田から報告を受けた同僚たちは、にわかに信じられない様子だった。

「フィリピン・パブに県警幹部が関係しているとは、とても信じられん」

当初、報告を受けた神永の動揺は隠し切れなかった。

「潜入させた情報屋《エス》に、写真を見せて面割りしましたのでまちがいありません」

「その密告者は信頼できるのか？」

「吉良です、例の吉良誠ですよ」

「前科者じゃないか」と神永が問いただす。

「奴は、かつて五十嵐のタレ込み屋でした」

「なぜ、今まで隠していた」

沖田の言葉を神永はバッサリと切り捨てる。

「無許可で捜査してしまい申しわけありません。事後承諾で恐縮ですが、吉良を〈セクシーレディー〉に潜入させた結果、この一件は想像以上に根深いことがわかりました」

しばらく神永の言葉は返らなかったが、「今後は、先走った捜査は控えるんだな」と一言発して押し黙った。

「ということは、沖田警部補は吉良を二重スパイ《もぐら》に仕立てていたんですか？」

二人の会話を聞いていた室伏が、薄くなった頭頂部を撫でながら素朴な疑問を投げ掛ける。

「いずれにしろ、ピンパブを洗って奴を締め上げれば、はっきりするんですが……」と結論を急ぐ沖田に「軽率な行動は控えろ。一歩まちがえると地雷を踏むことになるぞ」と神永が再度、釘を刺した。

「写真で面割りしましたから、店に出入りしているのが八木捜査課長と伊吹生安部長であることは確かです」

「まさか……」と友部が唸り、「こうなったら、徹底的にやるしかないでしょう」と室伏が血気に逸《はや》る。

「皆の心意気は認めるが、今はその段階ではない」と神永は、あくまでも冷静だ。

「悠長なことを言っている時ではないと思いますが……」

友部が珍しく異論を唱える。

「慎重に行動しろということだ。もしもこちらの動きを悟られたら、退職をチラつかされることは目に見えている。君らに、その覚悟はあるのか?」

会議室に重苦しい空気が漂う。その時、沈滞ムードを払拭するように反町が気炎を吐いた。

「退職金をもらい損ねたらかなわんさかい、辞めるなら懲戒免職《ちょうめん》を食らう前や。そしたら誠やん、二人で探偵事務所でもしよか。浮気の尾行は楽しいで」

冗談混じりに同調を求める。もしも内部犯罪が発覚すれば、警察組織は総力を挙げて五十嵐の口封じに乗り出すだろう。誰の目も届かぬ場所に五十嵐の身柄を拘束し、徹底的な隠蔽工作を図るにちがいない。これまでも上層部の圧力を受け、依願退職をエサに辞職に追い込まれた警官たちを、沖田たちは嫌というほど目にしてきた。

今後の捜査方針に関して議論が交わされた。五十嵐の不正捜査を立証して幕を閉じるか、それとも組織の暗部を徹底的に暴くか……。そのためには自分たちも火の粉を浴びる覚悟が必要だろう。

底なしの闇の深さに沖田は寂寞《せきばく》たる不安を感じた。

〈セクシーレディー〉での五十嵐の行動は、頻繁に吉良から報告が入った。八木捜査課長と伊吹生安部長の店内での交遊現場も、逐一、携帯メールで画像が送信されてきた。いつ頃からか暴力犯係の間では、情報漏洩していた五十嵐亮介のことを、旧ソ連のスパイになぞらえて〈ゾルゲ〉と呼ぶようになっていた。

この頃になると吉良から、店を辞めたいとの再三の申し入れがあった。吉良の証言によると、兄貴分に当たる梶村には悪い遊び仲間がいて、店の金を持ち出す現場を何度か目撃したという。その都度、口止めされた上に閉店後に不審車両に尾行され、さらには当て逃げまでされたらしい。恐ろしくて、もうこれ以上は協力できないとのことだった。

明らかに支配人の梶村による犯行だろうが、噂によれば黒岩組への上納金も〈セクシーレディー〉の簿外金で埋め合わせしているようだ。純然たる組への裏切り行為である。この事実が発覚すれば、ただでは済まされないだろう。

吉良が忽然と消息を絶ったのは、それからほどなくしてだった。

彼からの最後のメッセージは、ショー・ダンサーの大半が不法就労者であるという報告である。彼女たちは入国と同時にビザを取り上げられ、滞在期限が切れても強制労働をさせられているようだ。

11

清水港で身元不明の死体が発見されたのは、入管難民法違反及び覚醒剤密売容疑で〈セクシーレディー〉への家宅捜索の打ち合わせをしている最中だった。

第一報を受けた刑事一課と暴力犯係は現場へと急行した。

静清バイパスに差し掛かると、遠方にエスパルス・ドリームプラザの大観覧車が風車のように小さく見え始めた。〈清水エスパルス〉の運営母体が経営するレジャー施設だ。その華やかな景色は、殺害現場に臨場する刑事たちにとって別世界のように目に映った。

清水港が近づくと右手にマリンパークが見えた。公園からは鉄骨製のテルファー越しに雄大な富士山が見えた。テルファーとは、かつて港湾の荷役に使われたクレーンのことだが、今ではマリンパークのシンボル的オブジェになっている。

現場に到着すると、すでに水死体は引き上げられてブルーシートで覆われていた。周辺には黒山の人集りができている。野次馬の中には観光記念のつもりか携帯で写真を撮っている者までいた。発見場所は、帆船を模した遊覧船の隣にある水上バス乗り場だった。第一発見者は、港に魚釣りに来た年配男性だという。すでに水上バス乗り場には規制線が張られ、乗降場所は別の所に仮設されていた。

駆け付けた捜査員たちは、集まった群衆を掻き分けて遺体と対面した。ブルーシートの下から現われた顔は海水により膨化していたが、ひと目で吉良誠であることがわかった。変わり果てた吉良の姿を見て、沖田はガックリとその場に膝を折った。

公衆便所で締め上げた時の恐怖に歪む吉良の表情が脳裏を過《よぎ》る。密造犯殺しの自白を迫った時、反町の頭突きで鼻血を流しながら、涙を浮かべて否認した吉良……。その哀願する眼差し……。

五十嵐の別の顔を白状したのは、再度、反町が鉄拳を振るった時だった。

手洗い場の鏡が割れ、公衆便所に入ろうとした学生が慌てて逃げ去った。吉良は泣いて詫びた。二人は手先になることを強要した。従わなければ侠誠會へ密造銃横流しのデマを流し、警察情報の漏洩を五十嵐にバラすと脅した。嫌がる吉良を二重スパイに仕立て上げ、〈セクシーレディー〉へと潜り込ませたのだ。吉良の人生を奪ったのは自分たちなのかもしれない。

「殺されたのは、いつ頃ですか？」

「おそらく二日、長くて三日前だろう」

現場捜査を取り仕切っていたのは、鑑識課の柴田武《しばたたけし》警部だった。矢継ぎ早に、部下に指示を飛ばす彼が沖田に告げる。

「手足が異様に白いのは……？」

「典型的な漂母皮形成《ひょうぼひけいせい》ですね。死体が長時間水に浸かっていると、手足の皮が分離してしまうんだよ」

柴田は繁々《しげしげ》と遺体を見つめてから向き直った。

「被害者《ガイシャ》は堅気じゃないでしょう」自信ありげに柴田が尋ねる。

「まあ、そんなところです。詳しいことがわかったら、ご一報ください」

その場で名刺を差し出して携帯番号を書き添えた。

吉良の断末魔の叫び声が、今にも聞こえてきそうだった。無残な骸《むくろ》に向かって沖田は瞑目し合掌した。

遺体は細胞組織の柔らかな目や口内が水棲生物に食い荒らされていた。眼球は原形を留めず空洞状態になっていた。その眼窩の窪みに無数の小虫が蠢《うごめ》いている。唇の肉を失い歯が露出しているのは、小魚に突つかれたのだろうか……。

遅れて到着した反町が、仏の顔を覗き込むなり嘔吐した。

「大丈夫か？」

「血なまぐさいのは平気やけど、グロいやつは苦手なんや」

沖田がハンカチを差し出す。

吉良の突然の死は沖田を打ちのめした。彼は明らかに怯えていた。なぜあの時、情報提供者《エス》の役目を解いてやらなかったのか……。正式組員にもなれないチンピラを、強引に密告屋に仕立て上げたのは自分の責任に他ならない。吉良誠は、我々に協力したことが発覚して口を封じられたのだろう。

中部署に戻ると朝倉が待ち受けていた。

「吉良が殺《や》られたそうですね」

「清水港で変わり果てた姿になっていたよ」

「土左衛門ですか？」と朝倉。

「清水港で発見された。胸と脇腹に銃創があり、無残な死に様だった」

沖田は叫びたくなる感情を抑えて朝倉に向けて放った。〈セクシーレディー〉における五十嵐の行動不審は日に日に高まっていった。さらに事前に常連客として潜入させていた情報提供者からも覚醒剤密売に関する事実を入手していた。

「いよいよ、本丸にガサを打つしかないな」と友部が堰《せき》を切ったように言葉を吐き、「吉良が殺されたとあっては、店《たな》への捜索は当然でしょうね」と朝倉がフォローする。

〈セクシーレディー〉への家宅捜索は時間の問題となった。

暴力犯係は事実関係を裁判所に提出して、〈セクシーレディー〉への捜索令状を申請した。そして覚醒剤取締法違反ならびに入管難民法違反での差押許可状を取ると、即時、出動態勢を整えたのだった。


〈セクシーレディー〉は稲川町《いながわちょう》の外れにあった。外観は電飾ネオンで飾られ、壁面の〈SEXY LADY〉の文字がピンク色に浮き上がっている。

敷地面積は予想以上に広く、すでに駐車場には十数台の車がとまっていた。奥の駐車スペースには、漆黒のＢＭＷ３２５ｉクーペが停車している。五十嵐亮介の愛車だろう。高級車に縁のない沖田の推定でも、五百万円は下らないことは容易に想像できた。

「あのボケ、左ハンドルで夜のご出勤やで」

吸い終えた煙草を捻り潰すと、恨みの籠った言葉を反町が放つ。捜索隊の到着をブルーバードの中から二人が出迎える。すでに沖田たちは二時間前に入店した五十嵐の姿を確認していた。店内からは物凄い音量のダンス・ミュージックが聞こえてくる。

出入口は全部で三カ所あった。正面通路と事務所裏と厨房だ。捜査員が無線機を片手に分散する。沖田班は正面出入口を固めると、各班に連絡を入れて配置確認する。すべての部隊が整うのを待って、着手のタイミングを計る。

「沖田班、突入準備完了。全員、着手開始！」三方より捜査員が一斉に店内に踏み込んだ。

「警察だ、その場を動くな！」

正面突破班がカウンターを飛び越えて会計係の証拠隠しを阻止する。沖田班は、内扉を押し開けて店内へと雪崩れ込んだ。中央には半円形のステージが設置され、それらを取り囲むようにボックス席が配置されている。

カーニバル風の派手なコスチュームを身にまとったダンサーたちが、ステージ上で腰を振り、露出の多いドレスを着たホステスが男性客に密着接待をしていた。まだ時間が早いために客の入りは四分程度だろうか……。大音響のため店内の会話もままならない。沖田は入口脇に立つ黒服の従業員に捜索令状を提示し、音楽を止めて照明を点けるように指示した。店内の異変に気づいた客たちの視線が一斉に集中する。

「家宅捜索だ、逆らったら逮捕するぞ！」

煌々《こうこう》と明かりの灯った店内で客たちが狼狽《うろた》える。ボックス席にいる客たちの顔が次々に撮影されていく。全員の写真撮影を終えたところで、フィリピン人が一カ所に集められた。

受付奥の事務所に入ると、五十嵐亮介が二人を迎え入れた。沖田と顔を合わせるなり、「待っていたよ、久し振りだな……」と不敵な薄笑いを浮かべた。

「従業員の吉良誠が殺されたのは知っているな」

「まさか俺を疑っているんじゃないだろうな」

五十嵐は高級仕立てのスーツを身に着けている。とても一介の刑事とは思えない。重厚なデスクの上に広げられた書類の数々……。知らない人間が見たら、一流企業の経営者にしか見えないだろう。

「ガサ状は、あるんだろうな」

「誰かとちがって、これは正式な捜査だ」沖田が捜索令状を突き付ける。

「容疑は、なんだ！」

「覚醒剤取締法違反と入管難民法違反や。フィリピン娘をだまして、なんぼ儲けたんや」

反町の粗野な口調が室内に響く。

「ところで梶村の姿が見えないが……」

「朝礼の時に顔を合わせたから、いるはずだ」

「いないから聞いてんのや！」反町が吠える。

背後では捜査員たちが忙《せわ》しなく店内を動き回っている。ある者は取り調べをし、また別の者は証拠品を次々に押収していく。しかしその後も、梶村の行方だけは杳《よう》として摑めなかった。

「班長、パケが見つかりました」

興奮気味に風間が駆け寄り、手にした覚醒剤の小袋を差し出す。

「どこで見つけた？」

「更衣室のロッカーです。ネーム・プレートには、吉良の名前が書かれていました」

「貴様ら、いい加減にしろ！」

沖田が店中に響き渡る大声を上げた。

「誠やん、客たちはどないしよか？」

「住所と連絡先を書かせて、解放するしかないだろう」と言ってから、「もしも極道面をした男がいたら、そいつは俺の情報屋《エス》だ」と反町の耳元で囁く。

五十嵐亮介の身柄は確保したものの、肝心の吉良殺しの鍵を握る梶村拓也を取り逃がしてしまった。完全な失態だった。捜査員たちが取り調べをしている間に、沖田と反町は極秘に五十嵐を外に連れ出した。

「いいか五十嵐、お前の取り調べは俺たちが個別で行なう」と沖田が告げると、「そんな勝手なことが許されるのか……」五十嵐が余裕の表情を見せる。

「いいから、大人しくしろ。はっきり言う。これは俺たちの個人プレイだ、中部署とは関係がない」

沖田は冷静さを失っていた。清水埠頭で対面した目を覆うばかりの吉良の姿……。目蓋には生に執着し恨めしそうにこの世を去った男の顔が今も焼きついていた。

「極道とつるんで、よくもマル暴をコケにしてくれたな。俺らを売ってまで出世したいのか！」

「濡れ衣だ、言い掛かりもほどほどにしろ」

呆れ顔をした五十嵐が不敵な笑みを浮かべて煙草に火を点ける。それを見た反町が、銜えていた煙草を叩き落として靴で踏み潰した。

「お前とは同期のよしみだ、せめて検察に送る前に白黒つけてやろう。マサやん、どこか適当な場所はないか？」

「もってこいの場所《ヤサ》があるで、建設中に倒産した工事現場や。いくら大声を上げても気づかれることはないやろ」

後ろ手に手錠を嵌めると、二人は強引に五十嵐を車の中に押し込んだ。

「こんな違法捜査が許されると思うのか、退職に追い込んでやるから覚悟することだな」

後部座席から運転席の背もたれを蹴飛ばして五十嵐が抵抗する。大声で悪態をつくのを無視して、三人を乗せた車は猛スピードで国道一号線を東に向かった。


反町の運転により枝道に入ると、有刺鉄線が張り巡らされた場所に到着した。反町に案内された現場は、安倍川河口にほど近い荒野の一角だった。駿河湾から湿気を含んだ潮風が吹き付ける。遠くから聞こえる轟音は新幹線だろうか……。

車から降りると、周囲は背の高い雑草が辺り一面に繁茂している。広大な敷地は荒れ果て〈立入禁止〉と書かれた看板が暗がりの中に見えた。周囲には人影らしいものはない。二人は五十嵐を伴って有刺鉄線の隙間を潜った。雑草をかき分けて進むと、蔦の絡まった鉄筋コンクリートの巨大な建物が目の前に現われた。工事途中で建設が中止されたマンションだろうか。長期間にわたり放置されたためか、大半の窓ガラスが割れて廃墟化している。ひと目でバブル時代の置き土産であることがわかった。

「吉良が買い付けたチャカで殺すとは、正気の沙汰とは思えんな」

辺りを警戒しつつ、沖田が言い放つ。

「俺は知らん、言いがかりも程々にしろ」

「とぼけるな、首なし銃欲しさに奴を使い回しただろ」

「貴様ら、なんの権限で俺を拘束できるんだ。絶対に規律委員会にかけてやるから覚えてろ」

「吠えたきゃ、好きなだけ吠えろ。いいか、吉良はお前のために命を落としたんだぞ！」

言い終える前にスライドした沖田の特殊警棒が五十嵐の脇腹を鋭く抉《えぐ》った。呻き声が廃墟に響き、薄闇の床に体が崩れ落ちた。舞い上がる埃を払い除《の》けながら、反町が薄ら笑いを浮かべる。

土埃に塗《まみ》れて転げ回る腹に、沖田の靴先が容赦なく減り込む。

「お前らに、生安のなにがわかる！」五十嵐が物凄い形相をして叫ぶ。

「誠やん、顔をキズ付けるのは止めた方がいいで。後で厄介なことになるさかいな」と言い終えると同時に、膝上の血海部《けつかい》に反町の強烈なキックが炸裂する。五十嵐の動きがピタリと止まった。

反町は急所がどこかを心得ている。

「俺じゃない、殺ったのは支配人の梶村だ」

堪え切れずに五十嵐が呻く。

「まだ懲りんのかい、往生際の悪い野郎やな」再び、反町が攻撃姿勢を取った。

「ま、待ってくれ」床を転げ回りながら、片手で制止ポーズを取る。

「我慢は体に悪いんや。早よう、喋らんかい！」

顔を傾けてゴキッと首を鳴らす。相手を殴る時の反町の癖だ。

「マサやんは気が短い。これ以上、俺には止められんぞ」と沖田が脅す。

「ロレックスだ……」

「時計が、どないしたんや？」

「日頃から俺の嵌めていた腕時計を欲しがっていたので、ロレックスと交換条件に吉良を監視させたんだ」

「ふざけたことをぬかすな！」

「嘘じゃない、本当だ」顔を庇《かば》う手が小刻みに震えている。

「女をたらし込んで買わせた時計やな」と反町が鎌を掛けると、「その腕時計は、いくらする代物だ？」と沖田が詰問する。

「金無垢のロレックスで、三百万は下らないはずだ」

「三百万やと。今どき腕時計一個で、殺人を犯すアホがいると思うとるんか！」

胸倉を摑んで立ち上がらせると同時に、顔面に頭突きが炸裂する。金縁メガネが吹っ飛び鼻梁が潰れる鈍い音がした。顔面を傷付けるな……と自分が忠告したことを反町は忘れている。

「本当に、俺じゃない」

「誰が殺ったか吐かんかい、ド腐れが！」

反町の右掌底《しょうてい》が咽頭隆起部に食い込み、一瞬、五十嵐が呼吸困難に陥る。

「上からの命令だ」

「それが誰なのか聞いてんのや」

「名前だけは勘弁してくれ」

「一人で罪を被るつもりか？」ノーガードのボディに膝蹴りが食い込む。

「盗《がめ》たチャカの行方はどこだ」

「梶村の野郎が持ち逃げしやがった」

「ふざけたことをぬかすな！」

髪の毛を鷲摑みにして沖田が顔を覗き込む。

「誰からの情報か知らんが、俺の手元にチャカはない」

「薬銃担当のくせして、ミツゾーのヤラセ捜査を仕組みやがったな」

反町が襟首を締め上げる。顳顬《こめかみ》の血管が浮き上がり目が引き攣《つ》る。

「早よ、質問に答えんかい」

「吉良を使って、協力させたんだ」垂れた鼻血で唇が朱に染まる。

「押収したのは三丁。残る一丁は、どうした？」

「梶村に持ち逃げされたと言ったじゃねえか」再び、五十嵐が命乞いをする。

「お前のために、吉良は命を落としたんだぞ」

「奴を利用したのは、お互い様だろ」

「なんやと、上等やないけ！」

袖口を摑んだ反町が足払いを掛け、五十嵐が翻筋斗《もんどり》を打って倒れる。

「梶村が店《たな》の金を使い込んでいることを吉良は知っていた。チャカを入手した時に、奴を利用して邪魔者を消したんだろう。お前も、ずいぶんと焼きが回ったもんだな」

予期せぬ言葉に五十嵐が茫然自失する。代々政治家の家系に生まれて金銭的な苦労は考えられない。彼を狂気へと駆り立てたものは、いったいなんだったのだろうか……。

少なくとも沖田の知っている五十嵐亮介は、金や名誉のために罪を犯すほど愚かな人間ではないはずだ。なにが彼を取り返しのつかない暴挙へと走らせたのか。倒れて動かなくなった姿の中に答えを探そうとしたが見つけ出すことはできなかった。

すぐに沖田は風間に連絡を入れた。

「至急、市内の質屋と貴金属店に金のロレックスを持ち込んだ不審人物を洗ってくれ！」

沖田の命令を受けた風間が、捜査車両に向かって脱兎《だっと》の如く駆け出した。

12

〈セクシーレディー〉への家宅捜索の翌日、県警本部長から緊急幹部会が招集された。県警本部の最上階にある特別会議室には五人の幹部たちが集まっていた。松浪本部長を筆頭に、浅田刑事部長と八木捜査課長、東郷《とうごう》警務部長、生活安全部からは伊吹部長が顔を揃えている。

眼下には、駿府公園の全景が見えた。お濠《ほり》の外周には県庁舎を始め、市役所、検察庁、税務署、総合病院、テレビ局、幼稚園から高校まで、あらゆる公共施設が集合している。窓から見える整然とした景色とは別に、室内には重苦しく沈滞したムードが漂っていた。

沈黙を破ったのは本部長の松浪だった。参集したメンバーの中では際立って若い三十代前半のキャリア族――。毎年、全国で二十人程度しか合格しない国家試験I種を通過した血統書付きのサラブレッドだ。実務経験もないのに定年間近の部下に訓示を垂れ、毎晩のように地元名士たちの宴席に顔を出し接待を受けるのが主な仕事だ。

企業経営者の中には少しでも便宜を図ってもらうために、事前に二次会を準備し、女性までセッティングしていることもある。当初はガードの固い警察庁キャリアも度重なる誘惑に脇が甘くなる。その典型が県警本部長の松浪だ。松浪は先頃、接待女性の一人に心を奪われて引き返せないほど親密な関係となった。

商工会トップによる懇親会の二次会での出来事だった。高級クラブで隣に座ったホステスと意気投合した。三十代の歳格好で見惚れるほどの美人だった。お伴した二人の幹事が退席した頃には、したたかに酔っていた。閉店後、二人でデートをした。誘ったのは女の方からだった。翌朝の記憶は曖昧だったが、気が付けばホテルのベッドで裸で抱き合っていた。

「今日、上級幹部に集まってもらったのは、刑事による不正疑惑が私の耳に届いているからだ。薬銃対策課が生安部から刑事部に移行するに際して、予算実績を上げてほしいと言ったことは確かだ。しかし今回のような不正事実が明らかになれば、県民からの信頼は地に墜ちるだろう。今年に入ってからも、警察官による飲酒運転事故、個人情報漏洩問題、さらにはストーカー脅迫事件と不祥事続きだ」

松浪の視線は、先ほどから刑事部の浅田に向けられている。現場刑事から叩き上げの浅田と松浪とは親子ほど年齢差がある。警察庁に入庁後、すぐに県警本部長として赴任した松浪は、現場状況を殆んど把握していない。

「浅田君、今回の件について納得のいくように説明してくれないか」

松浪の発言に逡巡《しゆんじゆん》した後、浅田は「このことは、私よりも八木課長の方が詳しいでしょう」と五十嵐の元上司に矛先を向けた。一同の視線が八木に集中する。突然の指名発言に八木は頭の中が空白になり、自己保身の言葉が口を衝く。

「現在、静岡県警の銃器と薬物の摘発件数は全国で十指に入ります。その捜査官を任されているのが、このたび本部に異動した五十嵐警部補です。中部署に在籍時には〈薬銃のエース〉と呼ばれていたエキスパートです」

「その捜査方法に、問題があったということだな？」

「どうやら、そのようです」

松浪は濃紺のスーツと臙脂《えんじ》色のレジメンタル・タイをさりげなく着こなしている。

「その五十嵐亮介が、実績を上げるため不正捜査をしていた事実がこのたび判明いたしました。彼の成績の大半が、ヤラセ捜査だったようです」

「なんだと！　薬物や銃器を不正に摘発していたということか」

松浪のあまりに不遜な態度に、同席した幹部たちは自分の愛人疑惑を妻の狂言として揉み消した一件を思い起こしていた。

「まあ、そういうことに……」と戸惑う八木の丸顔が緊張で歪む。

「よくこれまで、尻尾を摑まれなかったな」

「相手はヤクザです。首なし銃でしたら警察に協力します」

「そんな悠長なことを言っていられるのか。いつ牙を剝くかわからん相手だぞ。即刻、五十嵐警部補を解雇しろ！」怒り心頭に発した松浪が命ずる。

「懲戒免職ですか？」

「懲免《ちょうめん》などしたら、マスコミの餌食《えじき》になることもわからんのか！」

「では、依願退職ということで……」当惑した八木が、窓の外に視線を逸らして口籠る。

「後は、君たちで上手く自主退職に追い込んでくれ。これ以上不祥事が続いたら、マスコミから袋叩きにされるぞ。わかったな」

松浪は監督不行き届きが警察庁に知れて、キャリアとしての実績が傷つくことを極度に恐れている。

「本部長、それが少々まずいことに……」と意を決した八木が、沈痛な面持ちで言葉を添えた。

「まだ、なにかあるのか？」即座に松浪が反応する。

「どうやら、五十嵐は押収したシャブに手を染めていたようなのです」

「シャブをやっていただと！」

驚きの声を上げたのは、今回の人事異動で五十嵐が自分の部下になった伊吹だった。

「噂を聞き付けて以前の同僚たちに探りを入れたところ、奇妙な言動をしたり、ひどい時には目の焦点が合っていなかったとの証言を得ています」

「そんな報告は受けていないぞ」

他人事と腹を決めていた伊吹の怒りは収まらない。

「すぐに出頭させろ、最悪の場合は東郷部長に動いてもらわねばならん」

東郷は省庁人事により静岡県警の警務部長を拝命している。警務部監察課は、警察組織の中では特異な存在だ。彼らは警察官の綱紀粛正と同時に、内部の不正を隠蔽し組織防衛をする仕事も担っている。そんな彼らをゲシュタポと呼んで警察官たちは恐れている。

「それが朝から、行方不明なのです」と伊吹が言い渋る。

「どういうことなんだ？　納得のできるように説明してみなさい」

「自宅には不在ですし、携帯の電源も切られています」

「ただちに当人を捜し出せ。覚醒剤中毒者はなにをしでかすかわからん。もしも拳銃でも携行していたら、大変な事態になりかねんぞ」

松浪本部長の捨て台詞《ぜりふ》を最後に会議は閉会となった。松浪が退室するのを待って皆が立ち上がる。四人は無言で顔を見合わせると、誰からともなく会議室を後にした。

残された幹部職員たちは、重い足取りで廊下の奥へと移動した。エレベーター前に待機するメンバーの表情は暗かった。誰一人として口を利こうとしない。やがてエレベーターが最上階に到着した時、「五十嵐の手配は、どこの部署が発令するんだ?」と警務部長の東郷が憤然として尋ねた。

「奴が所轄署にいた時の不始末です。私から無線指令を手配します」八木が仏頂面《ぶっちょうづら》で答える。

刑事部のフロアにエレベーターが停止しようとした時、伊吹が背後から八木の肩を叩いた。二人は無言で再びエレベーターに戻り、総務課のある階下へと向かった。

受付カウンターで空部屋の使用許可を求めると、伊吹たち二人は個室に籠った。ガラステーブルを挟んで椅子が四脚——。来客用の小部屋だった。北側の窓からは赤石連峰の山並みが霞んで見えた。

「まずいことになったな……」

開口一番、伊吹は腕組みをして黙り込んだ。

「五十嵐が確保されたら、わしらも処分対象になることは明白だ」

「奴のお陰で部長になれた伊吹さんはいいでしょう。いずれ署長も夢じゃありませんから」

「バカを言え！　クビになったら警視も警視正もない。それより五十嵐の口を封じるのが先決だ」と伊吹が言い放つと、「私に、いい考えがあります」と八木が応じた。

「軽率に行動すると、取り返しのつかないことになるぞ」

あくまで伊吹は慎重だ。自己保身のことしか頭にない。

「五十嵐には所轄にいた頃から、裏金を渡して隠し部屋を借りさせていたんです。行方をくらましたことを聞いて、早速アジトに行ってみました」

「えらく手回しがいいな。それで、奴はいたのか？」

「もぬけの殻でした」

「当然だろうな……」と声を洩らして、結婚指輪の嵌った左手でロマンス・グレーの頭髪を撫で付けた。その仕草を見て「代わりに、凄い物《ブツ》を見付けましたよ」と八木が補足する。

「もったいぶらずに、早く教えろ」

「五十グラムのシャブと実弾五発」

「実弾？」思わず伊吹が驚きの声を上げた。

「それも真鍮製です」

「真鍮弾といえば、侠誠會の狙撃事件に使用された銃弾《まんすう》じゃないか」

伊吹は煙草を吸いながら、八木の報告を頭の中で反芻した。通常、初心者が一回に打つ覚醒剤の量は〇・〇二グラム程度だ。よほどの中毒者でもない限り〇・〇三グラムが限度だろう。

「五十グラムといえば、当然、密売《バイ》の線も考えられるな」

覚醒剤の密売人はビニールの小袋《パケ》に〇・一グラム単位で小分けして販売する。パケの値段は、シャブの純度によって異なるが一袋一万円が相場だという。

「五十嵐の部屋から見つかった量は二千回以上の使用量に相当し、末端価格にして二百五十万円は下らないでしょう」

「それにしても、できすぎた構図だな」

八木とは対照的に、伊吹は悦楽に浸った笑みを浮かべる。

「吉良が殺されてすぐに、ピンパブにマル暴がカチ込みをしています」

「その直後に、五十嵐が姿を消している。どうだ八木君、飛んで火に入る夏の虫だと思わんかね」

伊吹がしたり顔で発言する。

「シャブのトラブルから奴が吉良を殺ったことにすれば、誰にも疑われないでしょう」

「ガサ入れ時に逃亡を図《はか》ったという筋書きだな。本部長も内密にすることを望んでいる。すぐに緊急命令を出してくれ、よろしく頼む」

伊吹は事態収拾を八木に託すと、二人はそれぞれの職場へと戻った。県警指令室から全捜査車両に五十嵐亮介の内部手配が発信されたのは、その日の夕方のことだった。

13

静岡県警本部で行なわれたトップ会議の内容は、いっさい中部署には伝わって来なかった。沖田は胸騒ぎを覚えた。明らかになにかが起こっている。しかも五十嵐を匿《かくま》って以来、県警上層部が目に見えて浮き足立っていた。その真意について思考を巡らせつつ、視線を避けて疼《うず》く左手に触れた。

「誠やん、いい加減にその傷について教えてくれへんか？　気になって仕方ないで」

「よけいなお世話だ。鼻クソをほじるよりマシだろ」

沖田の左手甲には、手骨から基節骨に沿って五センチほどの古傷があった。考え事をする時に無意識に左手を触る癖が反町には気掛かりなようだ。

まだ沖田が刑事一課に在籍していた頃のことだ。先輩刑事とパトロール中に不審車両を発見して路肩停止を警告した。しかし覆面車両のルーフにパトライトを設置した直後、不審車両は突然猛スピードで逃走し始めた。車両ナンバーを本部に照会すると、やはり盗難車だった。目に余る無謀運転から推察すると、飲酒運転か、もしくは薬物使用……最悪は指名手配犯であることも視野に入れなければならない。

応援要請をしつつ二十分ほど追跡して、やっと畑の路地へと追い込むことができた。すると焦った車がカーブを曲がり切れずにスピンした。男は激突して大破した車を乗り捨てて芋畑の中を逃走した。二十代の男は明らかに刃物状の凶器を所持して、訳のわからない言葉を発している。

幸い周囲に人影はない。捜査車両から飛び出すと、二人は男の後を追った。次第にその距離が縮まった時、派手な身なりの男は農作業小屋の中に立て籠もった。

「もう逃げられないぞ、観念して出て来い！」

先輩に眼で合図を送り扉を蹴り破った。錯乱した男は「それ以上近づくと、腹を切って死ぬぞ！」と叫んで握り締めた匕首《あいくち》を沖田たちに向けながら威嚇する。目が血走っている。

「いい度胸じゃないか。最期を見届けてやるから、男らしく一息にやれ！」

先輩刑事が取り合わずに男を突き放す。通常、制服警官は拳銃を携行しているが刑事は丸腰だ。ここは若い自分が先陣を切って取り押さえるしかない。匕首を持った男の手が震えている。怯えか、武者震いか、あるいは薬《ヤク》切れか……。刃先を腹に突き立てた刹那、突如、先輩刑事が沖田の脇から飛び掛かった。不意を衝いての行動だった。男の手にした刃物が背中の陰で見えなくなった。

短い悲鳴を上げて全身を震わせると、先輩は体を折り曲げてその場に倒れ込んだ。なにが起きたのかわからなかった。その直後、男が大声を上げて暴れ出した。先輩刑事の腹部から血が噴き出している。濃厚な血の臭いが辺りに漂う。恐怖に引き攣った顔の男が沖田と対峙した。

男は闇雲に刃物を振り回しながら沖田に襲い掛かる。咄嗟に顔面を防護した直後に鮮血が噴き出した。一瞬の出来事だった。左手に衝撃が走った。

刃物が左手を刺し貫いている。激痛に耐えて男を取り押さえると、後ろ手に手錠を掛けた。倒れた先輩刑事は血溜まりの中で動かなかった。沖田は、再度、応援要請を掛けた。ダラリと垂れ下がった左手からは血が滴り落ちていた。

先輩刑事の殉職を知ったのは、治療を終えて手術室から戻った時だった。矢面《やおもて》に立って自ら身を挺残された妻と一人娘の顔が目蓋の裏から離れなかった。なぜあの時、矢面に立って自ら身を挺することができなかったのか……。後悔しても遅かった。先輩はバーベキューやクリスマス・パーティーのたびに、相棒の自分を家庭に招いてくれた。家族ぐるみの付き合いだった。曲者《くせもの》揃いの刑事課にあって誰に対しても常に紳士的に接し、数多くの現場も共に経験した。刑事としてのイロハも彼から学んだのだ。

犯人が覚醒剤中毒の暴力団員であったことを後に知らされた。それ以来、神経を断裂した左手甲に麻痺が残った。沖田の癖がいつ頃から始まったかわからない。彼は古傷に触れるたびに当時の苦い記憶が蘇った。

「それにしても、野郎のやっていることはハンパじゃないで。いくら生安でも奴一人の考えでできることやない」

少々、取り調べが手荒かったかもしれないが、五十嵐の自白は反町と沖田を驚かせた。いつから彼の人生観は変わってしまったのか……。五十嵐の生き様を見ていると、警察内部に暗躍し破滅に向かって突き進んでいるとしか思えない。それが功名を立てるためのものだとしたら、あまりにも愚かすぎる。

あの日、五十嵐が渋々ながら沖田と反町に語った警察内部の闇は、想像を遥かに超えたものだった。その闇を白日の下に晒さなければ、五十嵐の人格を変えた正体も、腐敗した警察上層部の温床も暴くことはできないだろう。

その時、着信を告げる携帯電話の振動が胸ポケットから伝わった。液晶画面には〈非通知〉の文字が表示されている。

「はい、刑事二課の沖田です」自らの名前を告げてから相手の反応を待った。

「柴田です」

「柴田さん？」

「鑑識の柴田武ですよ」

聞き覚えのある声が再び届く。一瞬の間を置き、「突然の電話だったので、つい……」と沖田は非礼を詫びた。

「約束の吉良誠の鑑識結果について、お知らせしようと思ってね」

「拳銃の特定ができたんですか？」

「体内に残留していた弾丸が真鍮製だったので、急いでご連絡しました」

「真鍮弾……ですか」

「お察しのとおり、侠誠會の事件に使用された銃弾との関連が推測されます」

「吉良は二発被弾したのですね」

「一発は右脇腹を貫通していて、致命傷となったのは胸部の留弾でしょう」

その時、捜査車両で出掛けていた風間が血相を変えて引き返してきた。

「大変です。たった今、五十嵐警部補の緊急手配が車載無線に入りました」

息も絶え絶えに報告する。

「颪さん、詳しく説明してくれ」

柴田に礼を述べると、慌てて沖田は電話を切った。

「無線では、いっさい内容に触れていません。ただちに確保して本部に連行しろとの命令です。なお、覚醒剤使用と拳銃携行の恐れがあるので、抵抗したら手段を選ばずに対処しろとの指令です」

「五十嵐は身内だぞ！」

その一言に五十嵐の顔に緊張が走り、「すでに県内の全機捜隊が緊急配備についたようです」との報告に悄然《しょうぜん》としてその場に立ち尽くした。

「機捜の連中は拳銃を常時携帯しとる。やっぱりお前はハメられたな。わしらが見放したら、あんた仲間に殺られるで」と反町。

「聞いただろ。この際、知っていることをすべて吐き出せ。これが最後通告だぞ」

沖田の言葉に五十嵐から反応は返らない。額に手を当てたまま、黙ってなにも語ろうとしない。

「お前は極道からも、身内からもタマを狙われとるんや。ヤクザに痛ぶられて沈められるのと、仲間に口封じされるのとどっちが望みや。まあ、塀の向こうに行ったところで、元デカは悲惨なもんや。服役中の極道や警察に恨みのある獣どもの餌食になるさかいな」

刑事相手に反町が脅迫する。

「隠し部屋が見つかったかもしれん」観念したように、五十嵐がポツリと呟く。

「隠し部屋とは……？」

「生安課のアジトだ」

「出まかせじゃないだろうな」

「今さら、嘘など通用しないだろ」

「家賃の支払いは、誰がしていた？」

裏取りの質問を、即座に沖田が突き付ける。

「…………」急に五十嵐が黙り込む。

「調べれば、いずれ割れることだぞ」

「当時の八木課長の裏口座から引き落とされていたはずだ」

「裏金の出処は？」

「わかり切ったことを聞くなよ」

「やっぱり、〈セクシーレディー〉か……」五十嵐の返事はない。

「隠し部屋を借りた目的はなんだ」

マルボロをパッケージから抜き取り、五十嵐に差し出す。煙草を受け取る指が微かに震えている。

「囮《おとり》捜査のためのシャブの隠し場所さ」

「お前をチクったんは上司だった八木やな。シャブの他にヤバイ物《ブツ》は隠してないんやろな」

煮え切らない態度に、反町が語気を荒らげる。

「実包を置き忘れた可能性がある」

「これは、えらいことになったぞ」

強顔《きょうがん》を緩め、納得した表情を反町が見せる。

「これで緊急逮捕の目的がはっきりしたで。お前はシャブ中の殺人犯に仕立て上げられたようやな。不祥事続きの県警上層部が作り出した組織防衛のための隠蔽ストーリーや」

やっと沖田には、緊急無線で語られなかった容疑内容が理解できた。部外者の傍受を恐れたのではなく、県警捜査員たちに内情を悟られないためだったのだ。

「どうやら、組む相手をまちがえたようだな」

五十嵐は押し黙ったまま俯いている。

「梶村が逮捕される前に、お前は身内に消されるだろう。警察組織は面子を保つためなら警官一人の命くらいなんとも思わん。都合のいいように利用したら、後は使い捨てだ。過去には捜査官が何人も公安の手で行方不明になっているか知っているだろ」

全国警察官の依願退職者数は民間大企業に比べて異常に多い。その陰には行方不明者も存在する。未だに所在すらわからず、マスコミに発表されることのない内部の秘匿《ひとく》情報だ。

沖田の言葉に五十嵐の縋《すが》るような弱々しい眼差しが返る。

「沖田、俺たち同期だろ。頼むから助けてくれ」

「自分のしたことがわかっているのか。警察学校時代に誓い合った志はどうしたんだ」

「今さら泣きごとを言っても遅いだろうが、実績を挙げようとして気が付いた時には泥沼から抜け出せなくなっていた……」と言って、五十嵐はこれまでの出来事を訥々《とつとつ》と語り始めた。それは成果主義という名の、あまりにもおぞましい警察機構の実態だった。

警察学校を卒業した五十嵐が最初に赴任したのが、静岡県東部にある所轄署だった。そして三度目の転勤で清水署の生活安全課に配属された。彼がまだ結婚したばかりで正義感に溢れていた頃だ。転任早々に重大な任務を託された。実績を作る絶好のチャンス到来に五十嵐は燃えた。

その仕事は厚生局麻薬取締部《マトリ》からの任務依頼だった。清水港に入港するフィリピン国籍のコンテナ船に麻薬が積み込まれているという情報を摑んでいた。そこで、まだ地元ヤクザに顔を知られていない新任の五十嵐に白羽の矢が立ったのだ。本部から派遣される麻薬取締官の応援を彼は断った。単独行動でなければ、相手に見抜かれる危険性が高く命の保証はない。

これまでの取り締まり方法は、運び屋を逮捕して密輸組織を壊滅する〈突き上げ捜査〉が主流だった。しかし通信ツールの発達から運び屋を特定できないケースが多発していた。そこで麻薬特例法により導入された〈泳がせ捜査《コントロールド・デリバリー》〉で密売ルートを探れとの命令だった。

事前に密輸情報を入手し、入国管理局と検疫所をフリーパスさせる手筈は整っていた。コンテナの中身はバナナだった。上陸した船員は東洋人のほかに中東人種も交じっていた。まずは取り引き相手を突き止めることが最優先された。港湾の随所に設置された防犯カメラで二十四時間の監視活動を続けた。

コンテナの積み込み作業が始まったのは、三日後のことだった。突然に現われたトラックが横付けされ、リフト車でコンテナが丸ごと搭載されようとしていた。

　五十嵐はモニター室を飛び出して捜査車両に飛び乗った。周囲は闇に包まれ、倉庫群は静まり返っていた。少しでも不審な物音を立てれば、立ちどころに察知されるだろう。発信機のスイッチを再確認する。トラックのバック・ライトが見えなくなったのを目視で確認すると、五十嵐はエンジンをかけ、車間距離を保って尾行をはじめた。

　トラックは国道をひたすら走り続けた。一時間が過ぎようとした時、無点灯で突然にトラックが左折した。遠州灘へと続く一本道だった。気がついた時には遅かった。迂闊《うかつ》にも深追いし過ぎてしまったのだ。バックミラーに追尾する車が見えた。前方のトラックが急減速する。前後を二台の車両に挟まれ、五十嵐は逃げ場を失った。

　後続車内には複数の人間が蠢《うごめ》いていた。背後からヘッドライトを浴びる。反射的にドア・ロックをして密輸情報が入力されたＵＳＢ《フラッシュ》メモリを呑み込んだ。喉につかえて呼吸困難に陥る。突然にドアに衝撃が加わり、窓ガラスが蜘蛛《くも》の巣状にひび割れる。次の瞬間、厳《いか》つい面構えの三人組に車外に引き摺り降ろされた。胸倉を掴まれて後続車のリアシートに押し込められる。

　中東系の髭面男に顔面を殴られ顳顬《こめかみ》に銃口を突き付けられた。撃鉄を弾く音が耳元に響く。恐怖のあまり小便が洩れそうになる。五十嵐の精神は崩壊寸前だった。その時、後方から激しい車の衝撃が伝わった。行く手を塞いだ数台の車に一斉にパトライトが点灯する。

　覆面車両からスーツ姿の男たちが飛び出した。拳銃で武装した麻薬取締官たちだった。発信機の電波をキャッチした捜査員たちが、五十嵐の車両をさらに尾行していたのだった。気がつくと五十嵐は失禁していた。

捜査が終了しても、精神が解放されることはなかった。

血圧が正常値に下がることもなく、食事をするたびに嘔吐を繰り返した。彼の勇敢な行動は専従刑事たちの間に知れ渡った。〈薬物捜査の五十嵐〉の高名は、思わぬところから一人歩きをするようになる。

五十嵐亮介に中部署への異動命令が出たのは、その後、しばらくしてからのことだった。配属先は生活安全課――。異動してすぐに、上司から呼び出されて極秘指令を受けたという。

毎月十万円を出張旅費の名目で個人口座に振り込まれ、他県に負けない銃器と薬物を挙げるよう命令された。生活安全課とは、元来、癒着や汚職が蔓延しがちな部署で、五十嵐が警察官としての指針を見失い始めたのもこの頃だという。警察組織はすべてが点数主義だ。ノルマが達成できなければ、超過勤務手当を付けないというペナルティが科され、そのハードルは毎年上げられていった。

再び、清水署での悪夢が蘇った。眠れぬ日々が続いた。

「銃器取締り強化月間までに、あと五丁欲しい……」そう言われれば、暴力団に直接頼んで首なし銃を用意させた。また首あり銃が求められれば、抗争事件で死んだ組員の銃を死亡当日の新聞紙に包んで差し出したことも自白した。ノルマ達成のためなら令状がなくても家宅捜索をしたり、「人頭《じんとう》を挙げろ」と言われて虚偽事件をでっち上げ、検挙者数を増やしたこともあった。

ヤクザ相手の恐怖から逃れるために覚醒剤に手を染めたのもこの頃だと告白した。時折襲われるフラッシュバックを抑えるために、次第に覚醒剤の使用量は増えていった。誰よりも早く昇進するためには上司の期待に応える以外に選択肢はなかった。このような価値観の中で五十嵐の警察官としての倫理観は蝕まれていく。

　生安課に異動して実績を挙げると特別な捜査費用が与えられた。公にできない報酬だった。その金で名刺とステッカーを作り、飲み屋や裏社会にバラ撒いて顔を売るように指示されたという。首なし銃を一丁挙げれば、六十万〜百万円の捜査費が本庁から支給される。その費用は裏資金として上司の八木慎一が極秘管理していた。

　次第に彼は、拳銃押収マシーンと化して途《と》轍《てつ》もないアドレナリンを分泌しながら暴走した。違法捜査さえも実績として黙認されるため、上司の命令に従う他はなかった。この頃から警察学校時代に沖田と誓い合った犯罪への憎しみと、社会正義が徐々に歪められていったのかもしれない。

　警察には職権を濫用《らんよう》する悪《ワル》がいる。

　裏金作りをして私服を肥やす幹部や、癒着先から金品を吸い上げる汚職警官、酒と女に溺れる非行刑事など菊の紋章を背負っているだけ始末に悪い。警察の存在理由は市民生活の安全や社会の公平のためだが、その内情は組織防衛や内部批判の厳禁、上司への服従が絶対条件である。

　五十嵐は隠し部屋を与えられ、暴力団から買い付けた覚醒剤と拳銃を備蓄するように命じられた。日を追うように従って特別扱いを受けて単独行動が許されるようになった。夕方出勤して夜の街に出向いては、複数の密告者《エス》から情報入手して暴力団事務所に顔を売った。マル暴刑事とのバッティングを避けるための計画的な行動だったことも白状した。

やがて飲み屋からタクシー代と称して守《も》り料を受け取るようになった。クラブが新規開店すれば必ずオープニングに招待された。開店当日に刑事が出入りすれば、ヤクザ連中が寄りつかなくなるからだ。服装が派手になっていくのと並行してノルマもきつくなった。実績を欲しがる特定幹部に期待されると同時に庇護された。「あと一丁で、今年は新記録だ！」と露骨にヤラセ捜査を求められることもあった。

〈薬銃のエース〉〈拳銃押収のスペシャリスト〉と持て囃《はや》され煽《おだ》てられて、正常な感覚が麻痺する自分に気づいたが遅かった。警察組織が作り出した五十嵐亮介という犯罪摘発マシーンは次第にモンスター化していった。賃貸マンションを借りて複数の愛人を作り、派手な外車を乗り回した。

放蕩三昧の末に妻から見捨てられ、二年後には愛人の中の一人と再婚した。そこには正義感溢れるかつての男の姿はなかった。

金の虜《とりこ》になった五十嵐は、黒岩組が運営するフィリピン・パブの共同経営者となった。開店に当たってはフィリピン人の不法滞在の目こぼしが条件だった。

フィリピン人ダンサーを興行ビザで入国させ、資格外活動のホステスとして接客させた。美人ばかりを採用して店は驚くほど繁盛した。彼女たちのパスポートを取り上げて身柄を拘束した。そして彼女たちの給料をピン撥ねしては覚醒剤を買い付けた。その金の一部が八木を通じて裏金としてプールされ、五十嵐の評価はさらに高まっていった。

五十嵐に恐れる物はなかった。八木の喜ぶ顔がそれに拍車を掛けた。上司の命令にさえ応えていれば、いずれ自分の地位を引き上げてくれるにちがいない……。五十嵐は順調に物事が進む現状に満足し、自分の行動に対して後ろめたさを感じなくなっていった。

沖田の携帯電話が着信を告げた。発信元は東海新聞社の記者からだった。

「夏目です。五十嵐刑事の件ですが、その後、どうなりましたか？」

さすが新聞記者だ、見返りもなく五十嵐の情報を提供するはずがない。

「調査中だ、事実関係が明らかになったら連絡する」

「よろしければ、現在の状況を教えていただけませんか？」

「伝えるほどのことはない」沖田が冷たく突き放す。

「沖田警部補、それはないですよ。五十嵐刑事に関しては私が流した情報じゃないですか。それに……先日死亡記事が出ていた吉良誠君もこの件に関与しているんじゃないですか？」

「……どうしてそう思うんだ？　それに、その口ぶりからすると吉良と面識があったように聞こえるが？」

「実は、吉良君と私は同じ高校に通っていたんです」

「確か吉良は二十六歳だったな……もしかして、奴とお夏さんは同級生だったのか？」

「ええ、彼とは高校一年生の時に同じクラスでした。彼は当時からいわゆる不良グループの一員でしたが、ひょうきんな面もあってクラスでは人気があったんです。でも、暴行事件を起こして、二年生の時に退学になりました。その吉良君が死んでしまうなんて……沖田さん、吉良君の死は私の流した五十嵐刑事の情報に繋がっているんですね？」

夏目が執拗に食い下がる。沖田は答えずに沈黙を守った。

「……わかりました、どうしても答えてくれないんですね。では、質問を変えます。確か、内部調査は警務部の仕事ですよね」

「そうだ、監察課が担当している」

伊達《だて》に番記者をしていない。警察内部の職務分掌を把握している。

「警務部の職場は、本部ビルの三階でしたね」

「警務部を下手に刺激すると、二度と県警に出入りできなくなるぞ」

ここは脅しを含めて釘を刺しておかなければならない。新聞記者に周辺を嗅ぎ回られたら自分たちが動きづらくなる。

「最近、二課の刑事さんを見掛けないのですが、なにかあったんですか？」

予想外の質問に、沖田が無言のまま生唾を呑み下す。

「ひょっとして、暴力団の間で不穏な動きでもあるとか……」

「ノー・コメントだ」立て続く質問攻めを一刀両断する。

「沖田警部補は、今、どこにいるのでしょう？」

持ち前の粘り強さで食い下がる。

「ブン屋に伝えることはなにもない。悪いが電話を切らせてもらうよ」

「沖田刑事さんは、顔に似合わず冷たいんですね」

「おいおい、誉めてるのか貶《けな》してるのか、どっちなんだよ」

唐突な夏目の言葉を無視して、沖田は一方的に電話を切った。まだマスコミは五十嵐の内部手配に気づいていない。しかし、それも時間の問題だろう。もしも事実関係が明らかになれば、不祥事続きの静岡県警は機能不全に陥るにちがいない。いったい内部腐敗は、どこまで広がっているのか……と疑心暗鬼になった時、再び携帯電話が着信を告げた。

——沖田警部補だな……。

低く凄みの利いた声だった。

——県警本部の伊吹だが、生安課の五十嵐警部補が緊急手配されたのを知っているな。

反応を待つ相手の息づかいが聞こえた。

「車載無線で知りましたが、彼はなにをしたのです?」

——君たちが一番知っているんじゃないのか。

「おっしゃる意味がわかりませんが……」

——五十嵐を匿《かくま》っていることはわかっている。今すぐ身柄《ガラ》を引き渡さないとまずいことになるぞ。

反論を許さぬ高圧的な言葉が続く。

「いったい、なんのことでしょう?」

——とぼけるのが上手いな。君たちがフィリピン・パブを内偵していた情報は摑んでいる。これは正式な捜査だ。ただちに奴を連行しなさい。

「内偵とはなんのことです?　五十嵐亮介と関係があるんですか」

——おかしいな。外事課が不法就労の疑いでフィリピン・パブの内偵をしている時に、沖田刑事と反町刑事が張り込む姿を何度も見掛けたそうだ。

警備部外事課と捜査がバッティングしていたことは予想外だった。

「シャブの密売実態を摑んだので、張り込んでいたのは事実です」

——その後のガサ入れ直後から五十嵐警部補の姿が消えた。狙いはヤクザやシャブではなく五十嵐本人だったんじゃないのか。

「すると部長は、我々が五十嵐を連れ去ったとでもいうんですか？」

——くだらん質問をするな！　マル暴がガサ入れした直後から五十嵐が行方不明になったんだ。言うことをきかないと、君らも犯人蔵匿罪《ぞうとく》で手配して、全員、晒《さら》し首にするぞ！

「言いがかりはよしてください。我々は〈セクシーレディー〉のガサ入れで覚醒剤《ヤク》の密売人を挙げました。それと五十嵐と、なんの関係があるんですか？」

互いに腹の探り合いとなる。どちらかが口を滑らせれば、それで終わりだ。

——いいか、よく聞け。以前から五十嵐は、チャカやシャブの押収成績がトップだった。その真相がヤラセであることを知ったマル暴は、シャブの密売現場であるフィリピン・パブをガサ打ちした。しかし売人は挙げたが、現役刑事を逮捕するには無理があった。そこで五十嵐を隠匿して独自捜査することにした。どうだ、図星だろう。

徐々に伊吹の質問は核心へと迫ってくる。

「それが事実なら、なぜ伊吹部長はこれまで五十嵐刑事を野放しにしていたのですか？」

ここぞとばかり沖田が反撃に出る。返答まで、しばらくの間があった。

――外事課から知らされた時には五十嵐の姿はなかった。そこで内部手配を掛けた。いいか、これは本部長からの命令だぞ。

「部長、我々は騙《だま》されませんよ。これは本部長命令ではありませんね。どこかで捜査系統が歪められています。手段を選ばない手配命令など、凶悪殺人犯以外に適用されません」

――どうしても、君たちに引き渡す気がないのなら処罰を考えるぞ。

伊吹の最後通告とも取れる言葉を耳にして、沖田は腹を決めた。

「警察幹部には、五十嵐警部補に口外されては困ることでもあるのですか？」

――やはり、君たちが匿っているんだな。

「五十嵐刑事から、警察内部の不正実態を聞きました。今すぐ、彼の手配を解除してください」

あえて沖田は下手《したて》に出た。

――現在、奴には吉良誠に対する殺人罪のほかに、銃刀法違反・麻薬取締法違反・入管難民法違反の容疑が掛けられている。上からの命令を無視するわけにはいかん。

「五十嵐は吉良を殺していません」

――そんな話は通用しない。

キッパリと伊吹が撥ね付ける。

「今回の指示は本部長ではなく現場サイドの独断ですね」

――このことが明るみに出たら、まちがいなく警察の信頼は失墜する。この場は、五十嵐に詰め腹をさせて事を収めてはくれんか。

「すべての罪を彼に被せて、口封じをするつもりですか？」

相手の強気に怯《ひる》まず沖田が応ずる。

――警察が国家権力であるからには、組織防衛も我々に与えられた使命だ。そのためには避けて通れんこともある。君は現場を踏んで何年になる、青っちょろい正義感など捨てろ！

「組織防衛のためなら、内部腐敗に目を瞑れと言うんですか」

――薬銃担当者がシャブを食っていたことがマスコミに知れたら、収拾がつかんことになる。当然、ヤクザとの関係も暴かれて、警察の威信も地に墜ちるだろう。

「五十嵐をハメて、彼一人に責任を押し付けるつもりですね。このまま奴を見殺しにすれば、警察利権という糞《くそ》にたかる金蠅と同じじゃないですか」

沖田は込み上げる激情を抑え切れなかった。

――殺人容疑のシャブ漬けデカが殺されても、世間の同情など集まらん。正義漢ぶるのも、いい加減にしろ！

冷静を装っていた伊吹が逆上する。

「彼は、チャカなど所持していません」

――そんなことが信用できるか。万一、発砲事件でも起こしたら我々の組織は壊滅的なダメージを受けるんだぞ。

「もしも断ったら、どうするつもりです？」

過熱した議論を冷まそうとして、沖田が様子を窺う質問を返す。

――すべての責任は、君たちのトップである神永警部に及ぶだろう。

「自分たちの行動は、デカ長の指示ではありません。マル暴刑事たちの総意です」

――二・二六事件の将校気どりかもしれんが、現在の警察には通用しないぞ。

「私たちは警察を本来の姿にすべく、内部浄化しているだけです」

――マル暴だけあって威勢がいいな。だが、そんなハッタリは組織内では通用しない。言うことが聞けなければ、連帯責任を取ってもらうほかないな。

再び、伊吹の脅し文句が耳元に届く。

「我々も腹をくくりました。刺しちがえる覚悟もできています」

――見上げた刑事魂だが、職を失ってもかまわないのか。

「処罰対象は、なんです?」

――ヤクザとの癒着だ。いくらでも理由は付けられる。

伊吹の発言は、職権を濫用した完全な脅迫だった。

「極道を甘くみない方がいいですよ。彼らは筋道の通らないことを嫌います」

脅しには脅しで沖田が応ずる。

――君たちマル暴連中も、五十嵐にはずいぶん苦い思いをさせられただろう。なんで奴を庇う義理があるんだ。

業を煮やした伊吹の胴間声《どうまごえ》が届く。

「伊吹部長と五十嵐との裏の関係を警察無線で流しましょうか。必ずや、我々の味方が現れると思いますが……」

――平刑事《ひら》どもに、なにができる。

「生き証人は自分たちが預かっています。このことを監察連中に報告することもできます。彼ら
なら、平気でキャリアを退職に追い込みますよ」

そう言い残して、先に電話を切った。沖田には正義を貫くための精一杯の行為だった。

しかし今となっては、その監察官とて信用ならない。彼らの職務は警察官の不祥事を摘発することだが、組織内の不正を隠蔽する別の側面も持っている。現在、警務部のトップは東郷健二《けんじ》だ。本庁から出向しているキャリアで、とても不正を表沙汰にするとは思えない。

伊吹が口にした連帯責任とは、どのような処罰なのだろう。暴力犯係全員の刑事職を解くつもりなのか？　それとも自主退職を求めるつもりなのか……。しかし自分たちには覚悟ができていた。彼らが管理職として保身を図るのなら、自分たちには現場刑事の意地がある。

「ずいぶん気張ってたようやが、誰からの電話や？」

携帯電話の応対を耳にしていた反町が尋ねる。

「人質を解放せよと、上からの命令だ」

「もう嗅ぎ付けたんか。誠やん、これからどないするつもりや？」

頬杖をつき、煮詰まった表情の沖田を見つめる。

「五十嵐、これまでのことを裁判で証言してくれるか？」

青ざめた表情をした彼の声は返らない。

「俺が知りたいのは、お前が道を踏み誤った本当の理由だ。単なる私利私欲とも思えんが……」

四人の間に、しばらく沈黙の時が流れた。

「ダンマリを決め込むのは勝手やが、極道にリンチかまされて沈められるか、さもなきゃ大義の下に同胞に消されるかだ。いずれに転ぶか覚悟を決めるんやな!」

反町の最後通告が貸事務所の中に響き渡る。

「出頭すれば、命の保証はしてくれるか?」

思い詰めた表情で、五十嵐が二人の顔を見つめる。

「俺たちが責任を持ってガードする。絶対に組織の人間には手出しはさせない」

「その後は、どうなる……」

「取り調べでは、自分の罪だけを素直に認めろ。それ以外は、なにも歌うな。内幕を暴露するのは起訴されてからだ。裁判になれば、さすがに連中も手出しができんだろう」

五十嵐は目を閉じて考え込んでいる。どちらに転んだ方が得策か迷っているようだ。そして意を決したように顔を上げると、沖田の提案を受け入れた。


誰にも悟られずに、五十嵐亮介を匿《かくま》う場所が必要となった。

隠れ場所として理想的なのは、信頼できる知人宅か、人里離れた山小屋のような場所だろう。とはいっても、急遽《きゅうきょ》、そのように都合の良い所が見つかるはずもない。申し出たのは朝倉一輝だった。しばらく席を外していた朝倉は、実家と連絡を取っていたようだった。

現在、彼の父親が経営する市外のワンルーム・マンションには空き部屋があるという。かつて朝倉家は静岡市瀬名《せな》の地主だったらしく、祖父の代まで家賃収入で生計を立てていたようだ。父親に代替わりして不動産業は縮小したものの、その中の空き物件を息子のために無償提供してもかまわないというのだ。

沖田の判断は早かった。すぐに彼の実家に連絡して協力を申し入れた。幸いにもマンション・オーナーの父親は、入居者に迷惑がかからなければ協力は惜しまない……と快く引き受けてくれたのだった。五十嵐と監視係・室伏の生活環境は、朝倉自らが下見に行くことを申し出た。

次に考えるべきことは、県警捜査員たちに対する陽動作戦だった。五十嵐の居場所を悟られたと思われる捜査車両を逆手に取る作戦が提案された。

「関係のない場所に車を放置して、攪乱《かくらん》戦法を取るのはどうかな?」

沖田が発言して皆の反応を窺う。

「どこに乗り捨てますか?」

隠れ場所として実家が採用された朝倉が口火を切った。

「静岡空港の駐車場なら、国外に逃亡したと思わせるには格好の場所だと思うが……」

思いつくままに沖田が告げると、「誠やん、それは説得力あるで。ヤツなら東南アジアの女《バシタ》のところに高飛びしたと思わせるには好都合や」

反町が、我が意を得たりとばかりにフォローする。

「その役目は、自分に任せてください」と風間が申し出る。

しばらくすると、五十嵐を護送するためのタクシーが到着した。間借りしている貸事務所の窓は目張りされ、外部からは空き物件としか見えない。迎えのタクシー運転手が車の中で不安気に客待ちをしている。路地から現われた室伏と五十嵐が人目を避けて後部座席に乗り込む。室伏が国道を避けて清水方面に向かうよう運転手に指示した。

二人を乗せたタクシーが朝倉の待つマンションを目指し出発してから、二十分ほどした時だった。

「お客さん。後ろからついて来る車は、お連れさんかい？」

思わず二人は、顔を見合わせた。

「振り向くな！」咄嗟に、室伏が五十嵐を制する。

「運転手さん、その車の特徴を教えてくれないか」

「暗くてはっきりわからないが、黒か紺、いやグレーかな。いずれにしてもセダンだよ。車種まではね、ちょっとなあ……」と、ルームミラーを覗き込んだ年配の運転手が答える。

「悪いが、中之郷《なかのごう》の交差点付近で降ろしてくれ」

室伏は尾行という最悪のパターンを想定した。タクシーを乗り捨てて草薙《くさなぎ》駅で電車に乗ると見せ掛けて、マンションまで歩くつもりだった。

信号機の手前で降車すると、後続車は何事もなく二人の脇を通過していった。思い過ごしか……と安堵して歩道で信号待ちをした。駅舎の隣には交番があった。駅前ロータリーでは数台のタクシーが客待ちをし、コンビニの駐車場にはヤンキー座りをする若者たちの姿が目に入った。

二人は横断歩道を渡って草薙駅に向かった。私鉄の小さな駅だ。一旦、構内に入り建物の陰から様子を窺ってから目的地を目指した。待ち合わせ場所は、瀬名にある私立高校の正門前だった。しばらく歩くと街灯がまばらになり、辺りの景色が薄闇に包まれていく。

前方に東名高速道路に架かった陸橋が見えた。まちがいない。この道を真っ直ぐに進めば、朝倉との待ち合わせ場所に辿りつくはずだ。

室伏が安堵した直後に、一台の車が二人の脇を通過して前方に停車した。エンジンが停止して車灯が消された。音もなくドアが開き、三つの影がこちらに向かって対峙する。視線には明らかに敵意が感じられた。その男たちが無言で近づいてくる。

「五十嵐、逃げろ」

室伏は自分が時間稼ぎをすれば逃がすことができると判断した。しかし彼は動こうとしない。

「いいから、早く逃げろ！」

言い終える前に男たちが襲い掛かって来た。人数では劣勢だが勝負するほかない。間合いを取って室伏が前蹴りを繰り出す。シュッという衣擦れ音と同時に蹴りは相手の鳩尾《みぞおち》に減《め》り込み、後方に吹っ飛んだ。しかし体勢を整えた直後に、背後から別の男に羽交《はが》い締めされた。

「お前ら、何者だ！」

咄嗟に室伏は、相手の足甲を踵で踏み付け、怯《ひる》んだ隙に脇腹に肘を打ち込んだ。

立ち上がってきた男が物凄い形相で拳を顔面に放つ。顳顬《こめかみ》が軋み、軽い脳震盪《のうしんとう》に見舞われる。

二発目のパンチを手首で弾き返し、払い腰で倒した相手の顔面に拳を捻じ込んだ。上半身が仰《の》け反《そ》り、背広の前ボタンが千切れ飛ぶ。

しかしなおも男は挑んでくる。脇腹に拳が減り込む。吐き気が込み上げ、一瞬、息ができなくなる。足払いで相手を倒して馬乗りになった。顎を狙って続けざまに三発パンチを放つ。頸椎を軸に頭部が左右にねじ曲がる。鼻血が四方に飛び散り、両手を挙げた格好で相手がピクリとも動かなくなった。

まずは、一人目を仕留めた。前方に五十嵐を追う男の後ろ姿を捉えた。

その時、残る一人が視界に立ち現われた。突然に前蹴りを食らって足がもつれる。男が近寄った隙を狙ってノーモーションのパンチを放った。カウンター気味に決まり、前歯が折れる感触が拳に伝わる。

「ふざけやがって！」男が逆上して摑み掛かってきた。

大男を受け止めた直後に、大外刈りで倒された。首が太く、スーツの上から触れた肩の筋肉が異様に盛り上がっている。柔道経験者だ。やはり、相手は刑事か……。

青白い火花が点滅する。一瞬、全身が総毛立ち、目の前に白い閃光が走る。室伏が悲鳴を上げて、全身を震わせる。次第に意識が遠退いていく中で、相手の胸にある固い物体が頭に触れた。

「拳銃だ！」と知覚した刹那、意識が途切れて闇の奥に落ちて行った。

「まだ室伏さんが到着しないのですが、何時にそちらを出ましたか？」

朝倉から確認の連絡が入ったのは、二人がタクシーで出発してから一時間半を過ぎようとしていた頃だった。

「もう到着するはずだ。こちらも、連絡を待っていたんだが……」

電話の問い合わせに沖田は不安を隠せなかった。ここから瀬名までは三十キロに満たない。何事もなければ、当然、到着している時刻だった。

朝倉からの電話を切ると、再び、胸ポケットに携帯の振動が伝わった。ディスプレイを見ると室伏からだ。「なに、襲われた！」沖田の一声に捜査員たちの視線が集中する。

「タクシーが尾行されていたようだ。電車に乗り換えると見せ掛けたが、追手をまくことはできなかった、面目ない」

「五十嵐は、どうした？」

沖田には、全く状況が呑み込めない。

「わしはスタンガンでやられたせいか、一瞬のうちに意識が飛んじまった」

スタンガンという言葉を耳にして、マル暴メンバーも事態を察した様子だった。

「他に気づいた点はないか？」

「まるで相手は、逮捕術を習得したような戦いぶりだった」

興奮冷めやらぬ様子で室伏が語る。

「……とにかく、無事でなによりだ。今後のことは戻ってから話し合おう」

室伏の最後の言葉が、いつまでも耳の底に残った。五十嵐は逃げ切ることができただろうか……。一刻も早く、室伏からの詳細報告が聞きたかった。彼には生死を問わぬ手配命令が出されているのだ。

全員が顔を揃えたのは、午後八時過ぎだった。室伏の顔には、襲撃事件を物語る痛々しい傷痕が残されている。

しきりと彼は失態を詫びたが、室伏を責められる者は誰もいなかった。室内には重苦しい空気が沈滞していた。すぐにでも今後の打開策を講じなければならない。しかし五十嵐の行方がわからない限り打つ手はない。

生き証人を失った痛手はあまりにも大きく、ここに来て捜査は振り出しに戻ってしまった。たとえ五十嵐が無事に逃げ延びたとしても、県内には六千人以上の警察官がいる。さらに捜査が厳しくなれば、五十嵐の居場所などいとも簡単に割り出されるにちがいない。

この時沖田に、ある考えが閃きつつあった。凶と出るか、吉と出るかは賭けだった。誰にも気付かれずに廊下に出ると、ポケットから携帯電話を取り出して短縮ボタンを押した。受話器の向こうからは、久し振りに耳にする女の声が届いた。

14

五十嵐を襲われた翌日、沖田はある人物と会う約束をしていた。

待ち合わせ時間は、午後三時――。昼食後にひと休みすると、時間をかけて入念に身支度を整えた。白のパッカリング・シャツと生成りの麻パンツ、黒縮緬《ちりめん》サマー・ジャケットを身に纏って鏡の前に立つ。馬子《まご》にも衣装か……まんざらでもない。

沖田がタクシーから降り立ったのは、新幹線・静岡駅前にある高層マンションだった。建物の名前は〈メルヴェーユ栄〉。一階にはフラワー・ショップとブティックと喫茶店、二階から五階までがテナント・オフィスになっている。ビルは二十階建てで、訪問先は最上階に住む松嶋玲子《まつしまれいこ》だった。

来客専用のエレベーターで六階へと向かう。エレベーターを降りると、こぢんまりした待合ロビーが沖田を待ち受けた。総ガラス張りの壁の向こうには、さらに四基のエレベーターが設置されている。

整然と居並ぶ郵便受けの中から、二〇一五号室のボタンを押して反応を待つ。インターホンから女の声が届くと沖田は名前を告げた。直後に、エレベーター室に通じる扉のオートロックの解錠音がする。二十階に到着するまで、しばらくの時間がかかった。再び、玄関脇のインターホンを押すと応答もなくドアが開いた。ボディ・ラインが強調された薄手のワンピース姿に、一瞬、沖田はドキリとした。魅惑的な香水が漂い、隙のないメイク・アップをした玲子が笑顔で出迎える。

玄関スペースはマンションとは思えないほど広く、床は天然大理石張りだ。ムートンのスリッパを差し出されて部屋の奥へと案内される。三十畳ほどあるリビングからは、市内のロケーションが一望できた。

壁際に六十インチの大型液晶テレビが据えられ、オーク材のシステム・ラックにはビデオデッキ、CDコンポなどのAV機器が整然と納められている。サイドボードにはコニャックやウイスキーが、まるでミニ・バーのように並んでいた。

調度品は黒色で統一され、部屋の中央にはアラベスク模様の絨毯《じゅうたん》が敷かれている。その上には象嵌細工の紫檀テーブルと黒革張りのソファ。スピーカーからは、ショパンの遺作となった『夜想曲・第二十番嬰ハ短調』が流れる。生きているのが切なくなるほど物悲しい旋律だ。

玲子に勧められるままにソファに腰を沈めると、バスローヴ姿の男が現われた。黒岩組・若頭補佐の藤木政志だ。

「誠次さん、こんな格好ですまんな。すぐに着替えるから、先に一杯やっていてくれないか。玲子、オールド・パーと肴《さかな》を用意してくれ」

約束時間前の訪問に、藤木政志が急いでクローゼットへと姿を消した。松嶋玲子は藤木の愛人だ。毎月高額の手当をもらい贅沢な生活を送っている。藤木は組事務所に詰める一方で、夜の大半をこのマンションで過ごしている。

「待たせて申しわけない。まずは乾杯と行こうじゃないか」

部屋着に着替えた藤木と、互いにグラスを合わせる。

「ここなら誰の目も気にすることはない。ゆっくり、くつろいでくれ。ところで、今回の抗争《でいり》は誠次さんも大変だったろう」

「仕事とはいえ、これ以上は勘弁してほしいな」

青黴《あおかび》チーズをプロシュートで包み、オールド・パーとともに喉の奥に流し込む。至福の瞬間だ。

「贅沢な生活ぶりをみると、政志も上手くやっているようだな」

そう言って沖田は視線を壁際に移す。窓辺のライティング・デスクにはOA機器が揃い、パソコン・ラックには八台のモニターが並んでいる。

「黒岩組も博徒とは名ばかりで、賭場を開帳するどころかゲーム機も置けないご時世だ。いくら極道がバカでも脳味噌くらいある。喧嘩と度胸で世を張れる時代は終わった。今どきのヤクザは資産運用をしないと生きて行けんのだよ」

「いっぱしの実業家みたいな口ぶりだな」皮肉を込めて沖田が言う。

「今はもっぱら、デイトレードでシノギをしている」

「政志らしいな……」

「昔堅気の極道は話にならん。証券会社からヘッド・ハンティングしたトレーダーにスキャルピングさせている。俺は、ここで金の動きを監視しているだけだ。たった数秒差のキーボード・タッチで、百万単位の金が動くから止められん」

洗練された外見から発せられる藤木の言葉を聞いていると、相手がヤクザであることを忘れそうだ。

二人の出会いの日に思いを馳せる。

沖田が藤木と初めて出会ったのは、まだ沖田が若く巡査時代だった頃だ。職種は留置場の看守係で二十四時間勤務。当時、藤木政志は大学生でありながら傷害事件を起こして勾留中の身だった。留置室は全部で三房あったが、藤木の勾留中には、ほかに入房者はいなかった。沖田は鉄格子の前にパイプ椅子を置き、夜遅くまで藤木と話をして過ごした。もしも留置者の中に初めて罪を犯した者がいる時などは、彼らの身の上話や犯行動機を聞いてやるのも看守係の役割である。

二歳年下の彼は、神戸の資産家である藤木家の長男だった。父は先代より輸入業を引き継いで事業の成功を収めた。ところが東京で大学生活を送る政志には、跡を継ぐ意思はなく自由気ままに暮らしていた。しかも在学中に、些細なことから暴力事件を起こしてしまい大学も中退することとなる。

留置場の中にはあらゆる人間模様があったが、なぜか沖田は藤木と馬が合った。それは立場を越えた者同士の信頼関係だったのかもしれない。その悪びれない人間味は、汚辱に塗《まみ》れて私利私欲に走る政治家や、サラリーマン化した一部の警察官よりも遥かに清々《すがすが》しかった。

釈放された藤木は紆余曲折《うよきょくせつ》を経て、やがて黒岩組の組員となった。ヤクザと警察……決して交わらないはずの二人の関係は、しかし変わらず続くことになる。藤木は沖田がこれまでに出会ったヤクザとはどこかがちがっていた。任侠を建て前に脅しと腕力に物を言わせる暴力の徒《と》ではなかった。金が上下関係にも影響する渡世社会にあって、藤木のシノギであるデイトレードは、いっさい法には触れていなかった。一方でヤクザは所帯を持つべきではない……との信念を貫き、未だに家庭も築いていない。沖田は、その極道然とした政志の潔《いさぎよ》さが好きだった。

暴力事件を起こしたと同時に勘当されていた政志にとって、怖い物はなにもなかった。彼はヤクザ世界に身を置く覚悟を決めるために全身に刺青を彫ったという。ここでも彼は独自のダンディズムを貫いた。体温が上昇すると絵柄が浮き出る化粧彫りを施したというが真偽のほどはわからない。

マンションでくつろぐ藤木にはヤクザ者特有の威圧感はなく、知性と気品を感じさせる空気を身に纏っていた。

「俺には玲子がすべてだ、こいつといる時が一番安心していられるんや」

そう言うと、新たな洋酒をサイドボードから取り出した。スコッチのロールス・ロイスといわれるマッカラン十二年物――。芳醇な琥珀色の液体がショット・グラスに注がれる。

「俺たちの関係も、妙な取り合わせだな」

出会い当時を回顧する言葉を藤木が放つ。

「ヤクザとデカじゃなければ、大手を振って外で飲めるんだが……」

藤木の好物であるドライ・フルーツを器に盛った玲子が現われた。松嶋玲子は二十七歳の元モデル。藤木が囲う女だけに申し分のない美人だ。八頭身の体にタイトなワンピースが目に眩しい。

「今日は折り入って政志に頼みたいことがあって出向いた」

沖田は喉につかえていた言葉を一気に吐き出した。

「誠次さんの頼みとあっては、ひと肌脱がせてもらいますよ」

用件も訊かずに藤木が即答する。沖田はグラスに視線を落としてから、ゆっくりと顔を上げた。

「頼み事とは、梶村のことだが……」

用件をズバリと言って相手の反応を窺う。聞き終えた藤木は落ち着き払っていた。そして「誠次さんから電話があった時から、予測はついていたよ」と平然とした言葉が返ってきた。

「奴の足取りを追っているが、全く摑めんのだ」

「こっちも現在手配中だ。はぐれヤクザを拾ってやったが、恩を仇で返されたからな」

「なにを仕出かしたんだ？」

「店の金を持ち逃げしやがった。絶縁状を回したからには、いずれ網に掛かるだろう。ヤクザの捜査網はサツよりも行き届いているからな」

すでに二人の前に玲子の姿はない。話の邪魔にならないように教育されている。

「ところで吉良殺しの一件は、どうなったんだ？」今度は藤木が尋ねる。

「逃亡中の梶村がクサいと睨んでいる」

「吉良をバラした理由は……？」

「それは政志が一番よく知っているだろう」

藤木の顔から笑みが失せた。両眼を閉じ、腕組みをしたまま沖田の返事を待つ。

「吉良の体から発見された銃弾《ギョク》は密造弾だった。黒岩に流れた密造銃《ミツゾー》の可能性が高い。情報があったら、なんでもいいから教えてくれ」

「それはおかしいな。買い付けたチャカは、すべて俺が武器庫で管理している」

さすが源次が見込んだ若頭補佐だ。武器の管理は徹底している。家宅捜索で発見できなかったのも当然だろう。

「現状では、ミツゾーの大半は九州方面に流れている。俺らが必要だったチャカは六丁だ。その矢先に五十嵐から銃の調達依頼があったのさ」

「やはり、そうか」

「首なしを条件に四丁買い取らせたが、挙げられたチャカは三丁というじゃないか。残る一丁の行方については、俺の方が聞きたいくらいだよ」

彼からの情報に、あえて沖田は即答を避けた。沖田と藤木の関係は、微妙なバランスの上に成り立っていた。刑事とヤクザの一線を越えていることは言うまでもないが、かといって、すべての情報を共有する馴《な》れ合いの仲でもなかった。

「五十嵐は、梶村に銃を渡したと言っているが……」と言って沖田は反応を待った。

「そんなことを信じているのか？」

即座に質問が返り、互いが腹の探り合いとなる。

「でなければ銃の所在が不明だ。警察では、その程度の報告では許されんのだよ」

「吉良に行動不審があった時に脅すためじゃないのか」

「その辺が、今ひとつ釈然としない」

「奴は警察の犬だったと聞いているが、本当か？」

ズバリと藤木が核心を突く。迂闊《うかつ》な失言は許されない。

「吉良が誰の情報屋なのかわからん。しかし梶村が店の金を使い込んでいることは知っていたようだ」

「そこで奴の口封じをして、トンズラを決めこんだわけか」

「少なくとも、我々はそう見ている」

「梶村の件は情報が入り次第、誠次さんに伝えよう。本来なら、きっちりと黒岩組としてのケジメを付けてから差し出したいところだが」

藤木がウイスキーを飲み干し、シガレットＢＯＸから煙草を取り出す。キーンという純金製デュポンの透き通った開閉音が室内に響く。

「ところで、うちの若い衆が警察無線で面白いニュースを耳にしたようだ」

「黒岩の連中も、暇なこったな」

「五十嵐の旦那が、身内から手配されているそうじゃないか？」

歯に衣《きぬ》を着せぬ言葉づかいで斬り込む。

「さすがに耳が早い。トボけられそうにないな」

沖田は裏社会の事情を得るために、あえて余計な質問は避けた。

「奴《やっこ》さんは、ヤクザの上前を撥ねるどうしようもないデカだぜ」

「どういうことだ？」反射的に沖田が鎌を掛ける。

「職権を濫用してフィリピン娘を不法滞在させている上に、ぬけぬけと親分《おやじ》と話をつけて共同経営者に納まっている。誠次さんたちは五十嵐の旦那の行方を捜しているだろ？」

すでに藤木は〈セクシーレディー〉の摘発も、五十嵐の行方不明の件も承知していた。

「身内の恥を晒すようだが、まあ、そういうところだ」

沖田は、捜査状況に触れずに事実だけを認めた。

「旦那の居場所を捜し出すのは、そんなに難しいことじゃありませんぜ」

藤木の意外な発言にグラスを傾ける手が、一瞬止まる。

「五十嵐の旦那はチャカの不正摘発どころか、シャブの売買にも絡んでいた。挙げ句の果てに、自分まで中毒になっちまったようだ」

「なぜ五十嵐のヤク中のことまで知っているんだ？」

「当初は首なし銃を要求していたが、途中からシャブを欲しがるようになった。どうやら、俺に隠れて五条の兄貴にシャブをたかっていたようだ」

「本当に、奴の居場所を突き止めることが可能なのか？」

五十嵐とヤクザの癒着は想像以上のようだ。ここは黙って藤木の話に耳を傾けるのが得策だと判断した。

「シャブが切れた人間がどうなるかは、誠次さんなら、ご存じでしょう？」

藤木は話題を投げ掛けて返事を待った。

「嫌というほど見てきたよ。体にクスリを入れるためだったら、自分の親でも殺しかねない」

「シャブの売人どもに声を掛けておけば、必ず奴《やっこ》さんは網に引っ掛かりますよ。どこかに潜り込んでいればの話ですがね……」

蛇《じゃ》の道はヘビ……と言わんばかりの自信溢れる言葉だ。

「是非とも、五十嵐の居場所を突き止めてもらいたい。政志を見込んでの頼みだ」

「なにか、裏のありそうな話ですね？」

「警察のような縦社会では、きれいごとばかり言っていられんのだよ」

藤木は黙っている。頭の中では、あらゆる想定を巡らせているにちがいない。沖田は、これが藤木政志という男なのだと思った。余計なことは語らず無理な約束もしない……という紳士協定が二人を結び付けていた。用件を伝え終えた沖田が、オン・ザ・ロックを呷る。燃えるような刺激が喉元を通過し、火の玉となって胃の中で灼けた。

「梶村と五十嵐の旦那の件は承知しました。誠次さん、今度はこちらの悩みも聞いてもらえますか？」

声を潜めた藤木の言葉が耳の奥に響く。

「持ちつ持たれつの間柄だ、遠慮なく言ってくれ」

沖田の言葉を聞いた藤木は、顔を上げると意を決したように黒岩組の内情を吐露し始めた。

「実は以前から、組長《おやじ》と若頭《かしら》が上手くいっていなくてね」言いづらそうに言葉を洩らす。

「それは初耳だな……」

マルボロを燻《くゆ》らせながら沖田が見つめる。二人の距離感が急速に縮まっていく。

「五条の兄貴は県内でも屈指の武闘派で、喧嘩沙汰が苦手な自分と反《そ》りが合わない。俠誠會との一件も、組長《おやじ》に反旗を翻《ひるがえ》してケジメを迫ったほどだ」

「奴らしいな」極道面した五条の顔を思い浮かべて呟く。

「現在、兄貴のシノギは薬《シャブ》に頼っている。口の悪い子分たちは〈五条薬局〉と陰口を叩くほどだ。しかも、あくどい取り立てをさせるから若手からの信望がない。組の行く末を見かねた組長《おやじ》から、極秘に跡目話を持ち掛けられたよ」

「政志に二代目を継げということか？」マルボロの空き箱を握り潰して沖田が見つめる。困り果てた表情をした藤木が、苦々しくウイスキーを舐めた。

「若頭《わかとう》の五条を差し置いて跡目を継いだら、奴が黙っていないんじゃないか」と沖田が続ける。

その言葉に藤木は大きな溜め息を吐くと、「組長《おやじ》は俠誠會に幸田が殺されたケジメとして、兄貴を降格させる腹だ」と呟いた。

「五条が、おとなしく言うことを聞く相手《タマ》か？」

「……身内で争うのだけは、ご免だな」

髭の剃り跡を指の腹でさすりながら、藤木が深い溜め息をつく。

「極道の世界は始末に悪い。昨日の友は、今日の敵だ」

困り果てた姿を見て、しばし沖田は考え込んだ。自分たちにとっても五条は厄介な存在だった。黒岩組の内紛に乗じて、彼を収監できないものかと思案した。

「ちょっと待て、諸井殺しで身代わり出頭した伴野を締めれば、五条を殺人教唆《きょうさ》で挙げられるかもしれんぞ」

「そんなに、都合よくいきますかね？」

沖田の提案を藤木が訝《いぶか》る。

「警察は、〈犯罪に足る条件〉さえ満たされれば誰でも逮捕することができる。伴野は末端組員だ。若頭から命令されたことは拒否できないのがヤクザの不文律だろう、それで充分じゃないか」

藤木が言葉を控えて瞑目する。

「そうなれば、しばらく五条は娑婆には出られん。その間に、政志が若頭代行として組の実権を握ることができる」

沖田の提案に藤木は懐疑的な顔をする。

「誠次さんの筋書きどおりに、上手く行きますかね……」

「こっちの望みを叶えてくれれば、二課としては最大限の努力はするつもりだ」

妥協のない口調で沖田は言い切ったが、彼の返事はない。藤木は二人の間に置かれたウイスキー・ラベルを見つめていた。そしてしばらくして上げた顔からは、迷いが消えていた。

「これで話は決まりました。お互いに、恨みっこなしですよ」

二人はマッカランでグラスを満たすと、再度、契《ちぎ》りの祝杯をあげた。

「おい、玲子」

藤木の呼び声に、待っていたように姿を現わす。

「今の俺には、こいつがすべてだ。惚れた弱みだな」

臆面もなく沖田の前で惚気《のろけ》る。エキゾチックで日本人離れした顔にしばし見惚れる。この女は藤木に抱かれながら、背中に浮き上がる不動明王の化粧彫りを見たことがあるのだろうか……。

「玲子、例のヤツを出してくれ」藤木の一声に女がキッチンへと向かう。

再び姿を現わした時には、三セットのマイセンのカップが銀盆の上に載せられていた。室内に得も言われぬ芳ばしいコーヒーの香りが漂う。

「飲む前に、じっくりと香りを味わってくれ」

酔い覚ましには嬉しいもてなしだった。

「これは〈コピ・ルアック〉といって、世界一希少価値のあるコーヒーなんだ」

琥珀色の液体を口に含むと、仄かに甘い味覚が口内に広がる。これまでに味わったことのない高級感溢れる味わいだった。

「このコーヒーには猫の糞《ふん》が含まれている」

「猫のクソ？」藤木の口から出た意外な言葉に耳を疑る。

「インドネシアに生息する麝香猫《じやこう》はコーヒーの果肉を食べるらしい。その猫の腸内で未消化のコーヒー豆が発酵して独特の香りが出るそうだよ。玲子が愛用している香水と同じで、人間の欲望は尽きることがないようだ」

沖田は玄関で出迎えた玲子の体から漂った上品な香りと、タイトなボディ・ラインを思い浮かべた。

「あいつの香水はインド産の龍涎香だ。金のかかる女だよ」

「リュウゼンコウ？」

「マッコウ鯨の体内にできた結石で作るらしい。ここまでくると贅沢というより滑稽だな」

藤木が自嘲気味に笑う。

「それにしても、猫のウンコとは恐れ入ったよ」

「ヤクザと刑事《デカ》が兄弟盃を交わすわけにもいかんからな」

この粋な持てなしこそが、インテリ・ヤクザたる所以《ゆえん》なのだろう。沖田は最後の一滴までコーヒーを飲み干すと、ほろ酔い気分で二人に別れを告げた。

15

暴力犯係が行方を探っている頃、五十嵐亮介は人目を避けながら、ある女のところに向かっていた。

身も心も疲れ果てていた。これまで警察という組織に忠誠を尽くしてきたつもりだった。刑事人生で培ってきた経験とプライド、そして正義感を貫く喜びもすべて虚しい過去でしかなかった。今、彼の心を覆っているものは、果てしない虚しさと砂を嚙むような絶望感だけだった。

五十嵐は夜の街を彷徨《さまよ》い続けながら、一人の女の顔を思い出していた。そして夜が白々とする頃、やっと見覚えのあるマンションに辿り着いたのだった。自分が身を隠すのに一番安全な場所――。五十嵐が向かった先はホテルや愛人宅ではなく、かつて取り調べを行なった容疑者のところだった。もっとも、今となっては愛人のようなものだが……。

名前は江上倫子《えがみりんこ》。二年前、介護ヘルパーに物を盗まれたとの通報があり、刑事課から依頼を受けた五十嵐が捜査に出向いた。当時、女は三十二歳だった。現場に駆け付けると、車椅子の老人は物凄い剣幕で介護士を問い詰めていた。盗まれた物は、虎の子であるタンス預金五万円だという。被疑者は返金するから見逃してほしいと、泣きながら五十嵐に懇願した。

女は見惚れるほど均整のとれた顔立ちをしていた。

このような美貌の持ち主が、老人介護という地味で薄給の仕事に甘んじていることが不思議でならなかった。窃盗事実がヘルパーセンターに知られれば、二度と福祉施設では雇ってもらえないだろう……五十嵐は被疑者に自分の立場を利用した取り引きをした。警察官が被疑者と私的関係を持つことは規律違反だが、欲望を抑えることができなかった。

彼が考えた事件処理は、被害者が認知症を患っているという虚偽報告だった。知的障害による妄想だと調書に記載すれば事件を揉み消すことができる。倫子に選択肢はなかった。最初のデートで肉体関係を持ち、二度目のホテルでは強制的に覚醒剤を使用させられた。しかし女の盗癖はその後も治まらず、彼女は再犯を重ねた。もはや五十嵐の力も及ばず執行猶予の前科持ちとなってしまう。

久しぶりに会う倫子の薬物依存は、想像以上に進んでいた。

覚醒剤を使用したセックスは、快楽を増大させ疲労感を麻痺させる。一旦、クスリの虜《とりこ》になった人間は、ノーマルなセックスには満足できなくなる。それは男も同じだった。射精後も性器は萎えることなく、何度でも女の要求に応じることが可能となる。五十嵐の行為は、潜在していた彼女の本能を呼び起こした。それは彼の想像を遥かに超えた淫蕩《いんとう》なものだった。

「久しぶりに電話してくるなり、シャブはあるか……とは、ずいぶんじゃない」

鏡に向かって化粧を落とす倫子が背中越しに嘯《うそぶ》く。

素顔に戻った女の肌は艶が失われていた。覚醒剤の弊害は顔だけに留まらない。背中の皮膚は、初めて抱いた頃に比べて別人のように生気が失われている。しばらく会わない間に覚醒剤は確実に、倫子の身体を蝕んでいた。

暴力犯係に匿われている間、五十嵐はひたすら覚醒剤の禁断症状に耐え続けた。追手の襲撃から難を逃れられたものの、逃亡中もシャブのことが頭から離れなかった。すでに禁断症状は限界を迎えていた。行動力が緩慢になり意識が朦朧《もうろう》としてくる。冷や汗が背筋を流れ、全身の細胞が叫び声を上げてクスリを求めていた。

「倫子、早くしてくれ」

「しばらくやってないんでしょ、炙《あぶ》りの方が安全だよ」

「いいから、注射器《ポンプ》を出せ！」

準備が整うのも待ち切れずにシャツの袖をたくし上げる。自らゴム管を左腕に巻き付けると、すぐに静脈が浮き上がった。

「転がり込むなりシャブだなんて、どうしようもないポン中ね」

倫子は、現在彼の置かれた状況を知らない。もっとも今の五十嵐には、経緯を説明する気力など残されていなかった。

「クーラーを止めろ、寒くて我慢できん」

堪え切れずに五十嵐が吠える。

「冗談でしょ？　汗をかいているじゃない」青ざめた横顔に向けて言葉を返す。

「いいから、早く一発決めてくれ」

猛烈な疲労感に襲われ視点が定まらない。女の声が途切れ途切れに遠くから聞こえる。

「今日の亮ちゃん、なにか変よ」

異変を感じ取った女が問いただす。

「デカに職質かよ……」声を絞り出すのが、やっとだ。

「刑事が聞いて呆れるわ」

女はパケから耳掻き半分の粉末を掬《すく》い上げて水に溶いた。針先を水面に浸す。注射管に溶解液がゆっくりと吸い上げられていく。人差し指で注射器《ポンプ》を弾いて、白粉《パウダー》が溶けるのを確認する。次に親指を押し当てて、管内に溜まった少量の気泡を外に押し出す。

五十嵐は、針先を伝う透明の滴を凝視しながら、倫子がひどく酔って帰った日のことを思い出していた。便器に向かって激しく嘔吐し、化粧が崩れて見るも無残な顔だった。その夜、彼は倫子の生まれが東北地方であることを初めて知った。

家計は父と兄が営む漁業で成り立っていたが、極貧生活であったことを彼女は訥々《とつとつ》と話しはじめた。最初の不幸は彼女が小学四年生の時に起きたらしい。

台風警報の最中、漁師仲間が引き留めるのを聞かずに二人は荒海に乗り出した。鮪《まぐろ》漁は最盛期を迎えていたが、食卓を飾るのは、いつも餌となる鰹《かつお》ばかりだった。周囲の船が次々に大物を釣り上げる光景を半年以上も見続けていたという。

いつもどおり倫子は、早朝から握り飯を作って出航前の船に届けた。

弁当を受け取った時の二人の笑顔が今も忘れられない……と倫子は五十嵐の胸にすがって泣いた。それが父と兄の最後の姿だったからだ。残された母は女手ひとつで彼女を育てたが、漁港での肉体労働は女には過酷だった。

母が行きずりの男から甘い声を掛けられたのは、倫子が小学校の卒業を目前に控えた頃らしい。娘を残してミシンのセールスマンと駆け落ちをしたという。学校から帰ると、机の上に一通の置き手紙があった。便箋には一行の見慣れた文字が刻まれていた。〈倫ちゃん、バカな母ちゃんを許してね……〉。

女の一方的な話を聞きながら、いつしか五十嵐は自分の人生を重ね合わせた。

女の独白はなおも続いた。その後、倫子の人生は予測もつかない方向へと流されていく。そこまで話した辺りから涙声になり、嗚咽《おえつ》は号泣へと変わっていった。中学生で天涯孤独になった倫子は、母の実家に預けられたが長くは養ってもらえなかった。その後も親戚をたらい回しされた挙げ句に施設に預けられ、養護施設での生活は一年半続いたという。

ある日、叔父夫婦が訪れて養女として迎え入れてくれることになった。自分に選択肢などなかった……と倫子は語った。三度の食事さえ食べられれば、我がままなど許されなかった。倫子の不幸の元凶が叔父の存在であることを、五十嵐はこの時に知った。妻の留守を狙って彼女の体を求めてきたようだ。

拒めば容赦ない暴力が振るわれた。養父母から捨てられれば頼るところはない。性的な強要さえ拒まなければ、暴力も振るわれず食事にありつくことができる。世の中から見放された子どもが一人で生きていくには、なにも逆らわず、自己主張せず、己の存在も否定するしかないことを涙ながらに語った。

それは五十嵐の想像を絶する悲惨な過去だった。金に困ると叔父の財布から金を抜き取るようになったことを告白した。倫子の盗癖は、中学卒業後から始まった。

ある日、叔父の財布に見たこともない多額の現金が入っていた。新券の一万円札が三十枚。この機を逃したら二度とチャンスは訪れない……。躊躇《ためら》わず倫子は全額を財布から抜き取った。これまで受けた屈辱行為の代償と考えれば安いものだと開き直った。

倫子、十七歳の秋のことだ。

大金を手に家を飛び出したが、行く当てなどない。暖かい土地で暮らしたかった。それが静岡県だったという。自由を求めて新たな土地に移ってからは、生産工場、店の売り子から水商売まで職業を転々とした。倫子の過去を思い出すたびに、世の中にこれほど不幸な女がいるのかと五十嵐は憐憫《れんびん》の情に苛まれた。二人にとって覚醒剤は、忌まわしい過去から逃避できる唯一の手段だった。

浮き上がった血管に針を差し込む。少しポンプの針を引いて、静脈に達していることを確認する。注射器に逆流した鮮血が液体と混じり合わずに渦巻き模様を描く。ポンプを逆手に持ち代えてクスリを注入する。

ティッシュペーパーを添えると針を引き抜いた。ゴム管を外した直後に、脳天を衝撃が突き抜ける。全身の毛が一斉に逆立ち、得も言われぬ浮遊感に包まれる。垂れた涎《よだれ》を手の甲で拭う。これだ、この一瞬の快楽のために俺は生きている……。

クスリが体内を巡ると恍惚感に身悶えした。疲労感も倦怠感も消失し、次第に意識が覚醒してゆく。倫子の呪わしい過去も、仲間から付け狙われる恐怖心も消え失せて、快楽の海で溺死しそうな自分に気づく……。

パンティを脱ぐ倫子の姿が、窓辺の外光に浮き上がって見えた。ベッドに腰を降ろして鼻孔から粉末を吸引し終えると、彼女は指先に付着したパウダーを陰部に擦り付けている。

「そんなマネを、どこで覚えたんだ」

「亮ちゃんよ、もう忘れたの？」

そうだ、俺がこの女を完全なジャンキーに調教したのだ……過去の記憶が蘇る。倫子のような美貌の持ち主は、人並みな幸せを手に入れることはできない。人生の荒波に翻弄される薄幸な定めなのだ。

「ほら、もう元気になったよ。しばらく、ご無沙汰してたでしょ？」

股間に顔を埋めていた女が、焦点の定まらない視線を向ける。唇から食《は》み出した紫色《パープル》の口紅が欲情をそそる。

「倫子、堕ちる時は一緒だぞ」

両手で女の髪の毛を摑み、屹立《きつりつ》した陰茎を根元まで口に含ませる。

ペニスが生温かな感触に包まれ、女の頭部がゆっくりと上下動する。快感が足元から駆け上がる。悪戯な舌が繁みをまさぐり優しく陰嚢《いんのう》を口に含む。堪え切れずに男が仰け反る。粘着質な舌は、さらに下腹部を丹念に舐めまわし、鳩尾《みぞおち》へと這い上がっていく。女が馬乗りになり、硬直したペニスを股間に招き入れる。潤いに満ちた局部に抵抗なく性器が滑り込む。恥じらいなく発情する女の声を聞いて、男の昂奮がさらに高まる。振り乱す髪の毛が芳しい香りを発散する。その髪の毛を鷲摑みにして、男は腰を突き上げた。覚醒剤で高揚した女は暴力に対して欲情を増した。眼前に垂れ下がる乳房を荒々しく摑む。男の腰の動きに合わせて騎乗した女の乳房が、別の生き物のように不規則に揺れる。髪を振り乱して悶絶する姿を見て、男はベッドの下から手錠を取り出した。後ろ手に女を緊縛し、風呂場のタオル・バーを通して施錠する。その間も男のペニスは上方に隆起したまま衰えることはない。拘束された女が発情したメス犬のように尻を震わす。長い髪の毛を摑む。馬の手綱《たづな》のように引いて尻を突き出させる。男は後背位から尻の裂け目に向けて性器を挿入した。悲鳴に近い嬌声《きょうせい》がバスルームに響く。両手でタオル・バーを握り締めて尻を突き上げる。女が悶えるたびに手錠が締まっていく。次第に腰の動きが速まり、顎の先端から汗が滴る。時間の経過が麻痺した男には、二時間が過ぎても歓喜は訪れない。衰えることない海綿体の充血に、今にも貧血を起こしそうだ。浴室の床に押し倒して股を割った。開脚した女の脚が小刻みに痙攣《けいれん》し、愉悦の表情を浮かべて見つめ返す。強引に唇を重ねて舌を差し入れる。女の舌ベロが押し戻して絡みつく。全身汗塗れの性交は果てしなく続いた。早く射精したいが放出するアドレナリンは一向に収まる気配がない。三時間が経過しても女は満足する気配を見せない。欲情する獣に向けて「このメス豚！」と心の中で叫ぶ。これは獣姦だ……と自己暗示をかける。甘酸っぱい香りの汗が全身を覆う。目が濡れたように異様に輝き、二匹の性獣は部屋を移動しつつ交わり合う。「ねえ、殴って！」甘えた声で暴力をねだり、手加減せずに男が頬を張る。さらに女が逆の頬を差し出す。二回、三回と繰り返され、四回目に髪を摑むと、何度も強く頭を床に打ち据えた。直後に、体が痙攣すると昏倒《こんとう》して動きを止めた。驚いた男は体から離れるが粘液で光るペニスは硬いままだ。女の太股奥の赤黒い唇が舌ベロを見せて笑っている。男は自ら性器を握り締めると手淫《しゆいん》を始めた。最初は、ゆっくりと……徐々に速く。そして言葉にならない獣のような叫び声と同時に射精すると、五十嵐の意識は飛んだ。

目覚めると、霞が掛かったように意識がぼやけている。

五十嵐は、昨夜の出来事を思い起こした。車から現われた男たちの格闘ぶりは、訓練された組織の人間としか思えなかった。いっさい会話もせず、狙った獲物に襲い掛かる様は素人とは考え難い。彼らの追跡を振り切ることができたのも、あの室伏というマル暴刑事のお陰だろう。

「ずいぶん、激しかったわね」

窓の外を見ると陽は高く昇っていた。視線を移して室内を見渡す。乱れたベッドと引き千切れたフレンチ・カップのブラジャー、吸いさしの煙草、タオル・バーに繋がれた手錠……。テーブルには食い散らかされたピツァと、零れた赤ワインが血痕のように絨毯に沁み込んでいる。まるで殺人現場に居合わせたようだ。

レースカーテンを開けると、湖畔の公園で遊ぶ子どもたちの姿が見えた。

「堕ちる時は一緒だ……なんて、家庭を持つ男の台詞《せりふ》じゃないよね」

「女房は実家に帰ったまま、音沙汰なしだ」

「三行半《みくだりはん》ってわけね」

「ダメ亭主に愛想を尽かしたんだろ、上等じゃねえか！」

新しい下着を身に着けた倫子が、冷蔵庫から缶ビールを持ち出す。

「行く当てがなくて、あたしを頼って来たんでしょ？」

「買いかぶるなよ」

「だったら、家に帰れば」冷ややかな倫子の言葉が返る。

「バカこけ、同業者がベッタリと張り込んでいるんだぞ」

「指名手配中ってこと？」

「わかりきったことを聞くな」五十嵐は素直に答えた。

倫子がこのマンションに移り住んだのが一年三カ月前。彼が訪れるのは今日が二度目だった。

ここを追い出されれば、安全な場所は他にない。

「シャブがばれたのね」

「上層部の連中にハメられたみたいだ」

部屋には調理器具らしいものは、いっさい見当たらない。倫子は、食事の大半を外食で済ませているのだろう。キッチンには生ゴミひとつなく奇麗なものだ。

「だまされたってこと?」

薬の抜けた彼女の目は虚ろだ。

「スケープゴートにされたのさ」五十嵐が投げやりに言い放つ。

「警察には身内の不正を取り締まる部署があるんでしょ」

「監察なんて、当てになるもんか」

倫子は細身のジーンズに脚を通し、大胆に胸の開いたカットソーを身に纏った。

「しばらく厄介になってもいいか?」

「心配しなくても、男の出入りはないわ」

サンドイッチを頬張り、ビールで流し込む。

「警察官が仲間から追われるなんて、信じられないわね」

彼女には五十嵐が置かれている状況が理解できないようだ。

「匿《かくま》うからには、なにがあったのか教えてよ」

「ダメだ。秘密を知れば、お前まで危険に晒すことになる」

「ここに居るかぎり、結果は同じだわ」

「なあ倫子、なぜ俺が警察官になったか知りたいか?」

残りのビールを一気に飲み干すと、干乾びたピッツァの残骸を見つめた。その残飯の中に亮介は、忌まわしい過去を思い起こした。自分の顔を見つめて微笑む母親の顔が目に浮かんだ。擦《かす》れ行く遠い記憶の映像だ。それは今となっては、貧しくも美しい思い出なのかもしれなかった。

「こう見えても俺の家系は、代々政治家でね。今も親父は参議院議員をしている」

「へえ、名門の家柄なんだ。なぜ、亮ちゃんは跡を継がなかったの？」

「家督を継いだのは弟の方さ。今は県会議員をしている。いずれ親父の地盤を受け継ぐんじゃないのか」

「どういうこと？」怪訝《けげん》な表情を倫子が浮かべる。

「俺は、妾腹《めかけばら》だったのさ」

「メカケバラ……」

「親父とお袋は惚れ合っていたが、親たちが二人を許さなかった。俺を身籠ったお袋は、認知してくれることを条件に身を引いたようだ。非嫡出子《ひちゃくしゅつし》というやつさ。その後、親父は両親の勧める女と見合い結婚をした。政略結婚だな、時代錯誤もはなはだしい」

やるせない気持ちを込めて煙草を捻り潰す。

「親父のいない俺は、小学生の頃にはよくイジメられたもんさ。まだ愛人という言葉も知らなかったガキの頃だ。なんで自分には父親がいないのかも教えてもらえなかった。ただ、人目を避ける暮らしに疑問を感じていたことは確かだ」

「お母さんは、今、どうしているの？」

堪え切れずに女が口を挟む。

「俺が高校に入学した年に病気で寝たきりになった。生活費が途絶えてしまい、お袋の手紙を持参して本家に使いに行かされたよ。時代劇に出てくるような立派な門構えの家だったな」

「亮ちゃんの昔話を聞くのは初めてだわ」

「入れてもらえなかったんだ」

「なにが？」

「家の中にさ」

「…………」女の声が返らない。

「人目があるから、裏口に回ってくれと継母《まはは》に言われた。父親の顔を見たのは、その時が初めてだったな。母の病状を報告すると生活費を手渡された。俺の人生で、この時ほど屈辱的なことはなかったよ」

五十嵐亮介は恵まれなかった己の出生の秘密を明かした。

自分にできることは母を不幸にした人間たちを見返してやることだった。母親の看病をしつつ、毎夜、遅くまで勉学に励んだ。その甲斐あって国立大学に合格することができた。母親に楽をさせようと何度か国家公務員Ｉ種試験に挑戦したが、合格する前にこの世を去ってしまった。葬儀は細《ささ》やかなものだった。

大学は奨学金制度を利用して卒業した。親兄弟もいない五十嵐は、全寮制の警察学校の門を潜った。遮二無二《しゃにむに》に勉強して出世しようと心に決めた。政治家も一目置く官憲の長となり、母を見捨てた奴らを見返してやることを心に誓ったのだった。

「今では、部長の椅子も目の前じゃない」

「組織のトップにならなきゃ、意味がないんだよ」

過去を振り返った五十嵐が弱気な発言をする。

「俺が警察に抱いた正義など、どこにもなかったんだ。今では仲間からも、追われる身になってしまった。もう俺の生きる道など、どこにもありゃしねえ」

五十嵐は部屋の中を見回すと、タオル・バーに繋がれた手錠に目を留めた。

「あたしたち、もうダメかしら」寂しげに倫子が呟く。

「俺のことを本当にわかっているのは、倫子だけかもな」

「出会った頃の亮ちゃんは素敵だったわ」

「昔のことは忘れたよ」照れ隠しに言葉を添える。

「まだ、やり直しがきくわよ」

「シャブ中のデカが現場復帰できるわけないだろ。むしろ俺の不始末で親父たちが議員辞職させられたら皮肉だな」

五十嵐の口調はすべてが終わったような言い回しだった。警察組織に対する失望なのか、それとも自分の犯した罪への懺悔《ざんげ》なのか倫子には理解しかねた。

「信頼していた上司にハシゴを外されたってこと?」

「その程度で命まで狙われるもんか。彼らのために危ない橋を渡った見返りが、組織防衛のための口封じってわけさ。警察という組織は、平警官の失態はマスコミに公表するが、幹部職の不祥事は隠蔽するのが暗黙のルールだ」

サイドボードから年代物のバーボンを取り出してラッパ飲みをする。

「亮ちゃんだって、警部補でしょ？」

「警部補なんて吹けば飛ぶような存在だ。警視以上でなきゃ、組織は庇ってはくれんよ。まして今回は殺人絡みだ。もし公になれば、本部長のクビが飛ぶどころでは済まないだろう」呆れ顔で言葉を吐き捨てる。「しかも俺が捕まれば、お前にも必ず手配が回るぞ」

「いったい、なにをしでかしたの？」

徒《ただ》ならぬ事態を感じた倫子に、五十嵐は逃亡に至るまでの経緯を順序立てて打ち明けた。彼の告白に倫子は目を見開いて聞き入った。

「亮ちゃんが、フィリピン・パブの経営者とはね……」

「今じゃ、その俺が不法就労罪のお尋ね者さ」

「吉良という従業員を殺したのは、誰なの？」

倫子が手酌でグラスにウイスキーを注ぎながら話の核心に迫る。

「梶村という男だ」

「濡《ぬ》れ衣《ぎぬ》を着せられたってこと……」

「売上金のピンハネを知られた梶村が、吉良の口封じをしたのだろう」

「なぜ警察は、その男を捕まえないのかしら？」

「奴らには、梶村を検挙する気などない」

「どういうこと？」

「俺が吉良を殺して、逃走している容疑をでっち上げられたんだ」

倫子がグラスに残ったウイスキーを飲み干す。昼酒が二倍の速さで酔いを助長し、昨日までの出来事が別世界のように蘇る。

「俺を利用した連中にとって、梶村の犯行は渡りに船だったのさ。この世から俺さえ居なくなれば、彼らの実績が傷つくこともない」

「身内で犯人をでっち上げることなどできるの？」

「俺に掛けられた容疑は、麻取法違反および入管法違反と殺人容疑だ。現職警官がこれだけの罪を犯した噂がマスコミに洩れたら、警察の信用など丸潰れだ。そこに裏組織の力学が働くのは当然だろうな」

「入管法違反って、フィリピンの人たちのこと？」

五十嵐が風俗営業をしていることが、倫子には未だに信じられない様子だ。

「不法滞在が明るみにされたら認めるしかないが、死なばもろともだ」

「殺人容疑は、どうなるの？」

「ヤクザと通じている俺に罪を被せれば闇に葬ることができる。いかにも連中が考えそうなことだ」

事件の輪郭が明らかになるに従って倫子の口数は減っていった。プラダのバッグから煙草を取り出すと、「今後は、どうするつもり？」と言って天井に向けて弱々しく煙を吐き出した。

「俺にもわからん。だが、まったく味方がいないわけじゃない」

「…………」

戸惑う倫子の返事がない。

「刑事だ、同じデカ仲間だよ」

「というと？」

彼の言葉を耳にした倫子が、思い出したようにバッグから携帯電話を取り出す。

「ちょっと待って……」

その場で店に体調不良で欠勤する旨を伝えて、「これで、ゆっくり話が聞けるわ」と安堵の笑みを浮かべた。かつて倫子とグラスを重ねたのは、いつ頃だったろうか……五十嵐は過去の記憶を思い起こした。

「お寿司の出前を取ろうよ、特上寿司。ねえ、亮ちゃんに味方してくれる刑事さんの話を聞かせて……」

五十嵐は寿司が届くまでの時間を、違法捜査・暴力犯係との軋轢《あつれき》・その確執が転じて彼らが自分の後ろ盾になっている現状について説明した。警察における内情を倫子は鏡に向かい化粧をしながら聞いている。相槌《あいづち》を打つ彼女の横顔を眺めながら、五十嵐の頭の中には今後の不安が過《よぎ》っていた。

その時、玄関チャイムが鳴り、咄嗟に彼が身を隠す。出前寿司が届けられたようだった。

「マル暴刑事さんたちって、本当に信用できるのかしら？」

「事実を証明するために俺を匿ってくれたが、安全な場所へ移動中に組織の連中に襲われてしまったんだ」

「組織の連中って、いったい誰？」

「それが、俺にもはっきりしない」五十嵐は明確な回答を避けた。

「味方の刑事さんには、居場所だけでも連絡した方がいいんじゃない？」

事件のあらましを知った倫子が、不安気な表情を浮かべる。

「俺の身になにかあったら、ここに連絡してくれ。沖田誠次というマル暴のデカだ」五十嵐は携帯番号を書いた紙片を倫子に手渡した。

倫子は渡されたメモを読み上げると、四つ折りにして財布の中に仕舞った。

「沖田という刑事さんだけは、信用していいのね」

「警察学校の同期生だ。かつてはライバルだったが、今、信じられるのは奴だけだ」

倫子が納得のいかない表情で亮介を見つめる。

「沖田みたいな男は部下に信頼されるが、俺のように要領だけで世渡りをする人間には誰もついて来ない。あいつはデカになるために生まれてきたような男だ」

「亮ちゃんにしては、めずらしく卑屈じゃない」

「俺はアイツが妬《ねた》ましかった。警察学校ではいつも後塵《こうじん》を浴びせていたが、現場に出た途端に立場が逆転してしまった。そこで俺は、マル暴を出し抜きヤクザと裏取り引きをすることで、面白いほど署内での評価は上がったよ。それが今では、彼らに縋《すが》るしか助かる道はなくなってしまった」

合点《がってん》がいった倫子が頷き、「俺は本当に、情けない男だよ」と五十嵐が自嘲の笑みを洩らす。

部屋の中に重苦しい空気が漂う。世の中の流れから取り残された二人……。日陰植物のように息を潜めて肩を寄せ合う。気がつくと食べ残した寿司ネタの表面が乾いていた。会話が途切れ、行き場のない沈黙が二人を包む。

「いいか、沖田以外の人間は絶対に信用するな……」

やっと心休まる場所を見つけた五十嵐だが、今後の行動については皆目見当が付かなかった。

16

五十嵐亮介の行方を見失った暴力犯係は、所轄署にて日常捜査に戻ることとなった。

五十嵐警部補の緊急逮捕命令に、本部を含めた署員たちは戸惑った。彼の内部手配の真相を知っているのは県警内で中部署のマル暴メンバーだけだった。そのことは伊吹もよく心得ていて、いたずらに沖田たちを刺激するより秘密裏に五十嵐を確保しようと画策していた。

暴力犯係にとって最も警戒しなければならないのが警務部監察課だった。彼らは上層部からの指揮系統を離れて活動することが多く、日々の行動を把握している者は殆んどいない。すでに水面下で監察官が動いているとすれば独自の情報網を張り巡らせているにちがいない。

監察システムそのものが組織防衛のためであり、事件を解決する刑事警察とは性格が異なる。したがって身内に対する取り調べ方法は、通常の犯罪者の比ではない。警察内部の犯罪には、刑事訴訟法上の被害者権利はなく弁護士もつくことはない。

人間の尊厳を無視した屈辱的な取り調べにより、自尊心など微塵もなく崩壊させられる。もしも五十嵐の居場所が発覚すれば、組織防衛の大義の下に手段を選ばず隠蔽工作を図るにちがいない。手配命令が出たからには、組織力ではとても敵わない。一刻も早く五十嵐と接触を取らなければならなかった。

「マサやん……」

デスクワークするフリをして舟を漕ぐ反町に声を掛ける。その声にビクリと反応して、寝ぼけ眼《まなこ》で辺りを見回した。

「話があるんだが、外に出ないか？」

目を瞬《しばた》かせた反町が無言で相槌を打つ。自販機で缶コーヒーを買うと、二人は駿府公園に向かった。林立するビルの谷間から覗く青空が目に沁みる。思わず手庇《てびさし》を翳して視線を下げた。中部署から公園までは、徒歩で十分とかからない。公園通りに出ると女子高生の一団と出会った。無邪気な笑い声を上げながら、膝上丈のセーラー服姿で通り過ぎて行く。

「誠やん、たまらんで」

剝き出しの素足に視線が釘付けになる。

「ジロジロ見るな、警察を呼ばれるぞ！」

「警察て、誠やん……」

しかめ面になった反町を無視して沖田は先を急いだ。睡眠不足のためか暑さで軽い眩暈《めまい》に襲われる。

県庁前の信号を通り過ぎてお濠に差し掛かった。東御門の橋を渡ると、広大な駿河城址の緑地帯が広がる。大樹の影にはベビーカーと母親が佇《たたず》み、広場では少年たちがサッカーに興じている。強い陽射しの下でジョギングをする若者の姿も見掛けた。

人気《ひとけ》のない草叢《くさむら》では数羽のハトが餌をついばんでいる。同じ街で覚醒剤の売買や殺人事件が起きているとは思えないほど長閑《のどか》で平和な光景だ。無人のベンチを見つけると、腰を降ろして二人は冷えた缶コーヒーを口にした。

「五十嵐《ソルゲ》の野郎は、今ごろなにしてるのやろな?」

一心不乱に餌を漁るハトを見つめて反町が洩らす。物音がするたびに、ハトは動きを止めて周囲の様子を窺う。

「奴《やっこ》さんのことだ、上手く逃げ延びたことを信じているが、一応、餌だけは撒いておいた。上手く食いついてくれればいいが……」

「餌って、なんや?」

「警察より捜査力のある連中に一声掛けておいた」

缶コーヒーの残滓を啜りながら沖田が呟く。

「まさか、極道の助けを借りたんじゃないやろな」

「深く追及するな」反町の反論を惚《とぼ》け口調でかわす。

「それより、話ってなんや？」と煙草に火を点けながら、上目づかいに反町が見つめる。

家康像の脇には〈公園内禁煙〉と書かれた看板が立てられている。

「自首した三人を改めて取り調べたいんだが、どう思う？」

「極道同士の込み合い《ケンカ》やないか。このまま揉《も》んじまえばええんや」反町の返事を受け流す。「誠やん、わしになにか隠しとることがあるやろ」

心の内を読み取った反町がせっつく。意思の疎通においては長年連れ添った夫婦以上だ。

「今回の抗争を仕組んだのは、黒岩の五条だ」

「五条って、若頭《わかとう》の五条篁か？」

「そうだ」

「どこからの情報や？」断定的な沖田の発言を反町が訝《いぶか》る。

「秘蔵のエスからだ」

「五条の女《バシタ》やな」

「マサやんの頭には女のことしかないのか」

「もしも事実なら、どうするつもりや？」

「五条は市内に流れているシャブを取り仕切っている。伴野を締め上げて殺人教唆で挙げるつもりだ」

「なんや、別件逮捕するんかいな」

「別件でもかまわん。五条は、かつて北九州最大の暴力団・剛友会《ごうゆうかい》系の二次団体・首藤組《しゅとうぐみ》に籍を置いていたことがある。地元署に問い合わせれば、余罪の一つや二つは出てくるだろう」

「極道を引っ張るには、歩き煙草でもヒキネタになるさかいな」

以前、立ち小便をしていた組員を公然猥褻《わいせつ》罪で逮捕したことがある反町が納得する。

「奴は九州でもヤクを捌《さば》いていたにちがいない。シャブ・ルートに網を張っておけば、五十嵐の居場所が割れる可能性が高いだろう。一旦シャブ漬けになったら逃れることなどできんからな」

「五十嵐をシャブ切れにするつもりかいな」

「ヤク中には一番効果的だ」

沖田が補足説明すると、「兵糧攻めちゅうやっちゃな」と反町が切り返した。

「ヤク切れも、すでに限界にきているだろう。黒岩とは話がついているから、後は餌に食らいつくのを待つだけだ」

「誠やん、ちょっと待ってくれ。わしのオツムがおかしくなったんかいな。五条は黒岩の身内やないか」

反町が納得できないのは当然だ。この期に及んでは、藤木との密約について告白するしかない……沖田は腹を括《くく》った。

「実は黒岩組にとって五条は厄介者で、源次は引退後の組織運営を藤木に任せる腹らしい」

「体《てい》のいい所払いかいな」

「そんなところだ」

「まっ、五条は脳味噌が筋肉でできているような野郎や。源次としては、安心して組を渡せんのやろな」

ベンチに座って話をしているだけで汗が背中を伝う。先ほどから反町は、しきりとハンカチで額の汗を拭っている。

「で、いつから伴野を締めるんや」

「明日からでも取り掛かろう。奴らは替え玉でお茶を濁すつもりだろうが、そうはいかん」

「五条の殺人教唆のウラは大丈夫やろな」

予期せぬ展開に、反町が戸惑いの表情を浮かべる。

「心配するな、その辺は抜かりない」

「ほな、どこぞでビールでも引っ掛けようや。この暑さじゃ、やってられへんで」

気がつくと、すでにサッカー少年たちの姿はなかった。沖田は携帯電話を取り出して所轄署に連絡を入れると、電話に出た朝倉に今日は戻らない旨を告げた。


翌朝を待って沖田と反町は、伴野清光の再調査を警部に申し出た。

以前、無断で〈セクシーレディー〉を内偵したこともあり、さすがの神永も当初は躊躇《ためら》った。しかし今回の黒岩組の内紛劇を知るや特別に許可をしてくれたのだった。早速、その足で二人は留置場へと向かった。

驚いたのは当人だ。地検送致を覚悟していた伴野は、突然の呼び出しに「中部署では、取り調べに茶も出さんのか！」と息巻いた。

「取調室は飲食禁止だ」沖田が一喝する。

「喉が渇いて声も出ねえよ」

「こら伴野、ゴネても得はないぞ」

両手は解放されているが、体は腰縄と椅子が手錠で繋がれている。

「名前、生年月日、本籍、現住所を言え」

伴野の正面に腰を降ろした沖田が尋ねる。

「書類に書いてあるとおりだ、お互いに手間をはぶこうぜ」

「質問に答えんかい！　何様だと思ってんのや」

反町が蹴り飛ばした拍子に、椅子もろとも伴野が壁に激突する。

「暴力をふるったな、弁護士を呼べ！」

「なんやと、こら。腐れ極道のくせに、一丁前の口を利きさらすな」

襟首を摑んで伴野を締め上げる。

「わかったよ、答えりゃいいんだろ」との不遜《ふそん》な言葉に対して、「最初から素直に従えや」と反町が相手にせずに突き放す。

「伴野清光、昭和五十九年六月二十三日生まれ、本籍・群馬県前橋市……」

「シャブの前科持ちだな」

書類に記された過去の犯歴に目を通す。

「四年懲役を食らったじゃねえか。ヤクは、もう懲りたよ」

「シャブの次が殺しとは、極道のエリート・コースをまっしぐらやな」

「マル暴デカに誉められちゃ、こちとら恐縮するぜ」

「調子づくんやない！」

言うが早いか反町の張り手が顔面に炸裂する。彼のカマシは迫力満点だ。居直る伴野に向けて、さらに反町の正拳が顔面を捉える。大きく上体が仰け反った拍子に、血飛沫《ちしぶき》が壁に飛び散った。

「おお、怖い。マル暴は極道予備軍やな」

鼻から血を流しながらも、強気な伴野は頑《かたく》なに姿勢を崩さない。

「なんやと、もう一度言うてみい。大阪流の取り調べで泣かしたろか」

壁に背中を押し付けて襟首を締め上げた。抵抗を試みる伴野の体が浮き上がり爪先《つまさき》立ちする。

「諸井の件は、ゲロしたじゃねえか。まだ不足なのかよ」

顳顬《こめかみ》に青筋を立てて言い逃れをする伴野に、激昂《げっこう》した反町が椅子ごと蹴り倒す。

「アホか、今日の取り調べはシャブ・ルートについてだ。売人は誰だ！」

「俺の容疑は殺しだろ、シャブは関係ねえ」伴野が開き直った。

「上等やねえか。てめえみたいな三下《さんした》の身代わりやのうて、組長《おやじ》を引っ張ってやろか！」

反町の怒声が取調室に響き渡る。

「ま、待ってくれ。外国人だ……」

組長《おやじ》という名前を聞いて、顔面が蒼白になった伴野が言葉を遮った。

「シャブの売人は誰かと聞いてんのや、食えん奴やのう」

「神戸の野郎らしい、それ以上は知らん。ウソじゃねえよ」

「ええか、殺人で出頭したからには、いくらでも余罪を貼り付けられるんやで。いい加減に、往生するこったな」

反町の言葉に過剰に伴野が反応する。

「黙ってりゃノボセやがって。国家の飼い犬のくせに偉そうな口を利くな、この税金泥棒が！」

やけくそになった伴野が、ところ構わず喚き始めた。

「税金も払わんくせにゴロまくとは、ええ度胸しとるやないけ。誠やん、これを預かってくれ」

と反町が警察手帳を机に叩き付ける。

髪の毛を摑んで強引に椅子に座らせた。スチール・デスクの上には、灰皿と一冊の分厚い電話帳が置かれている。

「早よう電話して、カツ丼でも取れや」

軽口を叩く伴野に対し反町は「ほざけ、ボケ！」と怒鳴ると、筒状に丸めたタウン・ページで顔を強打した。さらに椅子ごと床に倒れ込んだ伴野の頭を革靴で踏み付けて、「これが大阪流の取り調べや。電話帳やったら、顔に傷がつかへんさかいな」と追い打ちを掛ける。

豹変した反町に、伴野の罵声が治まり恐怖で顔が引き攣《つ》る。

「諸井を殺ったのは、若頭の五条の命令だな」

牙を抜かれた伴野を見定めると、沖田が畳み掛ける。打ち合わせどおりの段取りだった。

「俺が出頭したことに、不満でもあるのかよ」

「伴野さんよ。殺してもいない犯人《ホシ》を挙げたら、こっちの首が飛んじまうんでな」

さらなる自供を引き出すために、沖田は黒岩源次の使用者責任を匂わせた。それは伴野が最も恐れる展開だった。

「俺が殺ってねえ証拠でもあるのか？」

「身代わりに懲役《おつとめ》をすれば、出所後には若頭補佐にするとでも言い渡されたんだろう。しかし五条に次期組長の目はないぞ」

「いい加減なことをぬかすな」

心の中を見透かされた伴野が、ふて腐れて鉄格子の嵌った窓を見やる。窓の外には鈍色《にびいろ》の雨雲が垂れ込めている。

「わしらは極道相手に飯を食うとるんや。三下《サンピン》は知らんやろが、五条は黒岩組の厄介者や。ワレが出所した頃には破門されとるんとちゃうか」

「五条の兄貴は、ナンバー2だぞ。そんなはずはねえ」兄貴分を貶《けな》されて逆上する。

「やっぱりお前は、内情がわかってないようだな。源次の組長《おやじ》は次期組長に藤木を据える腹だ。考えてみろ、五条に黒岩組を束ねていく力量があると思うか？」

その言葉を耳にした伴野は、突如、黙ってテーブルの灰皿に視線を落とした。

「煙草《ヤニ》切れだろ、遠慮すんな」正面に向き直り、沖田がマルボロを差し出す。

「五条を信頼する気持ちはわかるが、現実はそんなに甘くないぞ。どの組も生き残りを賭けて必死なんや。冷静で切れ者の藤木が跡目を継いでくれたら、組長《おやじ》も安心やないか」

伴野は茫然自失した様子だった。突然に呼び出された上に、相手が組織の内情まで把握していたからだ。

「若頭《かしら》の話が組長《おやじ》に通ってないとでもいうのか」と言って彼は臍《ほぞ》を噬《か》んだ。

「そろそろ、お前も身の振り方を考えたらどうだ。刑務所《むしょ》暮らしをした挙げ句に、黒岩から放り出されるぞ」

伴野の言葉は返らない。ただ俯いたまま、じっと黙っている。

「俺にチクれと言うのか」

「真実を言えば、刑期を掛け合ってやろう」

「歌ったのがバレたら、兄貴の舎弟どもに消されちまうよ」

毒気を抜かれた伴野が弱々しく答える。

「身の安全は、わしらが保障したる」

「兄貴に逆らえる奴は、誰もいねえよ」

「五条から諸井を始末しろ、と言われたんだな」沖田が問い詰める。

「…………」

「伴野、男らしゅうせんかい！」と反町が再び電話帳を手にすると、彼がゆっくりと頷いた。

その時、マナーモードにしていた携帯電話が胸ポケットで振動した。ディスプレイには〈非通知〉の文字が表示されている。

「はい、静中署二課の沖田です」

一瞬の間があり、続いて男の低い声が耳元に届く。

――警務部だが、五十嵐の身柄を引き渡さないと、まずいことになるぞ。

男は高圧的に用件のみを伝えると、無言で沖田の返事を待った。沖田は取調室に二人を残して席を立った。そして廊下の窓辺に行き着いたところで、電話口に向けて話し掛けた。

「いよいよ監察官のお出ましですか。やり方がフェアじゃありませんね」

――事を荒立てるな、五十嵐のケースは普通ではない。暴力団と結託した上で押収したシャブに手を付けたとあっては、警察のとんだ恥晒しだ。

「納得できませんね。そう仕向けたのは、あなた方でしょう」

――御託《ごたく》を並べずに一刻も早く奴を引き渡せ。私の言うことを聞けば、これまでのことには目を瞑《つぶ》ろうじゃないか。

待てよ、電話の相手は今、「早く身柄を引き渡せ」と言ったはずだ。ということは、あの夜、五十嵐を拘束できなかったことになる。室伏の反撃は封じたものの、彼らは取り逃がしてしまったということか……。しかも先方は、我々が五十嵐を匿っていると思い込んでいる。

「監察官は警官の不正を律するのが責務でしょう。今回の内部汚職を公にしない限り、我々も彼を引き渡すわけにはいきません」

――よく聞け、君らのしていることは立派な服務規程違反だぞ。

男の声は、あくまでも冷静だ。権力を盾に我々を屈服させるつもりだ。

「自分たちの行動は警察官の良心に基づいたものです。それが服務違反というならば、その前に事実をマスコミに公表します」

——沖田、頭を冷やせ。君もベテラン刑事じゃないか。世の中の法律と、警察独自の規律とのちがいがわからんはずはなかろう。

「我々の心意気は皆同じです。天下の監察には、プライドがなくなったのですか？」

県警本部の中でも、警務部監察課の仕事はベールに包まれている。彼らは秘密警察というエリート意識が強く、監察課から呼び出しを受けただけで大半の警察官は縮み上がる。彼らは身内から蛇蝎《だかつ》の如く嫌われている存在なのだ。

——物わかりが悪いようだな。大人しく五十嵐を引き渡せば、これまでの行動責任はいっさい問わん。しかしあくまで命令に逆らうのならば、こちらにも考えがある。

「臭いものには蓋ですか。組織防衛も、そこまでいくと滑稽ですね。あなた方は誤解をしています。いつから監察は官憲の犬に成り果てたのです」

——奴は警察官以前に薬物濫用者だぞ。精神錯乱した人間は、なにを仕出かすかわからん。一刻も早く確保するのは当然の責務だ。

「犯罪者に仕立てたのは誰の責任ですか？　この際、徹底的に真相を解明するべきです。今回のことを彼一人の罪にすれば、第二、第三の五十嵐が出ます」

沖田は監察官相手に一縷《いちる》の望みを託した。しかし、その行為も次の言葉で虚しく散った。

——逆らっても勝ち目はないぞ。私たちの使命は異物を排除し組織を守ることだ。君らのような造反者は、内部から追放された上に再就職もできん。余生は地獄だぞ。

反論を許さぬ一方的な言い分だった。これ以上の説得は無駄と判断するほかなかった。沖田は返事をすることなく電話を切った。

警務部からの連絡で、唯一の救いは五十嵐の無事がわかったことだ。それにしても、なぜ五十嵐は連絡して来ないのだろう……彼の刑事経験から我々と接触することで、相手に居場所を知られることを恐れているのか。それとも他に安全な隠れ家を見つけたというのか……。

伴野の取り調べを終えた二人は、仲間たちを集めて監察官から宣告された内容を伝えた。しかし彼らが手出しできないのと同様に、自分たちも五十嵐の行方を知る手掛かりは全くなかった。今ごろ彼はどこでなにを考え、なにをしているのか……と考えると、沖田は途方に暮れた。

確かなことは警察内部に暗躍した結果、破滅に向かって堕ちて行った五十嵐亮介という刑事がいたことだけだった。信じていた警察機構の中で、彼の正義は歪められた上に粛清《しゆくせい》されようとしている。どうしたら事態を打開できるのか誰もが出口を見出せなかった。

聞き覚えのない名前の女性から電話連絡が入ったのは、その直後だった。

女は自らを樋口と名乗った。話の内容については個人的に会って伝えたい、とのことだ。電話越しからも伝わる女のただならぬ雰囲気に、沖田は一時間後に静岡駅前にある有名デパート内の喫茶店を指定したのだった。

待ち合わせ場所に行くと、カフェの片隅で待つ一人の女性の姿があった。

女はガラス越しに通り過ぎる客の流れを目で追っている。手を繋いだ若いカップル、楽しそうに語らいながら歩くOLたち、子どもの手を引く母親……その中には、明らかに涼を求めて入館した不似合いな男性客も見受けられた。

しばし沖田は、遠くから女を観察した。女は時折、髪をかき上げながら神経質そうに周囲を見回している。爽やかなオレンジ系のジャケットに白いパンプス、タイト・スカートから伸びた魅力的な脚に思わず目を奪われる。磁器のように白い肌と鋭角的な顎、口元にある艶やかな黒子《ホクロ》を目にした瞬間、沖田は女の素性に思い当たった。見覚えのある端整な顔立ちは、以前、捜査中に目撃したことのある女にちがいなかった。

「沖田さんですね？」尋ねる女の漆黒のストレート・ヘアが妖しく輝く。「樋口未映子と申します。お忙しいところ、お呼び立てして申しわけありません」

「ひょっとして樋口さんは、吉良誠の……」と沖田が言い掛けると、黙って女はICレコーダーを差し出した。

「これは誠の所有物で、刑事さんの名前と携帯番号が添えられていました」

「いつ頃、見つけたのですか？」

「彼が死んだ三日後だと思います」

「レコーダーの内容について教えてください」

「電話で男性と口論する声が録音されていました」

沖田は一刻も早くレコーダーの内容を聞きたかったが、この場で再生するのは躊躇《ため》われた。

「今になって思えば、彼を死に追いやった原因は、私の優柔不断さだったのかもしれません……」

と言って女は押し黙った。沖田には、彼女の言葉の真意がわかりかねた。

「実は、樋口さんを目にするのは今日が初めてではありません」

「…………」女が怪訝《けげん》そうに沖田を見つめる。

「吉良を張り込み中に、マンションであなたの姿を拝見したことがあります」

一瞬、女は戸惑いの表情を浮かべ「そうでしたか……」と答えて、さらに続けた。

「私は遊びのつもりでしたが、彼の死が自分の所為《せい》だと知って刑事さんに連絡する決心がつきました」

「あなたの本命は、別の男性だったのですね？」

ＩＣレコーダーの内容を推察して沖田はストレートな質問をした。

「誠は私が働く店の用心棒をしていて、同棲したのは自然の成り行きでした。そこに見るから地位とお金がありそうな男性が現われたのです。手渡された名刺には静岡県警の管理職の肩書きが書かれていました」

「その人物が張り込み中にマンションで見掛けた生活安全部の伊吹部長というわけか」

「でも伊吹さんは、奥さんと別れる気などなかったのです。私が別の男と付き合っていることを知った誠が、彼を脅してお金を要求したようです。私が誠の純粋な気持ちを踏みにじった結果、あのような悲惨な結果を招いてしまったのです」

この時沖田は、ＩＣレコーダーの中身が二人の関係を知った吉良が、伊吹を脅迫する内容であることを確信した。スキャンダルは、キャリア組にとって致命傷だ。吉良は電話内容を録音することで自分の身を守ろうとしたのだろう。

「参考品として、ICレコーダーをお預かりしてよろしいですか?」

無言で彼女が頷く。沖田は命を賭した吉良のメッセージを受け取ると、人混みに消える樋口未映子の後ろ姿をいつまでも見送った。

17

伴野清光の供述をもとに逮捕状を取り付けた暴力犯係は、黒岩組へと乗り込んだ。

令状を見るなり「不当逮捕だ! 奴と会わせろ」と五条篁は凄んだが、有無を言わせず中部署へと連行した。通常、殺人教唆容疑は任意出頭により取り調べられるが、暴力団の逮捕状執行のハードルは必然的に低くなる。

「こげなことが許されるんか。早よう、弁護士を呼べや!」

取調室に入るなり所構わず五条が喚き散らし、「マル暴を舐めとんのか、しばき倒すぞ!」と反町がドヤし付ける。巻き舌で威嚇する五条はヤクザそのものだ。

「ウラは取れているんや、往生することやな」

「伴野がチクりよったな。野郎、ただじゃおかねえ！」

五条の怒りが頂点に達する。今にも顳顬《こめかみ》の血管が切れそうだ。椅子に座らせようとした係官の手を振りほどきテーブルを蹴飛ばす。

「事の重大さがわかってないようだな。殺人教唆は、裁判官によっては主犯以上に罪が重くなるんだぞ」

「いい加減なことを言うんじゃなか！」と怒鳴る五条の胸倉を反町が摑む。

「ええか、五条。伴野のような三下《さんした》ヤクザは、上からの命令でもなければ諸井をバラす度胸も裁量もない」

沖田が顔を突き合わせて力ずくで椅子に座らせる。

「わしには関係のないことばい」

「少し頭を冷やしたらどうだ」落ち着いた口調で沖田が宥《なだ》める。

「伴野みてえなチンピラの言うことば、信じちょるんか？」

「では聞くが、お前が事務所で手錠《ワッパ》を掛けられた時に、庇《かば》ってくれた組員がいたか？」

「わしは俠誠會の奴らに、ヤクザ社会のルールを教えてやったんじゃ。組長《おやじ》も承知の上や」

「さあ、それはどうかな」

「どういうことや……」と言って五条が睨み返す。

逮捕時に沖田は組長の黒岩源次と連絡を取り、五条が居ることを確認していた。逆に踏み込んだ時には、手筈どおり源次と藤木は外出中だった。

「すでに黒岩組では、お前を必要としていない。黒岩にとって、五条、お前は安全装置のないチャカみたいなもんだ。いつ暴発するかわからんからな」

「ふざけたことをぬかすな。わしは黒岩組の若頭《わかとう》やぞ！」

「だから、よけいに始末が悪いのや。お前が若い衆を扇動したために、上部団体も頭を痛めているんやで」

「聞いた風なことをぬかすな。お前らに、なにがわかるんじゃ！」

強がる五条の目が泳いでいる。さらに追い打ちを掛けるように沖田の言葉が続く。

「侠誠會とは手打ちをしたが、火種は未だに燻《くすぶ》っている。今回の一件で、組長《おやじ》さんも上部団体から大分お灸《きゆう》を据えられたようだ」

「組長のくせに決断せんかったばい、わしが火を点けただけじゃ」

「やはり、伴野を使って諸井を殺ったんやな」

「野郎さえいなきゃ、根津も動きが取れんやろ」

冷静さを取り戻した五条が、やっと事実関係を認める発言をした。精一杯に虚勢を張る姿を見つめながら、沖田は藤木の言葉を思い起こしていた。〈武闘派〉〈薬《シャブ》のシノギ〉〈若手から信望がない〉……このキー・ワードが示すように、五条には、カリスマ性もなければ知性の欠片《かけら》もない。

沖田は目前で喚き散らす五条と、マンションを訪ねた時の藤木とを比較した。

ヤクザに人格を求めることは無意味かもしれないが、明らかに藤木には冷静な判断力が備わっていた。刑期を終えて藤木がヤクザとの親交があると知りつつ、沖田が交流を深めてきたのもお互いに男として認め合ったからだ。

藤木政志は沖田が心を許すことができる数少ない男の一人だった。

刑事という職業は秘匿や守秘すべき事柄が非常に多い。ひとたび刑事課を離れると、中部署内でも他言できない未解決事件を数多く抱えていた。暴力犯刑事にとってヤクザは敵対組織だ。しかし任侠世界にこそ信じられる存在の確かさがあるのも、また事実だ。それが藤木政志という男だった。

藤木は、ヤクザが腕と度胸で伸し上がる時代は終わったことを誰よりも心得ている。今後の暴力団組織は、これまで以上に結束力と情報収集能力がなければ生き残ってはいけない。黒岩組を任せられるのは藤木以外にないと源次は判断したのだろう。

「おい、常次郎《つねじろう》！」

不意の呼び声に、五条が振り向いて反応する。

「やっぱり、そうか」

沖田が意味ありげな笑みを浮かべた。

「気色《きしよく》悪いな、自分だけ納得して……」不服な表情で反町が応じる。

「本名・高村《たかむら》常次郎、五条篁とは上手い稼業名を考えたもんだな」

「どういうこっちゃ」

「篁は苗字だ、名前ではない」沖田が補足説明をする。

「なんだと、バカにしくさって」

「かつてお前は、博多の首藤組に居たことがあるな」沖田の言葉に「どうりで、わけのわからん方言を使うわけや」と反町が妙に納得した表情を浮かべた。

「福岡県警の情報では、だいぶ向こうでは暴れたそうじゃないか」

「昔のことば、関係なかろうが……」

堪え切れずに五条が口を挟む。

「シャブ絡みでヘタを打って、首藤組から〈赤字破門〉を出されたようだな。そこでお前は義理回状が渡っていない地方の弱小組織に、偽名を使って草鞋《わらじ》を脱いだ。当然、客分としての結縁《けつえん》だ。どうだ、図星だろう」

〈赤字破門〉とは、絶縁と破門の中間的な処分だ。〈黒字破門〉とちがい復縁は許されない。地元から所払いされるため、廃業するか、見知らぬ土地に移って別組織に潜り込むしか残された道はなかった。

「そうやったんか、今の若頭の地位もシャブの商売《シノギ》で築いたんやろ。北九州のヤクザは、どいつもエグイからな」

「うるせえ、大阪の商人《あきんど》デカに言われる筋合いはなか」

「なんやと。もう一度、言うてみんかい！」五条の一言に反町が逆上する。

「あくまでシラを切るなら福岡での余罪を追及するぞ。娑婆に居たところで、いつ侠誠會からタマを狙われるかもわからん。ここは組のためにも男になれ」

過去の汚点をさらけ出されたことで、五条の鼻息が幾分静まったように感じられた。自分の立ち回り方次第では覚醒剤の罪状を追加されるだろう。そうなれば黒岩組での自分の地位が危ういどころか、首藤組からも付け狙われかねない。

高村常次郎の取り調べは、昼食を挟んで午後三時に終了した。藤木との密約を果たし、沖田は安堵に胸を撫で下ろした。

依然として五十嵐の行方は摑めなかったが、後は藤木との口約を信用する以外に残された道はなかった。刑事部屋に戻ると、室伏が遅い昼食を摂っていた。まるで熊のようにラーメンを貪《むさぼ》り食っている。古びたクーラーがフル回転で唸り声を上げ、室内には食欲を誘う匂いが漂っていた。

「どうです、五条の野郎は大人しくなりましたか？」

噴き出す汗を拭おうともせずラーメンを食べる室伏が尋ねた。デスクの扇風機が回転音を立て、積まれた書類には手錠の重《おも》しが載っている。

「逮捕状を目にした時の顔は見ものだったな。鳩が豆鉄砲を食ったようやったで」

煙草に火を点けた反町が皮肉を込めて笑う。

「ところで、デカ長は？」と沖田が尋ねると、「会議のようだ……」と爪楊枝《つまようじ》を銜えた室伏が答える。

捜査員の大半は出払っていた。聞き込みの名目で、人目のない場所で涼を求めているにちがいない。

「高村と篁のちがいには気付かなかったな」

話題の矛先を向けられた朝倉は、しきりと照れている。

「平安時代に小野篁《おののたかむら》という歌人がいたんです。官位は従三位《じゆさんみ》で……。それで篁という個性的な名前を聞いた時にピンと来たんです」

「能書きは、それくらいで充分や」蘊蓄《うんちく》を傾ける朝倉を遮る。

「ところで、今ごろ五十嵐《ゾルゲ》はどないしてんのやろな？」

いつになく反町は神妙だ。

「監察に嗅ぎ付けられたら、少々厄介なことになるぞ」

「厄介とは……？」と朝倉が口を挟み、反町が答える。

「わしらが匿っていると勘ちがいしている限りは、彼らも手出しすることはない。マスコミに情報を流されたら、奴らのトップが粛清《しゆくせい》されるさかいな」

「粛清ですか、北朝鮮みたいですね」

「監察が組織内部を統制できんかったら、責任者は定年までド田舎の駐在所で飼い殺しや。簡単に脱北などできへんで」

「五十嵐はいくつもの修羅場を潜った刑事だ、心配する必要はないだろう」

席を立つ反町に沖田が声を掛ける。

「ホテルにでも潜伏してるんですかね」

初めて体験する組織のセクショナリズムに朝倉は当惑気味だ。

「逆に、人気《ひとけ》の多い場所は避けるだろうな」

沖田は、五十嵐が自分たちの管理下にないことを知られるのを最も恐れた。現在も逃亡中であることを監察が知れば、あらゆる手段を講じて所在を割り出すだろう。彼らの情報収集能力は暴力犯係の比ではない。

沖田の願いは一つだった。五十嵐が自ら居場所を連絡してくることだ。一人で逃亡を続ける限り、必ず限界は訪れる。その時では事態は遅い。

すでに彼らのストーリーはでき上がっている。一旦、組織に拘束されれば、いっさいの反論は許されず五十嵐一人の暴走として片付けられるにちがいない。そして徹底した精神的苦痛が加えられ、彼らの要求を受け入れるまで屈辱的行為は止むことはない。やがて牙を抜かれた五十嵐は、従順な羊と変わり果てて罪を認めるだろう。

容易に筋書きが想像できる自分に腹が立った。絶対に五十嵐の身柄を引き渡すわけにはいかない。そのためには是が非でも、彼らより先に五十嵐亮介の居所を突き止める必要があった。

18

その夜、帰宅すると一通の手紙が届いていた。送り主は、夏目美波だった。

封筒の中には三枚の写真が入っていた。女性を同伴した男の写真が二枚と、ラブホテル前で四人揃って談笑する写真一枚が同封されている。時間は午後十時を過ぎていた。携帯電話を取り出して短縮ボタンを押す。ワン・コールで繋がった。

「夜分に申しわけない。中部署の沖田だ」夏目の声が返る前に切り出す。

「大丈夫です。今、帰宅したところですから……」

テレビの音声が受話器を通して聞こえる。

「用件はわかっているはずだ。あの写真の入手先を教えてほしい」

単刀直入な問い掛けに、「電話では、ちょっと……」と冷めた声が返った。

「では、待ち合わせ場所と時間を指定してくれないか」

沖田が素直に彼女の求めに応ずる。

彼女が指定した場所は、県庁から十キロほど東に位置するショッピング・モールだった。翌日、待ち合わせ場所には、自家用車を使用して一人で行くことにした。県道六七号線を走っていると、左前方に〈自由の女神像〉をシンボルにしたパチンコ店が見える。

広大な敷地を誇る私立大学を過ぎると、併走する国道一号線が間近に迫ってくる。二本の道路が交差する先に、水平線に浮かぶ巨大タンカーのような建物が見え始めた。六年前にオープンしたショッピング・モールは約二百店舗が集合した大規模施設だ。建物に近づくにつれて階上に通じる道路が視界に入る。緩やかに弧を描く立体駐亘場への取り付け道路は、まるで東名高速道路に繋がるジャンクションのようだ。

エレベーター前の案内図に従って、三階のコーヒー・ショップを目指した。

モール街にはあらゆる店舗が軒を連ねていた。宝石・化粧品・楽器・眼鏡・家電・書籍・美容院・インテリア・ペットショップ……。ゲームコーナーのＢＧＭは工事現場の騒音より凄まじい。施設内には内科・歯科・眼科などの医療設備まで完備している。墓石と銃器以外はなんでも販売しているだろう。

しばらく歩いていると、連なるブティック店舗の向こうに見慣れたロゴ・マークが目に入った。外資系のコーヒー・チェーン店だ。店内は照明が絞られ、ダウンライトで浮き上がったカウンターに手を振る夏目の姿があった。

「オープン・カフェは、まずいな」着いて早々、沖田は苦言を呈した。

「なぜです、まさか浮気現場とまちがえられるわけでもないでしょ」

咄嗟に、夏目が冗談混じりの会話で応じる。

彼女はいつもの出で立ちとちがい、シックなベージュのパンツ・スーツを着こなしている。とても新聞記者とは思えない。会った瞬間に違和感を覚えたのは、コンタクト・レンズを使用しているのか、トレードマークの黒縁メガネを掛けていなかったからだろう。

「刑事が個人的にブン屋と会っているところを目撃されたら、なにを言われるかわからんのでね。以前も、事件情報を得るためにブン屋と会っているところを、週刊誌に盗撮されたことがあった。翌週号には『現場刑事の情報漏洩か？』と根も葉もない記事が掲載されたよ」

「その後、記者はどうなったんですか？」

納得のいかない様子で夏目が尋ねる。

「二度とガセ記事を書かんように、キッチリとヤキを入れておいたよ」と言って沖田は笑った。

急いで店を出ると、エレベーターに乗り込み最上階へ向かった。屋上からは彼方に霞む富士山の雄姿が見えた。

「車内で話そう、機密性なら保証付きだ」

「えっ、よけいにマズイんじゃないですか？」意地悪な笑みを浮かべて夏目が見つめる。

「バカなことを言うな、これは仕事だぞ」

沖田は夏目がシートに腰を降ろすのを待って、封筒から三枚の写真を取り出した。

「これを、どこで手に入れたんだ？」

「その前に、写真に写った人物が誰なのか教えてください」

言い終えるのを待たずに質問が返る。

「いや、入手元が先だ。身元を明かすからには、私にもそれなりの覚悟がいる」

そう言って沖田は大きな息を吐いた。

「汚職刑事の通報を受けて以来、私たち取材班はフィリピン・パブの監視を続けていました。実はそこで、偶然に店で働いていた吉良君と再会したのです。そして彼からある人物の盗撮を頼まれました」

「えっ、お夏さんが……」

やはり吉良は敵意ある人間に囲まれる環境下で、同級生の夏目美波に全てを託したのだろうか……。沖田は暴力犯刑事として恥じた。自分の手足となるべき情報提供者の危機管理さえもできていなかったのだ。

吉良の話題に触れながら、沖田は樋口未映子から手渡されたＩＣレコーダーのことを思い出していた。レコーダーの中身は恋人の不倫相手を脅迫する内容だった。筋金入りの極道だったら、まちがいなく五千万円以上は強請《ゆす》り取っていただろう。しかし伊吹にとって口止め料の金額が障害になったとは考え難い。むしろ彼が拘《こだわ》ったのは警察内におけるスキャンダルだろう。そのために命を落とした吉良を思うと胸が締め付けられる思いがした。

「吉良君はヤクザと警察の両方から狙われていると怯えていたけど、私にはとても信じられなかったわ」

吉良は久し振りに再会した夏目に、そのような裏事情まで吐露《とろ》していたとは信じられなかった。しかも相手は新聞記者だ。もしも本当に彼からの情報漏洩だとしたら、それは自分の身になにか起こった時に備えての保険措置だったのだろうか……。

「吉良のことで気付いた点があったら、何でもいいから教えてくれないか」

沖田は彼が死の直前に置かれていた状況について想像を巡らせた。きっと、内通者として〈セクシーレディー〉に送り込まれ、二重スパイを強要された時から己の危機を察知していたにちがいない。その意味でも吉良の死に対する沖田の責任は重かった。自分は刑事として身の安全が保障され、吉良の危機管理に対して鈍化していたのかもしれない。しかし今は認識が変わった。五十嵐は同じ刑事でありながら身内から手配され付け狙われているからだ。

「私は、なぜ吉良君が殺されたのか知りたいんです」

夏目の言葉には妥協を許さぬ力強さがあった。それは同級生に対する哀悼の念なのか、それとも報道に携わる者の矜持《きょうじ》なのだろうか……。沖田の腹は決まった。

「現在のところ、吉良誠の殺害犯は逃走中ということになっている」

噛み締めるように、ゆっくりとした口調だった。

「五十嵐刑事のことですよね」

「しかしこの事件には、裏で操っている別の人物がいるようだ」

「では、なぜ五十嵐刑事は逃亡しているのです？」

「それについては、まだ俺たちも確証を得ていない」

沖田は己の置かれた立場について考えていた。今、自分がしようとしていることが地方公務員法に抵触することは明らかだ。いやその前に、秘密情報をマスコミ関係者に流すことは警察官が最も慎むべき行為ではないか……。薄暗く密閉された車内は無音の世界だった。エアコンの温度調整を下げる、車内を一瞬にして冷気が包む。

「やはり沖田警部補は、五十嵐刑事が吉良事件のカギを握る人物だと睨んでいるのですね」

心を見透かした夏目の質問が返る。

「これ以上は、なにも言えん」

「吉良君は、警察に情報提供していたんでしょ？」

夏目が容赦ない質問を突き付ける。

「ブン屋だけあって察しはいいが、ここまでが限度だ」

「殺されたのは、私の同級生なんですよ」

彼女の強い口調に沖田が気圧《けお》される。そこには吉良の死に対する執念のようなものが感じられた。

「奴は刑事としての一線を越えてしまったようだ」

「歯切れが悪いですね、はっきりおっしゃってください」

婉曲な言い回しに疑問の言葉が返る。

「警官も人間であるからには過ちも犯すし失敗もする。しかし常に社会は、我々に完全無欠であることを求める。だから組織は違法警官が公になる前に内部処理してしまうのさ。ところが五十嵐は、収賄どころか入管難民法違反、さらには覚醒剤にも手を染めてしまったようだ。薬物対策課の刑事がシャブ漬けとなると、さすがに上層部も言い逃れはできんだろう」

夏目は啞然とし、信じられない様子だった。

「今後、五十嵐刑事はどうなるんです?」

「現在は内部手配されている上に、拳銃所持の偽情報も流されているようだ。居場所が特定されれば、身内からなにをされてもおかしくない状況だ」

押し黙った夏目は、戸惑い、躊躇《ためら》いつつ慎重に言葉を返した。

「ということは、警察内部で情報操作されているってことですか?」

「そうなるだろうな」

「指令元は、誰です?」

「その写真の人物というところかな」

ダッシュボードには三枚の写真が置かれている。夏目の態度が急に落ち着かなくなり、視線は虚空を漂っている。沖田の内部告発が信じられないのも当然だろう。

「警察は組織防衛を最優先する。正義や法律などを唱えるのは、その後さ。下手すれば五十嵐は、潜在殺される可能性がある」

「潜在《せんざい》……殺《さつ》ですって？」

「デカ連中の隠語だ。人知れず行方不明になった刑事は後を絶たない」

そう言いつつも沖田は虚しくなった。

警察学校の厳しい教練に耐えて現場に配属された時には、誰もが正義感に満ち溢れていた。沖田は制服時代から、一人前の刑事になることに憧れていた。刑事になるためには、配属された交番で数年の勤務実績を積まなければならない。刑法犯罪者を検挙して目立つことが求められ、さらに柔剣道の有段者が有利な条件となる。

休日を返上して、お茶汲み・掃除・電話番を自ら申し出て仕事への熱意をアピールすることも必要条件だ。やがてそれが先輩刑事の目に留まると、所轄署で毎年数人が適性を認められて署長推薦を受けることができるのである。

ここで初めて通称〈デカ専〉と呼ばれる〈捜査専科〉を受講し、〈捜査責任者〉の資格を得ることができる。さらに厳しい筆記試験と面接試験を通過した者のみが晴れて刑事となる。配属先では幾度となく修羅場に出合った。発砲こそしなかったものの、ヤクザや覚醒剤中毒者を相手に拳銃をホルスターから抜いたこともある。

気がつけば人間の裏社会ばかりを見続けてきた。そこは無残に殺された被害者と、残忍で極悪な連中が共存する荒涼とした闇世界だった。そして今、自分たちは県警上層部と蚊帳の外で刃《やいば》を交えている。彼らは大義の下に保身に走り、我々は組織に牙を剝いて勝ち目のない戦いを挑んだのだ。己を己たらしめる正義……。それは道を究める任俠の世界に通じて混ざり合う。

五十嵐は別の道で警察官のあるべき姿を目指した。共に志は高かった。

警察学校時代から上昇志向が強く、常に昇進することを最優先に考えていた。そして彼は気づいたのだろう。昇任試験で出世するには限界がある。実績を積まなければ絶対にキャリア組とは対等になれないのだ……と。そこで不正捜査と知りつつ上司の指示を遂行し、成果主義を貫いたのにちがいない。

直属の上司にとって五十嵐は理想的な部下だったのかもしれない。言われたことを忠実に守り、汚れ役もいとわず確実に成果を挙げるからだ。しかし薬物や銃器捜査は、情報提供者たちと共存しなければ押収率を上げることなど不可能だ。裏社会に片足を突っ込んでいたつもりが、気づいた時には両足までドップリと浸かり抜け出せなくなってしまった。

警察という組織は、表向きは清廉潔白を装いつつ内情は泥仕合を演じている。その目に見えない陰獣が棲む伏魔殿には、キャリアという巨大な魔物が横行しているのだ。

沖田は、これまで刑務所に送り込んだヤクザ者たちの顔を思い出していた。

少なくとも彼らの多くは悪事が発覚すれば臭い飯を食う覚悟ができていた。だが警察幹部の不祥事は、警務部の意向次第で揉み消すことができる。特に地方警察ならばトップダウンで隠蔽が可能なのだ。監察官の職務は警察内部の不正をただすと思っているのは、実情を知らない部外者くらいなものだろう。

「いいか、組織にとって都合の悪い人間には、左遷もしくは免職を迫るのさ」

「拒否したら、どうなるんですか？」

夏目の追及は、さらに続く。

「いったん目を付けられたら悲惨だ。監察官の取り調べは常軌を逸している。弁護士も雇えず、徹底して造反者を精神的に追い込むのさ」

「弁護士を付けるのは、被疑者の権利ですよね？」

「内務捜査は事件扱いにならないんだ。人権など無きに等しい」

呆気に取られた夏目の返事はない。沖田は続けた。「彼らは陰でゲシュタポと呼ばれ、身内からも恐れられている。問題行動のある警官を極秘に張り込み、尾行し、暴力団との癒着、女性関係、金銭トラブルまで探られる。取り調べには、手加減をしないらしい。食べ物どころか睡眠時間も満足に与えられず、ノイローゼになるまで自供を迫るみたいだ。三日も尋問されたら誰でも自殺したくなるそうだよ」

「非人道的だわ。その後、拘束者はどうなるんですか？」

「依願退職に同意させられるのさ」

「依願退職……？」

「彼らの目的は、問題人物を組織から排除することだ。懲戒免職にしてマスコミに嗅ぎ付けられたら、格好の新聞ネタになるだろう。退職金を払って自分から辞めるように仕向ければ、どこからも問題視されることはない」巧妙な手口ね……失望とも嘆きともつかない声を夏目が洩らした。「これが市民の安全を託されている組織だとしたら幻滅だわ。沖田警部補たちは、今後どうするつもりですか？」

「監察の連中は、我々が五十嵐を匿っていると思い込んでいる。しかし逃亡中であることを知ったら、血眼《ちまなこ》になって捜索するにちがいない。それだけは絶対に避けなければならん。今日の話は完全なオフレコだぞ。しかるべき時が来たら必ず情報を流す。その時には、是非とも俺たちの力になってくれ……」

もしも自分たちの手で警察の浄化ができなければ、メディアへのリークも辞さない覚悟が沖田にはできていた。組織内部の反抗分子なら潰せても、マスコミに同調した一般市民の声は彼らも無視できない筈だ。反権力を標榜《ひょうぼう》する媒体であれば必ずや触手を伸ばすにちがいない。

しかし、その時は自分も無事ではいられないだろう。いつでも沖田には警察手帳を返す心の準備はできていた。事態がここまで切迫したからには、一刻の猶予も許されなかった。

19

その頃、禁断症状に苦しむ五十嵐亮介は、かつての情報屋と密かに連絡を取っていた。彼の密告屋は刑事の中でも別格に人数が多かった。中でも覚醒剤の密売を見逃して以来、闇情報の提供者として利用していた黒岩組の片桐徹《かたぎりとおる》は特別な存在だった。

彼の自宅マンションには、デジタル秤《はかり》、分銅、ポリシーラー、ビニール小袋などの商売道具が保管されていて、毎月数百グラムの覚醒剤を売り捌《さば》いている。抱える売人たちは、ヤクザの末端組員から準構成員にもなれないチンピラ、国籍不明の外国人を合わせると五十人は下らない。その片桐に、逃亡生活により禁断症状に苦しむ五十嵐から覚醒剤の注文連絡が入ったのだ。

すでに五十嵐のシャブ切れ症状は限界を迎えていた。

片桐なら、自分の頼み事が断れないことを彼は知っていた。藤木から事前に五十嵐の行方を探るようにいわれていた片桐は五十嵐からの連絡を受けて戸惑った。しかし片桐にとっては、彼に逆らえば懲役刑を覚悟しなければならない。ここは無難に五十嵐の要求に応える方が得策であると片桐は判断した。

「五グラム入りのパケを、すぐに用意しろ」

いつもの五十嵐亮介とは明らかに様子がちがった。声が弱々しく消え入りそうだった。

「ヤラセ用には、多すぎるんじゃないっすか？」

「いいから、言われたとおりにするんだ。このことを上に知らせたら、今後はいっさい商売《シノギ》をできなくするぞ」

電話での五十嵐の声には、明らかに禁断症状が感じられた。極道を脅すシャブ中デカ。彼に怖いものなどなかった。

「元手がかかるんです。刑事さん、少しは金を入れてくださいよ」

「金などあるか、これまで誰のお陰で無事にシノギができたと思ってるんだ」

声を低めて凄みを利かす。片桐は頭の中で五十嵐と藤木とを天秤に掛けた。

「受け渡し場所は、どこです？」

「前回と同じ場所で、今夜九時だ。必ず一人で来い」そう言い残すと、一方的に電話を切った。

本来ならば危険を回避して倫子を差し向けるべきだが、密売人は常に危険に身を晒しているため極度に買い手に対して神経質だ。まして五グラムの大口注文となると、馴染み客以外には相手にしない。

待ち合わせ場所は両替町通りだった。繁華街ほどひと目を欺《あざむ》くには好都合な場所はない。週末のゲームセンターは人で溢れていた。店内で客を装って片桐はスロットル・マシーンに興ずる。しばらくすると、パーカー・フードで頭部を覆った五十嵐が現われた。サングラスを掛けて無精髭を生やしている。片桐がスロットル・マシーンの受け皿にパケを忍ばせた直後に五十嵐がシャブを持ち去っていった。一瞬の出来事に、防犯カメラも捉えることができない。

店を出ると、五十嵐はポケットの中で握りしめていた小袋を確認した。純白の魔法の粉、天国へのパスポートだ。五十嵐はタクシーを呼び止め、周囲を警戒してから後部座席に滑り込んだ。五グラムあれば、数カ月は身を潜めることができる。

尾行に気を配りつつ、運転手に行き先を告げる。繁華街を抜けると閑静な住宅街に差し掛かった。人通りが途絶えて、夏の夜空に無数の星が瞬《また》いている。家々には幸せを感じさせる仄かな明かりが灯っていた。

いったい俺は、どこで人生を踏み誤ってしまったのだろう……と五十嵐は思った。地方の所轄署を回り中部署に異動してからは充実した日々を送ってきた。正に適職だと思った。生安課の仕事は激務だが、事件があればセクションを飛び越えて応援に出向いた。また殺人事件が発生して、署内に泊まり込んで刑事一課の捜査を手伝ったこともある。

しかし内心では、すべての警察官が敵だと思っていた。どこに異動しても常に成果を挙げた。誰よりも沢山の情報提供者を抱え、拳銃不法所持の噂を聞けば摘発するまで執拗に追い続けた。ひとつでも多くの実績を挙げて上司の目に留まることだけを心掛けた。

五十嵐の最大の夢は、一日も早く県警本部に異動し事務職に就くことだった。

家庭を顧みる余裕もなく、妻を思いやることなど考えたこともなかった。家の中では愚痴をこぼさない代わりに、仕事の内容を明かしたこともない。今になってみれば、すべては自分が招いた不幸だったった。

次第にマンションが近づく――。ワンブロック手前でタクシーを停車させた。息を凝らして周囲を見渡す。人の気配は感じられない。建物の裏手に回るよう運転手に指示した。車が静かに停止する。街灯もなく駐車場の看板ライトだけが薄っすらと灯っている。

物音ひとつしない。様子が変だ、静かすぎる。車内から倫子の携帯に連絡を入れたが、音声ガイダンスを繰り返すだけで応答がない。口の中に苦い物が広がり、背筋に悪寒《おかん》が走る。料金を支払うと車外に出た。夜の闇は想像以上に深かった。五十嵐は周囲を警戒しつつ、足早にマンションへと急いだ。

ビルの角を曲がると同時に素早い影が目の前を過《よぎ》り、一瞬にして頭の芯がショートした。

五条篁が罪状を認めたことを受けて、早速、沖田は黒岩組に連絡を入れた。

電話番に藤木へ取り次ぐよう伝えると、逆に会わせたい男がいるので至急事務所に来てほしいと言われた。沖田は反町を伴って、すぐに黒岩組へと向かった。事務所前で待ち受けていた組員に案内された二階の個室には片桐徹の姿があった。廊下に通ずる段通《だんつう》に土下座して頭を垂れている。

「忙しいのに、お呼び立てして申しわけない」

開口一番、源次が先鞭《せんべん》をつけた。そこには藤木の姿もあった。すでに二人は沖田の目的を察している様子だった。

「やっと五条が吐いたよ、伴野を焚き付けて抗争の火種を起こしたことをね」

「旦那たちが奴を引っ張ってくれた時には、内心はホッとした」

源次は使用者責任を問われないことが明らかになったためか、表情が明るい。

「今後、五条の罪状はどうなるんで？」他人事のように源次が尋ねる。

「殺人教唆だ、軽い罪では済まされない」

「何年くらい、喰らうのかな？」

「殺人と名がつくからには、当然、すぐには出られんだろう」

「では、伴野の処分は……？」

「あとは検察次第で、我々にも判断できん」

藤木は源次の背後で事の成り行きを見守っている。顔色が悪く、いつものシャープさが感じられない。

「先ほどから沖田の旦那には、なんとお詫びしようかと悩んでいたんだ」

思い詰めたように、突如として藤木が口を開く。

「実は今、この野郎の始末について考えていたところでね」

「身内の始末とは、尋常じゃないな」

「指《エンコ》を詰めさせようにも両手の小指なしでは渡世もできん。かといって、断りもなく五十嵐刑事と接触したことが耳に入ったからには許すわけにもいかん」

「なんだって！」

沖田の表情を見た藤木が、間髪を入れずに片桐の後頭部を蹴り飛ばす。

「五条は出頭前にシャブの商売《シノギ》をコイツに一任していった。当然、五十嵐刑事の件も知っていたはずなのに、俺の面子《メンツ》を潰しやがって」

その時、ノックの音がして坊主頭の部屋住み若衆がコーヒーを持参した。ダボシャツからは、カラフルな毘沙門天《びしゃもんてん》の刺青が透けている。空手胼胝《だこ》のある手で恐る恐るコーヒーを差し出す。組長と沖田がブラックで、藤木がミルクのみ、反町は砂糖とミルクをたっぷりだ。一度で覚えなければ兄貴分から容赦ない鉄拳が飛ぶ。

「用が済んだら、すぐに下がれ」支度が終わるのを待って藤木が告げる。

「兄ちゃん、ええ体をしとるのお。ヤクザにしておくのが勿体《もったい》ないで」

反町の冗談にニコリともせず、若者が一礼を残して部屋を出ていく。分厚い胸板と盛り上がった二の腕は、レスラーかラグビー選手並みの体形をしている。

「片桐、五十嵐刑事と会った時のことをすべて沖田刑事に話せ。ケジメを付けるのは、その後だ」

藤木の言葉を受けて、やっと彼は顔を上げた。顔が別人のように醜く変形している。

「突然に五十嵐さんから連絡が入って、シャブを五グラム用意しろ……と言われました」

「アイツの方から、直接、電話が入ったんだな」と沖田が尋ねる。

片桐は、組幹部と刑事に囲まれて怯えきっている。

「五グラムとは、並の量じゃないな」

「以前にも頼まれたことがあったので、またヤラセですか？　と聞いたら、黙ってすぐに持って来いとドヤされました」

「受け渡し場所は……？」沖田がズバリと切り込む。

「駅前のゲームセンターです」

「会ったのは、いつだ？」

「二日前の夜九時です」片桐は質問に対して最小限の言葉を返す。

「なにか、気づいたことはなかったか」

「少し様子が変でした」

矢継《やつ》ぎ早の問い掛けに、明らかに戸惑っている様子だ。

「落ち着きがなかったというか……」即答せずに、沖田の顔を見つめて呟く。

「正直に言ってもいいですか」

「すべて話せと言ったろ！」釈然としない発言に藤木が痺れを切らす。

「久しぶりに会った五十嵐刑事は、落ち着きがなく何かに怯《おび》えている感じがしました」

「そうか……」ひと言発して、沖田は黙った。

「ほかに言い忘れていることはないだろうな」

口約を果たせなかった藤木が執拗に片桐を責め立てる。その間も片桐は正座姿勢を崩さず、ただ一点を見据えている。すでに幹部室はインテリアが替えられ、品のない五条好み《カラー》は一掃されていた。

「金銭のやり取りもなかったんだな」

「五十嵐の旦那は金など払ったことはありません。ブツを手にするなり、すぐに店を出て行きました」

状況がわかったところで藤木は「コイツを連れ出せ！」と、片桐の所払いを命じた。組長に深々と頭を下げると片桐は部屋を後にした。残された四人は無言で顔を見合わせた。

片桐からの情報は余りにも少なかった。確実なことは五十嵐亮介が現在も逃亡生活を続けていて、なんの痕跡も残さず易々《やすやす》と覚醒剤を手に入れたことだ。しかも五グラム……。今後、しばらく彼は人前に姿を現わすことはないだろう。

「五条の身柄を捕《と》ってもらったのに、申しわけなくて顔向けできない」

藤木が平身低頭に謝罪するが、釣り逃がした魚はあまりに大きかった。

「今回のことについては、ケジメとして五条を絶縁するつもりだ」居住まいを正すと、源次は交互に二人を見据えた。その眼光は長い渡世稼業で培った威圧感が備わっていた。「若い衆の引き締めになるし、侠誠會に対しても顔が立つやろ」

「ということは、次期若頭は……？」と沖田がシナリオどおりの質問をする。すると「旦那、野暮な質問をせんといてください」と源次が藤木に目配せした。

「五条が知ったら、荒れるやろな」と反町が呟く。

下剋上のシステムは、ヤクザ世界も警察社会も変わらない。街灯のない夜道を無灯火の自転車で走るようなものだ。一寸先は闇、側溝に嵌《はま》って一巻の終わりだ。

「これからの極道は、頭を使わんと世渡りできん。藤木、行く行くはお前に組を任すつもりだ。くれぐれも黒岩組の看板を守ってくれ」

心なしか黒岩源次の表情が憂いに満ちている。先ほどまでの鋭い眼光や威圧感は、どこにも感じられない。三十年前に関東真正連合から一家名乗りをして以来、源次は斬った張ったの渡世を歩んで来た。黒岩組をここまでにするには刑務所勤めも厭《いと》わなかった。藤木に次期組長を任せることで、余生は穏やかな堅気人生を送るつもりなのだろう。

源次は念願叶って、五条を組織から切り捨てた。たとえ刑期を終えて出所したところで彼に安住の地はない。未練がましくこの地に留まれば、渡世の掟《おきて》から枕を高くしては眠れないだろう。度胸と拳一つで伸し上がった人間が生きていけるほど今後の世の中は甘くない。その点、藤木なら厳しい裏社会を乗り切ってくれるにちがいない……との源次の見解だった。暴対法が施行されて以来、ヤクザと警察の蜜月時代は終わったのだ。

一階の組事務所には暇つぶしに将棋を指している当番組員たちがいた。中にはスポーツ新聞を読む者や携帯画面に見入る若衆の姿もあった。藤木が出口まで沖田たちをエスコートした。二人の姿を見るなり片桐が直立不動の姿勢を取る。それに続いて、テレビを観ていた組員たちも立ち上がった。

沖田は片桐に近づくと、「五十嵐から連絡があったら、必ず知らせてくれ……」と小声で囁き、「シャブに手を出した奴は、白髪が生えるまで娑婆《しゃば》には出られんから覚悟しときや」と事務所中に響き渡る声を反町が放った。

20

九月末とはいえ、日中はまだ真夏日のように気温が高く、涼しく感じられるのは朝夕の時間帯に限られていた。

中部署刑事二課・暴力犯係は、黒岩組と侠誠會の抗争が一段落して以来、表立って活動をすることはなかった。血腥《ちなまぐさ》い抗争事件が、逆に彼らの警戒心を強めたのかもしれない。しかし暴力犯係のメンバーは、水面下で五十嵐亮介を巡る県警上層部の汚職について連日にわたり腹の探り合いをしていた。

刑事課の朝礼は、神永警部から連絡事項のみを伝えて十分程度で解散となった。強行犯係や知能犯係からの質問もなく、当然、五十嵐亮介について触れる者は誰一人としていなかった。捜査畑のちがう刑事たちが一堂に顔を合わせるのは、週一回の朝礼くらいなものだ。それは個別に事案を抱えている刑事という仕事の特殊性なのだろう。

朝礼を終えて沖田が席に戻ろうとした時、神永と目が合った。

「話をしたいんだが、少し時間を取れるか」

無言で沖田が頷くと、別室に来るよう先に歩き始めた。

「五十嵐のことだが、その後、なにか進展はあったか?」

ソファに腰を降ろすなり、神永は単刀直入に本題に入った。沖田はこれまでのことを細大漏らさずに報告する。当初は暴力犯係の内部情報をヤクザに流すことで実績を挙げていたが、その実態を知るにつれ五十嵐への評価は変わっていった。五十嵐の行動の背後にある警察内の闇の部分を知らされると、「やはり、そうか……」と言って神永は煙草のフィルターを噛み締めた。

「ヤツは拳銃を所持して逃走しているらしいが、本当か?」

「拳銃《チャカ》は持っていません。緊急逮捕するための情報操作だろうと思います」

「では、シャブ中という噂は……？」

「残念ながら、本当です」

「現職警官の覚醒剤常習者なら前代未聞のスキャンダルだ。しかも生安の薬物担当者では、マスコミの格好のネタだろう。現在、上層部の指示で監察が動いているのを知っているな」

神永の鋭い視線が沖田を射貫《いぬ》く。

「すでに警務部から、揺さぶりがありました」

「やはり、そうだったか」神永が一声唸る。

「逆らっても勝ち目はないから、一刻も早く身柄《ガラ》を引き渡せ……という脅しでした」

「ということは、我々が匿っていると勘ちがいしてるんだな」

「そのようです」予測どおりの返答に、神永の表情は変わらない。

「今後は、どうするつもりだ？」

「五十嵐は組織に利用されたのです。彼の行為は決して許されるものではありません。しかし現在の警察体制を改めない限り、必ず次の犠牲者が出ます」沖田は険しい表情で言った。

「現段階では、私は身動きが取れんぞ」

すべてをわかった上で、神永は自分の置かれた立場を告げた。

「警部は黙認していてください、後は自分たちで片を付けますから」

そう言い残して沖田は神永と別れた。

刑事部屋には張り詰めた空気が漂っていた。大半の刑事が溜まった捜査報告書に追われていた。不慣れなパソコンに向かって悪戦苦闘している。沖田は室内を見回して、顔触れが揃っていることを確認すると会議室に招集命令を出した。その真剣な表情に部下たちはすべてを察した。

隣にある会議室は、刑事課が自由に使用できる共同スペースだった。右手の壁一面には、指名手配犯の顔写真が貼り出されている。すでに収監された者には＝◎、拘留者には＝○、行動監視中の者には＝△がマーキングされていた。しかし印のついているものは一部で、大半の手配犯はノーマークだった。

「忙しいところを集まってもらい申しわけないが、この録音内容を聞いて皆の感想を述べてほしい」と言って、沖田はＩＣレコーダーを取り出した。掌にスッポリと納まるほどの小型機器だった。音声は、威圧的な男の一方的な脅し文句で始まっていた。

〈お前がアイツとできていることは知っている。すでに警察内での身分も調査済みだ。現職警官が他人の女をたらし込んだ始末をどう付けるつもりだ。お前は浮気相手をまちがえたようだな。極道の女を寝取ったら、どうなるか教えてやろうじゃねえか〉

――わかった、言うことを聞こう。しかし未映子と知り合った時には、男がいるとは言ってなかったぞ。信じてくれ、本当だ。

〈バカ野郎！　人の女を呼び捨てにするんじゃねえよ。俺がいようがいまいが警官の浮気は御法度じゃねえのか〉

――目的は、なんだ。金か。

〈物わかりがいいな、二日以内に三千万用意しろ！〉

――無茶を言うな。二日間では、とても無理だ。

〈では、三日だ〉

――せめて五日間くれ。そうすれば、なんとかしよう。

〈お前は俺のことを知らねえだろうが、こちとら、あんたの置かれた立場を知っているんだぞ。下手なマネはしねえこったな〉

――どういう意味だ？

〈自分の胸に聞いてみろ。いいか、この音声は録音している。約束を守らねえと県警本部に持ち込むぞ。これは脅しじゃない、わかったな！〉

誰もが一言一句聞き逃すまいと耳をそばだてていた。聞き終えると部屋の中を沈黙が支配した。

真っ先に口を開いたのは友部だった。

「この声は、県警本部の伊吹部長じゃないか」

「生安部長に、まちがいいな！」と室伏が念押しする。

「レコーダーの入手先は、どこですか？」

白いTシャツの上に万能ベストを重ね着した風間が尋ねると、「吉良の恋人の樋口未映子という女からだ」沖田が補足説明をする。

「その女は吉良事件について、伊吹部長を疑っているんですね」

「脅迫内容からすれば、そういうことだろうな。しかも彼女は、吉良の死の責任の一端は自分に伊吹が高級クラブの上客だったことを含めて、彼女の心情を沖田が忖度《そんたく》する。

「部長には妻と別れる気など微塵《みじん》もなかったんやろ。スキャンダルは準キャリア組にとって致命傷や、事前に芽を摘むことくらい考えるやろな」

説得力のある言葉を反町が放つ。沖田は次なる証拠品を皆の前に提示した。ホワイトボードの中央にマグネットで掲示されたのは、三枚のカラー写真だった。捜査員の視線がボード上の写真に集中する。二枚の被写体は、女性を伴いラブホテル入口に向かうカップルの写真――。

もう一枚がホテルを出る瞬間の四人を捉えたものだった。超ミニスカートにブルーのタンクトップを着た女は伊吹に寄り添って歩き、もう一方の八木と腕を組んでいる女はオレンジ色のTシャツとハイカットの短パンを穿いている。共に褐色肌で見事なプロポーションだ。

「この写真は出色《しゅっしょく》だな。いったい、誰が撮ったんです？」と興味津々に室伏が尋ねる。

「東海新聞の夏目美波だ」

「どや、下手な週刊誌のカメラマンより腕がいいやろ」と反町が我が事のように自慢し、「よくぞ、こんなゴシップ写真が撮れたもんですね」と風間が溜め息混じりに感心する。

「これには裏があってな、というのも〈セクシーレディー〉に勤めていた吉良は夏目記者の同級生らしい。そこで彼に頼まれて撮ったのが、この問題写真というわけだ」

「ところで五十嵐と接触し損なった噂を耳にしたんですが、本当ですか？」

どこで情報を得たのか友部が質問する。

「覚醒剤を餌に網を張っていたが、残念ながら取り逃がしてしまった」沖田が正直に答える。

「しかしシャブ中とは、たまげましたね」

「ノンキャリアの星と言われた男が堕ちたもんだ」

逃亡中の五十嵐の現状を知った仲間たちが、同情とも蔑《さげす》みともいえる言葉を次々に口にした。暴力犯係という部署は、極道相手に甘い誘惑話は一度や二度ではない。沖田自身も経験がないわけではなかった。しかし、その一線を越えるか踏み留まるかは本人の資質次第だった。

「ところで友さん、生安筋からの情報を取れたか？」と沖田が話題を本筋に戻す。

「出るのは女の噂話ばかりですわ。挙げ句の果てには、所轄署時代の婦警の名前まで出てきましたが全員がシロでした」

「となると、手詰まりか……」

そう言って沖田は、窓辺のゼラニウムの鉢植えを見つめた。水不足なのか力なく萎《しお》れている。

「ところが、まだ行方の摑めない女が一人いるんです」と言って友部は話を続けた。「かつて生安課に、デカになり立ての若い刑事がいましてね。見るからにスマートな五十嵐に憧れていたようです。刑事ドラマの影響でしょうがね。そこで新米刑事に心を許したのか、奴は元容疑者だった愛人を自慢気に紹介したようですわ」

「婦警の次は、容疑者かよ」さすがの反町も呆れ顔だ。

「女の容疑については、虚偽報告をして貸しを作ったようです」

「その女の居所を探る手立てがあればいいが……」

沖田の触手が敏感に働く。

「そう来ると思って、一日がかりで当時の取調書を見つけましたよ。名前は江上倫子、窃盗事件でした」

勝ち誇ったように即答した後、「しかし記載された住所からは、すでに転居していました」と友部が言葉を続ける。ここに来て、またしても壁に阻まれてしまった。名前だけを頼りに居所を捜すことは、いかに刑事といえども至難の業だ。

「先ほど神永警部から、監察には警戒するよう忠告を受けたばかりだ。まだ彼らが五十嵐を匿っていると思っている間はいいが、もしも逃亡中の身であると知ったら最悪の事態になりかねん」

「かといって、ＩＣレコーダーと写真を地裁に持ち込んでも、状況証拠だけでは取り合ってもらえんだろうな」

やけ気味になり室伏が愚痴をこぼす。その声は虚しい響きとなって空間を漂った。会議室に蔓延する閉塞感は如何《いかん》ともし難かった。次第に会話が途切れがちになった。誰もが沖田の次なる言葉を待っていた。これらの物証は吉良誠側に関わる証拠品ばかりだ。殺人嫌疑が五十嵐亮介に掛けられている現状では、世間の評判は警察サイドの正当性を支持するにちがいない。

「五十嵐を下手人《げしゅにん》に仕立てられたからには、悪の元凶を引きずり出さない限り濡れ衣は晴れないだろう。自分とマサやんは極道筋を探るから、残る連中は江上倫子の居場所に焦点を絞って捜索してくれ」

沖田にできる精一杯の指示だった。一つでも多くの裏付け情報を入手し、その一つ一つを精査して地裁を動かすのだ。

「くれぐれも軽率な行動は避けてくれ。もはや監察は、自浄作用なき反乱組織だ」

それにしても穏やかすぎる……不安が脳裏を過《よぎ》る。突然に電話で宣戦布告して以来、いっさい彼らは表立った行動を見せていない。不気味なほど平穏な状態が、いつまでも続くとは思えなかった。今後の行動計画を伝えられた刑事たちが、三々五々部屋を出ていく。

部屋に一人残った沖田は警察学校時代の記憶を辿った。

警察学校で初めて顔を合わせた五十嵐亮介は一点の曇りもない優等生だった。入校当初から彼とはライバル関係にあったが目指す目的は一致していた。名門大学の法学を専攻した五十嵐は、憲法・刑法・刑事訴訟法などの筆記試験を得意とし、上位五パーセントの生徒に授与される警察学校長賞の常連だった。逮捕術・柔剣道・拳銃実射などの術科で勝る沖田も、座学を含めた総合評価ではとても五十嵐には対抗できなかった。

警察学校を卒業後、八カ月間の現場経験を終えると必ず二カ月の再入校が義務付けられている。久し振りに顔を合わせた五十嵐は、すっかり逞しくなっていた。犯人逮捕歴や捜査本部での実務経験も積み、すでに二人の間には歴然とした実績差があった。

夜になると同期生が集まって、互いに卒配後の現場勤務の状況を伝え合った。将来に夢を描いて旅立った仲間たちの多くは、実務現場の厳しさを経験して音《ね》を上げていた。その中で五十嵐だけは、ただ一人怪気炎《かいきえん》を上げていた。

「将来俺は、必ず署長になってみせる。お前らみたいに志の低い人間と一緒にされては困る！」

声を掛けた仲間に、予期せぬ言葉が返った。彼の性格に変化が表われたのも、この頃からかもしれない。それ以降は誰も相手にしなくなったが、本人は意に介さなかった。これを機に五十嵐は、同期生の間では異質な存在として映るようになった。

警察学校時代のお前は、どこに行ってしまったんだ……深夜、埃の舞う廃墟で彼を殴った時の痛みが沖田の拳に蘇る。吉良の殺害犯を尋ねても、決して口を割ろうとしなかった五十嵐の態度とは対照的に、体制に媚びる彼の噂……。

教えてくれ、いつからお前は魂を売り渡してしまったのだ。今、お前はどこでなにをしているのか。沖田は無意識のうちに、左手の古傷にそっと触れた。


中部署の前で反町と別れると、久し振りに飲み屋街をそぞろ歩きした。早い時間に仕事から解放されることはめずらしく、たまには一人で飲みたい気分だった。

江川町《えがわちよう》通りを抜けて、呉服町に差し掛かった。パルコと伊勢丹ビルが並ぶ、静岡市最大の繁華街がひろがる。道路一本隔てた通りが両替町。周辺一帯は歓楽街と飲み屋が軒《のき》を連ねている。夜のネオンが目に沁みた。

極彩色の看板が並ぶ路地に、血走った目つきの黒服たちがたむろしていた。地下に通じる階段脇には、太腿を露《あら》わにしたミニスカート姿の娘たちが煙草を燻らせている。路地を抜けて国道に面した広い通りに出た。沖田は縄暖簾《なわのれん》の連なる一角を目指した。道路に面した換気扇から噴き出す匂いが食欲をそそる。

小さな居酒屋を見つけて格子戸を引き開けた。勤め帰りのサラリーマンでごった返している。騒然とした店内には、あらゆる食べ物の匂いが入り混じっている。焼き物を肴に冷酒を一気に呷った。キレの良い純米酒が空腹に滲《し》み渡る。

沖田以外に一人客はいない。久し振りにゆったりとした時間が流れる。家で待つ家族を想うと、寄り道して酒を飲むことに罪の意識を感じる。妻への手土産に、店特製の梅酒二合瓶を買った。カウンターに据えられたテレビでは総裁選のニュース映像が流れている。笑顔で記者会見に応じる新しい総理大臣の顔が画面に大映しになる。次の瞬間、道行く人への街頭インタビューへと画面が切り替わった。

いくら飲んでも酔いが回らなかった。さらにグラスを重ねた。ぼんやりとテレビを眺めていると、気付けば二時間の時が流れていた。立ち上がろうとすると、グラリと視界が揺れた。椅子に凭《もた》れて体を支える。四合飲んだところで店を出た。

ムッとした熱気が体を包み、アルコールで上気した顔に薄っすらと汗が浮く。江川町通りを戻って青葉公園沿いの道を駅に向かった。マンションが林立する静かな住宅街に差し掛かった。時刻は十一時を少し回っていた。人通りが途絶え、酔っ払いがベンチに横たわっている。

遠くからギターの音が微かに聞こえた。心地良い酔いが頭の芯を痺れさせる。景色が揺れて、足取りが覚束《おぼつか》ない。背後に微かな人の気配を感じた。沖田が立ち止まると足音も止まった。尾行されている……背筋を悪寒が走った。

「沖田誠次だな!」

しまった……と思った時には手遅れだった。男たちの攻撃は素早かった。視界を影がよぎり、強烈な衝撃が後頭部に伝わった。眩暈《めまい》がして上半身が前方によろめく。振り返りざまに沖田は、手土産の梅酒ボトルを振り下ろした。瓶が破裂する音と同時に、ギャッという叫び声が夜の公園に響く。奇声に驚いた酔っ払いがベンチから跳ね起き、額から血飛沫を上げた男が路上を転げ回っている。

「貴様、何者だ！」

見上げると、さらにもう一人の男がいた。水銀灯の陰になり顔が見えない。無言のまま、ニヤついている。反撃しようと立ち上がった刹那、勢いよく特殊警棒を振り出した。ガチャリと、警棒がロックされる金属音が響く。丸腰の沖田は咄嗟に相手の向こう脛を蹴り上げた。男はよろめきながら正面に向き直り、警棒を振り上げて身構えた。

特殊警棒は刃物に匹敵するほどの武器だ。全力で振り下ろせば、人間の腕など容易に骨折させることが可能だ。沖田が躊躇している隙に、警棒が肩に振り下ろされた。生木を裂いたような不気味な音が響く。続いて足蹴りが沖田の顔面に炸裂した。

間髪を入れずに相手の二度目の攻撃が脇腹を抉《えぐ》る。体がくの字に折れ曲がり、翻筋斗《もんどり》打って足元に蹲《うずくま》った。饐《す》えた臭いが鼻先をかすめた直後に、胃袋の中身を一気にぶち撒《ま》けた。猛烈な臭気と共に未消化の食べ物が路上に広がる。沖田は朦朧《もうろう》とする意識の中で顔を上げた。遥か前方に負傷者に寄り添って歩く二人の後ろ姿が見えた。

沖田は再び、その場に横たわった。腹部に激痛が走り動くことができない。次第に意識が遠退いていく中で、救急車を要請する通行人の声が微かに聞こえた。

21

深い眠りの底から聞き慣れた声が聞こえてくる。

頭が重く、動くたびに全身に激痛が走る。薄目を開けると、真昼の陽射しが眩しい。いったい、ここはどこだ……。記憶の混濁が沖田を襲う。次第に自分の置かれた状況が頭の中で整理され、人の気配のする方向に視線を向けた。

「訓示を垂れた本人が、このザマじゃ格好つかんで」

見舞いに訪れた反町が、開口一番に軽口を放つ。腕には点滴針が刺さっている。鎮痛剤だろうか……。

「それにしてもひどい目に遭《お》うたな。で、診断結果は、どうだったんや？」

「鎖骨の亀裂骨折と左第十二肋骨の骨折だ。テーピングだけで済むらしいから心配はない」

沖田は通行人の通報により、救急車で静岡市立病院に運び込まれた。市立病院は駿府公園を挟んで、県警中央署とは目と鼻の距離だ。

「誠やん、奥さんは入院したことを知ってるんやろな？」

「救急隊員の連絡を受けて、息子と駆け付けたよ」

「なんと言っても、やはり夫婦やな……」

ベッド・サイドの生け花を目にした反町が応ずる。

「怪我の功名というが、息子には無様な姿を見せてしまったよ」

「まだ見舞いに来てくれるだけましやで、わしは相方に入院されて商売あがったりや」

カーテンの引かれた隣のベッドからは、音量の絞られたテレビが聞こえる。病室内に妙な声がするのは、麻酔の切れた入院患者の呻き声だろうか……。

「マル暴の連中には、くれぐれも見舞いに来ないよう伝えてくれ」

頭部に包帯が巻かれ、胸部をベルト固定された沖田が照れ隠しに笑う。

「相手の凶器は、なんやったんや？」

「スライド警棒の振り出し音が聞こえたが……」

胸の固定帯に触れながら、当夜の出来事を回想する。

「まちがいなく警察官《サツカン》やな、極道のお礼参りやったら匕首《ヤッパ》が相場やろ。今ごろは殉職者扱いで二階級の特進や、惜しいことしたな」

「そこまで心配してくれるとは、さすが相棒だな」

精一杯の皮肉を言っても、本人はどこ吹く風だ。

「わしを飲みに誘っていれば、誠やんも怪我せずに済んだんや」

首を動かすたびに、頭の芯がズキリと痛む。

「デカ部屋で耳にしたんだが、昨夜《きのう》は風間にも行確《こうかく》がついたそうやで」

「まさか……」

「早めに気づいて、撒《ま》いたみたいや」

「マル暴メンバーを尾行して、五十嵐の所在を突き止めるつもりだ。いよいよ相手は、形振《なり》構わぬ行動に出てきたな」

「おもろくなったな。俄然、わしはやる気になったで」

眉間に皺を刻み、唾を飛ばして反町が吠える。整形外科病棟は六人部屋だった。見舞い客は殆んどなく、反町の大きな地声に病室内の患者が聞き耳を立てている。

「マサやん、屋上で話をしないか」沖田が反町を誘い出す。

「そうやな、ここじゃ煙草も吸えんで」

最上階でエレベーターを降りると、正面にランドリー・スペースがあった。奥から忙しない機械音が反響する。無風状態の屋上は、天日に炙られて眩暈《めまい》がしそうだ。二人は日陰を探してベンチに腰を降ろした。沖田はマルボロ、反町はロングピースを銜えて火を点ける。二日ぶりの喫煙に視界がグラリと揺れ、ニコチンが身体中を駆け巡る。

「署に戻ったら、手分けして市内の整形外科を探ってくれないか。もしも頭部に裂傷を負った受診者がいたら、身元を洗ってくれ」

「ほな早速、手配してみるで」と言い終えた時、反町の携帯がけたたましい着信音を告げた。発信者も確認せずに受信ボタンを押す。

「えっ、ほんまかいな！」

電話からの連絡に、反町がただならぬ声を上げた。

「ちょうど今、会《お》うてるところですわ……」と言って、慌てて沖田に携帯を差し出す。

「デカ長からや。誠やんと、直接に話したいそうや」

反町の表情に悪い知らせを予感した。

「いいか沖田、心して聞いてくれ。たった今、五十嵐亮介死亡の知らせが届いた」

神永は事実のみを伝えて黙り込んだ。一瞬、電話口から届く言葉の意味を理解しかねた。最悪のシナリオに怒りの感情すら湧き起こらない。

「……死因はなんです」

状況が把握できぬまま、無意識に言葉が口を突く。

「まだ、詳しいことはわからん」

「場所は、どこですか？」

「東静岡にある長沼の路上らしい。早朝、新聞の配達人が発見したそうだ」

沖田はあらゆる可能性について想像を巡らせた。五十嵐が初めて学校長賞を授与された時の笑顔が脳裏を過《よぎ》る。喜色満面の笑みを浮かべていた五十嵐亮介……。その五十嵐が、すでにこの世にいないとはとても信じられなかった。徐々に怒りが込み上げる。

互いの息づかいが聞こえ、二人の間に僅かな沈黙の時が流れた。

「詳細がわかり次第、随時、連絡を入れる。携帯の電源は常に入れておいてくれ」

神永は一方的に言い終えると連絡を断った。反町は顔を摺《す》り寄せて、二人の会話に聞き耳を立てていた。そして話が終わるのを待って、「わしは現場に直行するさかい、これで失礼するわ」と言い残して立ち上がった。

「俺も同行するぞ、この目で確認するまで信用できん」その声に反町が振り返る。

「無茶言うな、入院中やで」

「こんな緊急事態に、病院でおとなしく寝ていられるか！」

沖田は相方の制止も聞かずに着替えを済ませると、裏口から無断退院を決行した。


現場は静岡鉄道清水線の長沼駅から車で五分ほど走ったところだった。全国有数のホビー・メーカー工場の広大な敷地を過ぎると、低層建築の街並みが続く。郊外の一本道を走り続けると、遠方に人集りが見え始めた。五十嵐の亡骸《なきがら》は、その住宅街の一角で発見されたのだった。

人混みに近づくと片側車線を通行止めにして、三台のパトカーが停車していた。

沖田が駆け付けた時にはすでに規制線が張られ、地域課と鑑識課員のほかに捜査一課の刑事たちが現場検証をしていた。その外側を近所の住人たちが取り囲み、彼らを整理する制服警官たちの姿も数多く見られた。さすがに、まだマスコミ関係者の姿は見られない。

目の前のブルーシートが被せられている一角に目を向ける。見慣れた光景とはいえ心穏やかではいられない。シートの下に五十嵐亮介が横たわっているとは、とても信じられなかった。

目の前の覆われたシートを取り除くと、仰向けになった男の横顔があった。生から見放された五十嵐の顔は、薬物に冒され憔悴し切った表情をしていた。悔し過ぎて涙も出なかった。その死に顔には絶望とか苦悩から解き放たれた、深い諦念《ていねん》からくる静謐《せいひつ》な悲哀が感じられた。亮介……絶対に、このままでは終わらせないぞ……。

警察手帳を返す覚悟はできている。もしも退職に追い込まれたら、必ず奴らも道連れにしてやる！　その時、笛の音が鳴り響いて人の輪が乱れた。パトライトを灯した一台のワゴン車が人混みの中に割り込んだ。急行した移動交番車だった。スモーク・シールが貼られていて内部の様子を窺うことはできない。

車内から県警本部の関係者たちが現われた。その中には、明らかに検視官と思われる人物もいた。シートを剝がして遺体に一瞥を投げると助手に向かって搬入を促す。硬直した遺体をストレッチャーに載せると、ワゴン車の中へと納めた。

「手際が良すぎるとちゃうか」

一連の作業を目にした反町が小声を洩らす。

「野郎、落とし前は必ず付けてやる……」県警本部関係者を睨んで沖田が呟く。

「誠やん、極道の魂が乗り移ったみたいやな」

反町に返事もせず、沖田はワゴン車のドアが閉まるのを見つめている。車は赤色灯を点灯すると、人混みを掻き分けて走り去った。制服警官が野次馬を整理しようとするが、状況を吞み込めない市民たちは一向にその場を離れようとしない。

増え続ける人の波は、次第に大きく道路にはみ出している。その中に一人、涙を流して立ち尽くす女性の姿を沖田は見逃さなかった。外見はワンピースにサンダル履きだが、明らかに周囲の見物人から際立って見える。沖田は遠目に眺めていたが、しばらくして目が合うと声を掛けた。

「失礼ですが、江上倫子さんではないですか？」

その声に女は、慌てて涙を拭く仕草を見せた。

「やはり、そうですね」女が小さく頷く。

「私は刑事二課の沖田誠次と申します」

女は沖田の身元を知って安堵の表情を浮かべた。そして五十嵐亮介との関係を尋ねられると、消え入るような声で語り始めた。彼女の説明によると、最近になり突然に五十嵐が訪問してきて一緒に暮らし始めたという。女はその後、彼との生活ぶりを語ったが、意外だったのは次の一言だった。

「実は私の住まいは、この近所なんです」

女の視線の先には、五階建てのマンションがあった。

半信半疑のまま、沖田と反町は彼女の住まいを訪れることにした。ワンルームの部屋の中は、予告もなく五十嵐が転がり込んだ事実を如実に物語っていた。あらゆる生活用品が、足の踏み場もないほど散乱している。テーブルの上には使い掛けの注射器や吸引機が無造作に置かれ、それに気づいた倫子が「あっ」と小さな声を上げた。

「派手な現場やな。ガサ打ちやったら、宝の山やで」

室内状況をひと目見た反町が、驚きとも呆れともつかぬ言葉を洩らす。絨毯には血糊のような赤ワインの染みが広がり、部屋中に甘い香りが漂っている。

「ご丁寧に手錠まであるで。シャブは五十嵐に仕込まれたんかい？」

女が恥ずかしそうに無言で頷く。

「亮ちゃんは、三日前にマンションを出て行ったきり戻って来なかったんです」

ここまで言って、女は急に泣き崩れた。

「行き先を告げなかったのか？」

「今さら隠しても仕方ないですよね」と前置きした後、「覚醒剤を手に入れてくる、と言って出掛けました」と観念したように付け加えた。

「入手先について、倫子さんの心当たりはありませんか？」

相手を刺激しないように優しく沖田が声を掛ける。

「お前に迷惑を掛けるから、と無視されました。ただ……」

「ただ、なんです？」

「帰る直前にタクシーから電話がありました」

「タクシーから？」

「私には、車の中から緊急電話をしてきたように感じられました」

「彼はなんのために電話をしてきたのでしょうね？」

沖田は疑問に感じたことをストレートに尋ねた。

「自分が家に着くまで、絶対に鍵を開けるなとの連絡でした」

五十嵐が最後に頼った女だ、嘘を吐《つ》いているとは思えなかった。

尾行に気付いた五十嵐は、自身の危険を感じると同時に、倫子の部屋が覚醒剤の使用現場になっていることを案じたのではないだろうか……。しかし意外にも彼はその場から連れ去られ、数日後には再び現場に放置されたのだ。沖田の頭の中をかすめたのは、偽装工作という言葉だった。マスコミに嗅ぎ付けられることを恐れたか、さもなくば県警内部の隠蔽力学が働いたかのどちらかだろう。

「亮ちゃんはいなくなる前、自分の生い立ちについて私に語ってくれました」

沖田は無言のまま、じっと倫子の話に耳を傾けた。

「お母さんは、政治家のお妾《めかけ》さんだったと言っていました。小さい頃から父無《てて な》し子とイジメられ、大きくなったら警察官になって見返してやると心に誓ったそうです。お母さんが亡くなってからは頼る当てもなく、全寮制の警察学校の門を叩いたようです」

初めて聞く五十嵐の過去に、沖田は我が耳を疑った。少なくとも彼は、自分の前ではエリートであることを演じ続けていた。家柄も良く国立大学を卒業した優等生……。その経歴には一点の曇りもなかったはずだ。では、なぜ五十嵐は私の前で虚勢を張らなければならなかったのか？

沖田は彼の意外な過去に困惑し動揺した。

「亮ちゃんが言い残したことは、沖田警部補のことでした」

帰り際に倫子が放った言葉に、一瞬、沖田は耳を疑った。

「もしも俺の身になに事かあったら、ここに連絡しろ……とメモ書きを手渡してくれたのです」

沖田には、まだ現実が把握できなかった。

「沖田さんはマル暴刑事さんで、警察学校の同期生だと言っていました。どんなことがあっても、沖田さん以外は信用するなとキツく言われました」

江上倫子のマンションを後にしようとした時、群衆の中に立ち尽くす彼女の顔を思い出した。

「沖田誠次」と名乗った時の安堵した倫子の表情だ。きっとその瞬間、彼女は自室に沖田たちを招き入れる決心をしたのだろう。倫子から生前の五十嵐の行動を聞いた沖田は返す言葉を失った。なぜ、それほどまで頼っていたのなら連絡してくれなかったのだ……と思うと、己の力不足が悔やまれてならなかった。


「誠やん、問題は記者会見やな。奴らがブン屋相手に、どう対処するか見物《みもの》やで」

反町から言われるまでもなく倫子の家から所轄署に向かう間にも、夏目からは幾度となく取材連絡が入っていた。沖田は携帯電話に発信者名が表示されるたびに無視し続けた。とても新聞記者から取材を受ける心境ではなかった。自分には五十嵐の死について語る資格などない……。反町の言葉どおり、その日の夕刊に掲載された新聞には意外な記事が掲載されていた。

見出しには『県警警部補、路上で不審死』の文字が躍っていた――。

〈九月二十八日未明、静岡市葵区長沼二丁目の路上で、静岡県警本部・生活安全部薬物銃器対策課の五十嵐亮介警部補（三七）が倒れているのを通行人が発見した。当初は変死体との疑いがあったが、体内から致死量のメタンフェタミン系の薬物が検出され、同時に所持品の中から五グラムの覚醒剤が発見されたため、違法薬物摂取による事故死と断定された。県警では現役警察官の不祥事に衝撃を受けるとともに、入手経路について全力を挙げて解明を急いでいる。〉

読み終えた沖田は、具体性に欠ける記事内容に夏目とは別人の文脈を感じ取った。反町は煙草に火を点けるのも忘れて、「五グラムの覚醒剤所持とは、どういうこっちゃ」と驚きの声を上げた。

「五十嵐がシャブの受け取りに出掛けたことは片桐からもウラが取れている。その後、薬物の過剰摂取で中毒死した場所が彼女のマンション前だ。しかもシャブ切れの五十嵐が持参していた物《ブツ》は全く手付かずのままだ。素人《トウシロ》が考えても矛盾だらけじゃないか」

沖田が悔し紛れに新聞をテーブルに叩き付ける。

「本部やったら押収したシャブで、小細工をするのもチョロイもんや」

「死人に口なしか……。五十嵐が消えてくれると都合のいい人物が県警内部にいることは確かだ。奴らは最初から司法の手に渡さずに、自分たちで始末するつもりのようだ」

やり場のない怒りが腹の底から込み上げてくる。

「マサやん、検視官に会いに行くぞ」

生唾を呑み込み、上目づかいに反町を見つめる。

「母屋《おもや》に乗り込むんかい?」

反町が鋭い視線で見つめ返す。

「残された突破口は、そこしかない。県警本部の全員が敵というわけでもないだろう」

「で、討ち入りは、いつや？」

「新聞に公表されたからには、今すぐ動かないと後手に回りかねない」

「デカ長の許可なく決行して、大丈夫かいな」

「まずいだろうが仕方ない」反町の逡巡《しゅんじゅん》を沖田が打ち消す。

「そやな、ここで引いたら負けや」

「神永さんを巻き込みたくない。万一、ヘタを打ったら俺たちが勝手に暴走したと言い張るしかない」

沖田には事態がどのように動くのか予想できなかった。とはいえ、刑事一人が命を落としたのだ。しかも五十嵐は、自分と将来を誓い合った同志だ。状況証拠をいくら積み重ねたところで実態を暴くことはできない。そのためには、県警中枢部の誰もが言い逃れできない決定的物証が必要だった。

戸外に出ると、お濠沿いに県警本部を目指した。垂《しだ》れ柳が点在し、水面が深い緑色に濁っている。手庇《てびさし》を翳して本部ビルを見上げた。水晶の塔のようにガラス壁面が発光している。屋上のヘリポートには一機の赤いヘリコプターが見えた。まるで焼失した駿府城に代わって城下町を見守っているようだった。

遺体安置室は、県警本部別館の地下二階にあった。

受付で警察手帳を提示すると、すぐに取り次いでくれた。検視官が不在らしく、応対に当たったのは若い検察官だった。二人の前に姿を現わした担当者は、所轄署刑事の訪問に不審を顕わにした。

沖田は故人と同期生であることを告げた。すると検察官は同情の意を示した後、皮下に打撲跡があったので当初は司法解剖を行なう予定だったことを示唆した。しかし五十嵐の体内から薬物陽性反応が確認されたことから、司法解剖に対して県警上層部から強い圧力があったという。検察官は五十嵐亮介の死について、それ以上多くを語ろうとしなかった。

霊安室には、すでに五十嵐亮介の遺体はなかった。県警本部へ搬入された当夜に遺族宅に送り出されたようだ。明後日には近親者のみで密葬が営まれるという。たとえ告別式に行ったところで、不祥事を起こした警察官の葬儀に参列する関係者もいないだろう……と沖田は思った。

22

五十嵐が江上倫子のマンション近くで失踪したことを確信した沖田は、遺体発見現場の周辺に設置された防犯カメラの解析を指示した。

現場から半径五百メートル四方には、およそ十七台、コンビニ店などを含めると約二十三台の防犯カメラが作動していたことが確認された。マンションを後にした夜、片桐と両替町で覚醒剤の授受が行なわれたのは確実だ。午後九時過ぎから、遅くとも十二時までの画像解析をすれば必ず容疑者の行動が把握できるにちがいない。沖田は、その一点に的《まと》を絞った。連日にわたる映像分析作業が続いた。

カメラ画像の収集に当たっては、覚醒剤密売現場の証拠固めという名目で県警本部に許可を求めた。モニター・チェックに取り掛かって、三日目に問題の箇所は見つかった。

時間は午後十時四十七分、場所は県立博物館の交差点手前三十メートルの地点だった。問題の動画画面を捜査員たちは食い入るように見つめた。そこには五十嵐がタクシーから降りると、背後から一台の乗用車が急接近する映像が映し出されていた。車から降り立った三人の男たちは、まるで友人でも誘うが如く手際よく彼を車の後部座席に連れ込んだ。

その時、偶然に通り掛かった後続車両のヘッドライトでナンバー・プレートが浮かび上がった。停止画像に切り換えて拡大し、ナンバーをメモ用紙に書き留める。発進直前の一瞬の出来事だった。

「至急、ナンバーを照会してくれ！」

誰ともいわずに、沖田が命令する。

「照会センターに問い合わせると、記録が残って足が付きますよ」と風間が忠告する。

「風さん、なにを今さらビビッとるんや。そんなもん、関係あるかいな」と反町が怪気炎を上げる。

案の定、画像に映っていたナンバーは県警本部に登録された捜査車両だった。

「マサやん、腹を切る覚悟はできているか」

「なんや、藪から棒に？」

「五十嵐の弔い合戦だ。このままじゃ、奴も浮かばれんだろう」

そう言って沖田は奥歯を噛み締めた。

「その言葉を、ずっと待ってたんや」頬を隆起させて、吐き捨てるような鋭い声が返る。

「いよいよ、本丸に乗り込むんやな」

「その前に、準備しておきたいことがある」ふっと、気の抜けた言葉を返す。

「万一の保険だ。詳しいことは、その時になったら伝える」

沖田は決意表明したものの、どこから切り崩すかは皆目見当がつかなかった。確実にいえることは、暴力犯係という一セクションが立ち向かうには相手の存在はあまりにも大き過ぎた。


見渡す限りの大海原《おおうなばら》が広がっていた。視界を遮るものは、なにひとつ見当たらない。沖田が夏目美波との密会場所に選んだのは、人目を気にする必要のない遠州灘海岸だった。人影は殆んどなかった。時折視界に入るのは、波打ち際で遠投を繰り返す釣り人のみである。

「頭の怪我は、どうされたんですか？」

消毒布を貼られた頭部を見た夏目が驚きの声を上げる。

「そんなことより、お夏さんの耳に入れたいことがあって来てもらったんだ」

沖田の逼迫《ひっぱく》した表情から五十嵐関係の事案であることを彼女は直感した。

「絶対に公表しないことが条件なんだが、約束は守れるかな？」

「いくら警部補の頼み事でも、内容を聞かせてもらわないことには……」

夏目の発言は新聞記者として当然だった。

「我々は今、警察組織の腐敗と闘っている」

自分たちの行為は蟻が象に挑むようなもので、とてもマスコミのバック・アップなしでは勝ち目はない……。沖田はマスコミに協力を求めた経緯について包み隠さずに夏目に説明した。

「五十嵐の死には生安部が絡んでいる。記者会見での発表どおり、五グラムの覚醒剤を得るために奴は両替町に出向いている。薬物の過剰摂取による死亡と発表されたが、入手した覚醒剤には全く手を付けていないんだよ」

「それは妙な話ですね」髪の乱れを気にしながら彼女が相槌を打つ。

「遺体発見場所にも不自然な点が多い」

「確か、葵区の長沼でしたよね」

「五十嵐は逃走以来、江上倫子という女の許《もと》に身を寄せていた。そして死体となって発見されたのも彼女のマンション近くだ」

「おっしゃる意味が理解できないのですが……」

夏目が控えめに疑問を呈する。

「いずれ事実関係は明らかになるだろうが、ほぼ同じ時期に自分も尾行され妨害行為を受けたよ」

「えっ、警部補がですか？」

「上層部の圧力で自分が職を失うのは構わないが、部下を同じ目に遭わせるわけにはいかん。もしも我々が不当処分を受けたら、事実を新聞でスッパ抜いてほしい」

沖田が本来の目的を告げると、痛々しく包帯の巻かれた頭部を夏目が見つめた。

「私たちにも社会的な責任があります。それなりのネタさえいただければ協力は惜しみませんが……」

「マスコミに協力を求めるからには、当然、確実な裏付けは提供するつもりだ」

警察官になって初めて沖田は報道関係者と裏取り引きをした。刑事が職務上で知り得た秘密を漏洩することは守秘義務違反に抵触する。しかし免職さえ覚悟すれば、なにも恐れることはない。

かつて五十嵐はヤクザに内部情報を流すことで多額の金と薬物を入手していた。その情報操作により、ことごとく暴力犯係は冷や飯を食わされてきたのだ。その行為に一矢報いるためにも、自分たちは結束しなければならなかった。そしてやっと五十嵐の尻尾を摑んだ時には、出世を餌に彼に不法捜査を強制する上司の実態が明らかになった。

沖田たちが裏事情を知った時には、すでに手遅れだった。出世のために危険を冒した挙げ句、薬物中毒になった一人の憐れな男がいた。五十嵐は利用価値がなくなると同時に警察組織の威信を保つための捨て石にされたのだ。

事件取材でも口の堅かった刑事課からの裏情報に、夏目は動揺した。しかも相手は暴力犯担当の警部補である。暴力団抗争の最中にマスコミが警察の内部問題を暴いたら、どのような社会的な混乱が巻き起こるだろうか……。突然の沖田からの申し出に夏目は戸惑った。この問題を公にするからには、決して自分も無傷ではいられないと思った。

夏目は東海新聞に匿名電話が入った時のことを思い出した。

迷わずに夏目は沖田を頼った。事の始まりは沖田に相談を持ち掛けた自分にあったのだ。そしていまだ解明されない吉良の死の真相……沖田警部補は、今、進退を賭けて組織の腐敗と闘おうとしている。苦悩する彼を目前にして、夏目の決意は固まった。


沖田が県警本部に乗り込むための足掛かりを準備している時、ある人物から連絡が入った。聞き覚えのある声の主は、黒岩組の藤木政志だった。用件は会ってから伝えるので組事務所まで足を運んでほしいという。その緊張した様子に取るものも取り敢えず、黒岩組のある駿河町へと向かった。

事務所前にタクシーを乗り付けると、待ち構えていた若い組員たちが出迎えた。

「ご苦労さんです。若頭が応接室でお待ちです」と一礼する。

一階の事務所には異様な雰囲気が漂っていた。非常招集された組員が総出で出迎えた。

彼らの視線が一斉に沖田に注がれる。何事があったのかわからないまま奥に通された。応接室の扉を開けて部屋の内部を注視する。正面デスクには、新しく若頭ポストに着任した藤木が座っていた。

足元に土下座する男の両脇には、二人の舎弟が不動の姿勢で直立している。

「誠次さん、呼び付けて申しわけない。どうぞ、中へ……」と顔を見合わせた藤木が詫びる。言われるままに部屋の奥に足を踏み入れた。藤木の目配せで湯茶の準備のために側近の組員が退席した。

「今日ご足労《そくろう》願ったのは、この野郎を引き渡そうと思いましてね」

藤木が目前に跪《ひざまず》く男を見下ろす。俯いているために相手の顔を見ることができない。

「こら、面《ツラ》を上げんかい！」

屈強な舎弟の一人が、手加減せず顔面を蹴り上げる。その勢いで男が仰向けに倒れ込む。頬が赤黒く変色し、唇が裂けて鼻血が流れている。その醜く腫れ上がった顔は紛れもなく、梶村拓也だった。

「これでやっと、誠次さんに顔向けができますよ」

そう言って藤木が笑みをこぼす。

「よくぞ、見つけ出せたもんだな」

「わしらの棲《す》む世界は広いようで狭い社会でね。絶縁状《チラシ》が回った広島系列の組織から通報が入ったんですわ」

梶村は頭を垂れたまま、二人の会話に聞き耳を立てている。鼻血が滴り落ち、指先が小刻みに震えている。

「拓也、吉良を殺《や》ったことを刑事さんに白状しろ」

藤木の言葉に反応した舎弟が髪の毛を鷲摑みにする。梶村の目は虚ろだ。

「おい、指を落とさんと若頭《かしら》の言葉が聞けんのかい！」

再び、舎弟の片方が襟首を締め上げて顔面に正拳を繰り出す。

「そのくらいにしておけ」

見かねた藤木が制止する。

「自分が吉良をバラしました」蚊の鳴くような小さな声が耳元に届く。

「なぜ殺した、同じ黒岩の身内じゃないか？」沖田が問い詰める。

「いい、上がりの使い込みがバレた上に金庫を持ち出すところを見つけられて、ついカッとなって……」

デスクの上には、蓋が開いたままの金庫が置かれている。どこにでもあるスチール製の手提げ金庫だ。

「この中に現ナマのほかに、なにがあったと思いますかい？」

目配せして藤木が見つめる。

「チャカ以外には考えられんが……」

沖田の返事を耳にして金庫から一丁の拳銃を取り出した。警察が血眼《ちまなこ》になって捜しているニューナンブの密造銃だった。

「もしも殺しに使われた道具《チャカ》だったら、その価値は計り知れませんね」と言って藤木が意味ありげな笑みを浮かべる。首ありの密造銃が摘発されれば、県警中が騒然となることは確実だ。しかも所持者が殺人犯となれば想像もつかない事態に陥るだろう。

「梶村を連れ出せ。大事な預かり者を、これ以上傷付けるんじゃないぞ」

藤木の命令で男たちが梶村を部屋の外に引き摺り出した。

「誠次さん、梶村の野郎は自首したことにしてください。厄介事はご免ですからね」

二人だけになるのを待って、藤木が申し出る。すでに梶村は絶縁者かもしれないが、殺人犯の元所属団体となると使用者責任の罪を問われかねない。藤木の申し入れは当然だった。

「梶村の身柄《ガラ》はありがたく受け取るが、顔の傷はまずかったな」

極道世界では規律を乱した者は渡世の習わしにより制裁を下される。その独自性こそが任侠道を一般社会から隔絶して持続できた要因なのだろう。

「刑事さんが可愛がったことにすれば問題ないでしょう。しょせん、相手は人殺しですわ」

こともなげに藤木が言い放つ。

「やはり、政志に頼んだ甲斐があったな。これで五十嵐の無念を晴らすことができるかもしれん」

「でも五十嵐の旦那は、誠次さんたちを売った張本人でしょ？」

腑に落ちない様子で藤木が尋ね返す。

「当初は、我々も目の敵《かたき》にしていた。しかし実態を暴いてみると、裏で彼を操る黒幕がいることが判明した。なんとしてでも、その連中をお天道《てんとう》さんの下に引き摺り出さないと気が済まないんでね」

「誠次さんも、相変わらずだな。下手するとクビになりますぜ」

「その覚悟はできているさ」

沖田と藤木は、刑事とヤクザである前に互いに心を許した仲だ。その立場を越えた男の関係こそが、今日まで親交が続いた証なのだろう。

「もしもの時は、遠慮なく声を掛けてください。いつでも特別待遇で身内に受け入れる用意がありますから……」

藤木の冗談を沖田は軽く受け流した。梶村の身柄を確保できたことで、五十嵐の置かれた立場を立証できる可能性を得たことは確かだった。

「ところで、この金庫の中身を、どうしたものかと思いましてね」

そう言って手提げ金庫から、〈備忘録〉と書かれた帳面と電卓、印鑑、そして透明ケースに納められた一枚の写真を取り出した。写真を目にした瞬間、沖田の全身に感電したような衝撃が走った。

色褪せた警察学校の卒業写真……それは瞬時にして彼を撮影した当時へと引き戻した。紅白の横断幕が張られた体育館には、五十一期生全員が整列していた。壇上には県警本部長賞を授与される五十嵐亮介の姿があった。背後には次席として学校長賞を受賞した沖田ほか二名が控えている。

この頃は誰しも希望に燃えて前途洋々としていた。肩口から金モールを掛けて直立する姿は、初々しくあまりにも眩しかった。五十嵐と沖田は、常に成績上位者として競い合った仲だった。卒業まで後塵を拝し続けた沖田は、一度として彼に背中を見せつけることはできなかった。この一枚の写真に思い出をしたためていた五十嵐は、もうこの世にはいない。

「ひとつ、頼みがあるんだが……」と言って、じっと腕組みをする藤木を見つめた。

「梶村を明日まで預かってもらえないかな」

「一向にかまわんが、理由はなんです？」

「自首させるのもいいが、それなりのシナリオを考えないと一課の連中と話がこじれるんでね」

「組としてのケジメは済んだので、後は好きにしてください」藤木が快く応じる。

「誠次さん、これでお互いに貸し借りなしですぜ」

渡世上の義理を果たした男が、喜色満面の笑みを浮かべた。

23

梶村拓也を連行した翌日の朝刊一面には、次のような記事が大きく掲載された。

〈十月十五日十一時に吉良誠殺人事件の実行犯として、元暴力団組員・梶村拓也容疑者（三一）が静岡県警本部に自ら出頭した。本件は今年九月十九日、清水港にて吉良誠さん（二六）が射殺体で発見されたが、犯人が特定できないまま捜査が続けられていた。県警は自首した梶村容疑者が所持していた拳銃の線条痕と、被害者の体内から発見された弾頭とが一致したため、同日十九時に吉良誠殺人犯と断定して逮捕した。なお、出頭時に梶村容疑者が所持していた銃器は、県内

での暴力団抗争で押収された密造銃と同型のものであることが判明した。〉

沖田たちが梶村を連行してからの県警本部内は、蜂の巣を突ついたような騒ぎとなった。沖田コンビが神永から呼び出しを受けたのは、梶村が刑事一課から事情聴取を受けている最中だった。一課といえば、殺人・傷害・強盗・放火などを扱い、暴力犯係とは兄弟関係にある。しかし人間関係と同様に、兄弟同士が必ずしも仲が良いとは限らない。

どこの所属部署も同じだが、刑事事件の境界線は常に曖昧模糊《あいまいもこ》としている。暴力団組員が民間人を殺す場合もあれば、逆に一般市民が暴力団員を殺害する可能性がないわけではない。各課における年間予算は事件の解決率に比例する。したがってボーダーレスな事案は、必然的に手柄の取り合いとなる。幸いにも今回の場合は、加害者と被害者が暴力団関係者であったために一課が二課に捜査権を譲る形となった。

その日の午後、沖田と反町はネクタイ・スーツ姿で駿府城公園の一角で待ち合わせた。そして綿密な打ち合わせを済ますと、県警本部ビル十九階にある警務部へと向かった。

長く続くフロアには人影もなく、深夜の病廊のように静まり返っていた。総務課・広報課・会計課・情報管理課・教育課など事務系のセクションが主流を占める警務部にあって、監察課は特異な部署だった。あえて監察課がデスクワークを主流とするフロアにあるのは、現場警察官との接触を断つためにほかならない。

もしも組織内部に好ましくない人物がいれば、身辺調査を行ない二十四時間の監視活動をしなければならない。その結果、警察官として不適格と判断されれば、減俸、停職、休職などの処罰を与え、最悪の場合には懲戒免職させることもある。とても友好的な人間関係が築ける職場ではない。

警務部の職場を訪れると、パソコンに向かっていた職員たちが一斉に顔を上げた。

二人は冷ややかな視線を無視すると、カウンターに近い女性に首席監察官との面会を求めた。大規模警察である県警本部の組織機構は、警務部の中に監察課があった。その警務部の縄張りに足を踏み入れてから常に沖田の頭から離れなかったのは、伴野の取り調べ中にかかって来た電話のことだった。

監察官を名乗る男は沖田たちの行動を掌握しているようだった。その横柄な口調からすると、立場を笠に着た中間管理職というところか……もしもこのフロアに当事者がいたら、沖田たち二人はまちがいなく別室に連行されるだろう。

沖田は、それとなく周囲を見回した。数人の男性以外は事務をする女性たちの姿が目立った。

「ええのう、涼しい職場で仕事ができて」

無神経な反町が、周囲に聞こえるような声で目一杯の嫌味をいう。築四十年を超える中部署に比べれば、県庁舎に併設された県警本部ビルは別世界のようだ。事前に面会許可を申し入れていたために、すぐに受付職員に応接室へと案内された。

窓辺に立って眼下に広がるビル群を眺めていると、細身のスーツに身を包んだ監察官の諏訪《すわ》雅《まさ》也《や》が現われた。警視正の諏訪は、警務部長に次ぐナンバー2のポストである首席監察官としてノンキャリアの頂点まで登り詰めた男だ。

諏訪は視線を合わせると、「今回の事件では、大変ご苦労さまでした」と開口一番に二人に対して労を労《ねぎら》う挨拶をした。その物静かな口調から、あの時の電話相手が諏訪監査官でないことを沖田は確信した。このことは、ずっと彼の頭から離れない不安材料だった。

「とはいっても、自首による解決では誉められたものではありませんが……」

身に余る誉め言葉に対して、心を許した沖田が恐縮する。

「相手はヤクザ者で、おまけに凶器も押収されたんだ。本部長は鼻高々だよ」

沖田は十九階の窓辺に視線を移した。視界を遮るものはなく、青空以外になにも見えない。次第に心臓の鼓動が速まる。今回の面会目的についての切り出し方に迷った挙げ句、沖田は運を天に任せて核心を衝く言葉をストレートにぶつけた。

「実は今日、諏訪監察官をお訪ねしたのは五十嵐亮介のことについてです」

一息に沖田は用件を告げた。

「やはり、その話でしたか……」

即座に反応が返ると同時に、諏訪の表情が険しくなった。チタン・フレームの眼鏡の奥から鋭く眼光が輝く。勧められるままに、二人は革張りのソファに腰を沈めた。壁には額の外された日焼け痕《あと》が残り、飾り気がない空間が広く感じられる。

「最初に断っておくが、私の裁量ではどこまで捜査内容について答えられるかわからんよ」

相手の言葉が沖田の出端《でばな》をくじく。諏訪は監察官を束ねる立場の人間だ。言動には細心の注意を払わなければ足をすくわれかねない。

「彼の名誉のために、誤った処分を正してほしいのです」

「著しく警察の信頼を貶《おと》しめたんだ、自業自得とは思わんかね」

「事実ならば仕方ありません。しかし本件は、明らかに何者かによって捜査結果が歪められています」

「そこまで言うからには、相当の自信があるんだろうな」

先方に手駒を打ち遅れているどころか、三手先まで読まれている。

「その前に、五十嵐をマークした理由を教えていただけませんか？」

「現役警官が覚醒剤を使用している噂があれば、行確がつくのは当然だろう」

「それは、どこからの情報ですか？」沖田が執拗に質問を重ねる。

「……その質問は、私に発言できる枠を超えている」

吐き捨てるような冷めた発言だった。明らかに相手は五十嵐の話題を避けている。隣に座る反町は、借りて来た猫のように押し黙っている。

「諏訪監察官、五十嵐が摘発した銃器の大半がヤラセ捜査だったことをご存じですね」

「その程度のことを知らなくては、監察官は務まらんよ」

沖田の指摘に対して諏訪は露骨に表情を曇らせる。

「では、ヤラセ捜査を強要したのが誰なのか、ご承知でしょう」

「君らは、自分の立場をわきまえてないようだな」

先手を取られた監察官が明らかに不快感を示す。

「確証があるからこそ、最高機関まで直訴に来たのです」

「証拠とは、なんだ？　根拠のない組織批判をすると、君たちも処罰の例外ではないぞ」

ポーカーフェイスにだまされるな……沖田は自らを戒めた。

「五十嵐から、上司にヤラセ捜査を強制された事実報告を受けました。その報酬として毎月十万円が彼の個人口座に振り込まれました。その後は隠し部屋に、ヤクザから買い取った首なし銃と覚醒剤の備蓄を命令されたようです」

「滅多なことを口にするんじゃない。場合によっては、君たちは来月から職安に通うはめになるぞ！」

見上げると、天井の隅にはモニター・カメラが設置されていた。きっとこの会話と映像も、極秘に録画されているのだろう。

「沖田警部補の言っていることは全て真実です。もしも彼を罰するのなら、わしも同罪ですわ」

この時、初めて反町が口を開いた。さすがに黙ってはいられなかったようだ。沖田は、さらなる一手を打った。首席監察官に有無を言わせぬ決定的な先手だった。

「監察官、これを見てください」対面する諏訪雅也の前に、沖田は三枚の写真を提示した。写真の右下には日付がプリントされている。

「五十嵐がフィリピン・パブを営業していたのは、ご存じでしょう。生活安全課は飲食店や風俗業の利権を握っています。店を経営させて利益誘導したのも、当時の上司です」

「これが、その証拠とでもいいたいのか」

「写真に写っている女性は、五十嵐が黒岩組と共同経営していた店のホステスです。そしてラブホテルから出て来た男性たちは警察関係者……。もう二人が誰か、おわかりですね」

ゴクリと生唾を呑み込む音がする。

諏訪の返事はない。視線は三枚の写真に釘付けになったままだ。

「信じられないのも当然でしょう。しかし残念ながら、証人は墓の中です」

諏訪はしばらく考え込み、やがて決心したように言葉を発した。

「見当はずれもいいところだ。五十嵐警部補の捜索命令の依頼主は、八木課長本人だと東郷警務部長から聞いている。自分に不利なことを申し出るわけがない」

「誠やん、例の録音を聞いてもらったらどや」

黙って二人の会話を耳にしていた反町が強気に転じる。

沖田が持参したバッグからICレコーダーを取り出した時、湯茶が運ばれ、一時、会話が中断する。三人は無言のまま、接待係の一挙一動を見守った。そして女性の退室を待ってレコーダーの音声を流した。

改めて耳にする吉良の電話内容には迫力があった。準構成員とはいえ、ヤクザに変わりない。自分の恋人との不倫をネタに三千万円を脅迫する脅し文句は堂《どう》に入っている。

やがて再生が終わると、諏訪は大きく深呼吸をして二人に視線を戻した。

「このことは、誰にも他言してないな」

意外な事態の成り行きに、諏訪の緊張は隠せない。

「知っているのは暴力犯係だけです」

諏訪雅也は、首席監察官としての姿勢を頑《かたく》なに崩そうとしない。

「伊吹部長の通話相手は吉良誠で、その後、奴は射殺死体となって清水港で発見されました。五十嵐の証言では〈セクシーレディー〉の売り上げが、裏金として一部の人間に流れていたようです。この件については、自首した梶村を叩けばウラが取れるはずです」

「少し拙速《せっそく》すぎないか。この程度で上層部を疑い始めたら我々の立場が苦しくなる。決定的な証拠があれば別だが、状況証拠を積み上げたところで県警の管理職を挙げることなどできんぞ」

表向きは強気を装っているが、テープの音声を聞いてから動揺の色は隠せない。

「フィリピン女性との関係は言い逃れできないはずです。もしも金銭の授受があれば買春罪が成立しますし、不倫行為は明らかに服務規程違反に当たります。伊吹部長の不倫相手は樋口未映子という女性です。この音源も彼女自らが持ち込んだものです」

「筋が通っていないな……その女性は不貞を働いていたわけだろ？」

「殺人となれば話は別です。彼女は吉良の死に不審を抱いていますし、必要とあらば証言させることもできます」

諏訪の説明によると、五十嵐亮介を行動確認するに当たり、不祥事が外部に洩れる前に身柄確保せよとの命令があったようだ。逮捕後には生活安全部の伊吹部長から身柄の引き渡し要請があったという。

理由は薬物銃器対策課独自で事情聴取したいとの申し出であった。諏訪が東郷部長の許可を得て、一両日の条件で身柄を引き渡したところ、あの忌まわしい変死体となって発見されたのだった。

「五十嵐が発見された時、五グラムの覚醒剤を所持していたことはご存じでしょう?」

「当然、その報告は受けている」

「あの夜、彼が確保されたのは二十二時四十七分。現場は県立博物館の交差点前です。これについては我々も防犯カメラで確認いたしました」

「さすが二課だ、抜かりがないな」お茶を飲もうとする沖田に言葉が返る。

「通常逮捕であれば、当然、所持品検査をしてブツは押収するでしょう。しかし、変死体で発見された時にも覚醒剤を所持していました。どう考えても納得がいきません」

「奥歯に物が挟まったような言い方をしないで、はっきり言ったらどうだ」諏訪の語調が、さらに険しくなった。

「彼は変死体で発見された時、入手したシャブに手を付けていません」

「言っていることが、理解できんな」

諏訪の言葉を鵜呑みにするほど甘くない。沖田は彼の微細な表情を窺いつつ、慎重に言葉を重ねた。

「シャブ切れした五十嵐は、九月二十五日夜に黒岩組の片桐徹という男から五グラムの覚醒剤を手に入れました。江上倫子の証言によれば、その帰りに彼は何者かに身柄を拘束されたようです。そして遺体で発見された時も同様に五グラムの覚醒剤を所持していました。ということは、シャブの過剰摂取による事故死というマスコミ報道とは辻褄《つじつま》が合いません」

ひと息に沖田は話し終えた。諏訪の反応は返らない。

頬杖をついたまま、じっと黙って書棚の一角を見据えている。

「検視官の話では、五十嵐の体にはかなりの打撲痕があったということですわ」

突然に反町が会話に割り込む。検視結果には触れずにおきたかったが手遅れだった。

「打撲についての詳細はわかりかねますが、薬物反応が陽性だったために司法解剖を取り止めたようです」

沖田の言葉に、諏訪の表情に緊張が走る。

「君らには随分と後塵を浴びせられてきたが、出任せばかりでもなさそうだ。しばらく時間がほしい。これだけは言っておくが、五十嵐元警部補が覚醒剤中毒者だった事実だけは曲げられんからな」

諏訪首席監察官は厳しい口調で言い放った。そこには国家から地方警察の監視を託された者としての矜持《きょうじ》が感じられた。

「自分には、生前、奴が言い残したことが忘れられません」

たまらずに、沖田は言葉を返した。それは殉職者扱いされない警察官の叫びだった。

「五十嵐は日ごろから、チャカを持って来い！　ノルマを達成しろ！　と上司から無謀な捜査を強いられていたようです。ヤクザから拳銃を手に入れるためには、それなりの軍資金が必要となります。摘発へのプレッシャーとヤクザに対する恐怖心から逃れるために、押収した覚醒剤の力を借りるしかなかった……と本人は洩らしていました。その精神的な重圧は、自分たちのように極道相手の現場を経験した者でないとわからないでしょう」

五十嵐の刑事としての転落人生には、耐えられない苦悩からの解放があった。迫りくる不安を振り払うように、捜査協力者たちと寝食《しんしょく》をともにし覚醒剤に溺れていった。五十嵐はヤクザ者に対抗して派手な生活を自己演出した。その虚勢の裏側には、いつも鬼気迫る恐怖が張りついていたにちがいなかった。

監察課を去ろうとした沖田を、この世に未練を残した五十嵐の怨念が追いかけて来るような気がした。首席監察官に会えたという千載一遇のチャンスに、自分は全ての事実を相手に伝えることができたのか……。沖田の足取りは重かった。この機を逃せば、自分たちのような平刑事に直訴できるチャンスはないだろう。

一方、沖田から事件の真相を聞かされた諏訪には忸怩《じくじ》たる思いがあった。もう一度、墓を掘り返さなければならないのか。そして、棺の蓋をこじ開けて遺体に真実を語らせるべきか……。彼の心を動かしたのは沖田の訴えではなかった。監察官トップの地位にありながら、警察内部で起きた殺人疑惑を曖昧にしたくないという強い信念からだった。

諏訪は一人悩んだ挙げ句、ある決意をした。携帯電話からある男の番号を呼び出すと、通話ボタンを押した。

24

胸ポケットの携帯が震えた。電話口から聞こえて来たのは諏訪監察官の声だった。沖田は姿勢を正すと、緊張して相手の声に聞き耳を立てた。

「あれから君たちの訴えについて私なりに考えてみた。もしも本当なら取り返しのつかない不祥事だろう。私としては信じたくはないが、是が非でも解明する必要がある。本来、これは監察課の仕事だ。しかし直訴した君たちに、我々を説得できる判断材料を提供してほしい。いくら監察でも管理職の摘発となると、君たちが考えているほど簡単ではない」

「実は以前、私宛てに脅迫電話がありました」

「脅迫電話とは、穏やかではないな」

沖田からの意外な発言に、諏訪が問い返す。

「電話の相手は、自らを監察の人間だと名乗っていました。私たちが五十嵐を匿っていると勘ちがいしていたのでしょう。一刻も早く引き渡さないと服務規程違反で退職処分にすると言い渡されました」

「そのような話は初耳だな」

諏訪の驚きの声が受話器を通して耳元に届く。

「どうしても汚職刑事の手助けをするのなら、私たちを組織から排除すると脅されました」

「私の部下が先走ったのなら申しわけないことをした。警察官の綱紀粛正を図るのは我々の任務だ。沖田警部補への電話を含めて、この一件に関しては監察課として徹底的に追及してみよう」

「ありがとうございます、これも首席監察官にお時間をいただけたお陰です。では我々に、今後の行動を具体的に指示してください」

諏訪からの一本の電話は沖田を勇気づけた。

この期《ご》に及んでは、もはやマル暴刑事たちが解決できる事案ではなかった。五十嵐の雪辱を果たすという己の信念のために、部下が職を失うことだけは避けなければならない。後は、諏訪を信じて最善を尽くすしかなかった。

「今後は日常業務に支障が出ない範囲で、伊吹部長と八木課長の行動確認をしてほしい。神永警部には私の方から伝えておこう。東郷警務部長にも、事実関係が明らかになり次第に報告するつもりだ。もしも摘発に失敗すれば、私は良いとしても中央省庁からの出向者に恥をかかせることになる」

諏訪の言葉に沖田は並々ならぬ覚悟を感じた。それほど、今回の沖田たちの告発が衝撃的だったのだろう。上下関係が絶対的な警察社会において、上官への謀叛《むほん》はただそれだけで懲戒免職に値する。その覚悟を沖田は諏訪に感じていた。

すぐに沖田は部下を集めて、伊吹部長と八木課長の銀行口座の入金状況を調べさせた。物的証拠を得るための第一段階だった。

すると五十嵐の言葉どおり、毎月末になると不明金が八木の口座に振り込まれている事実が判明した。ある月は十数万円であったり、また多い月には三十万円を超えることもあった。送金元は特定できなかったが、中には不正摘発した薬物銃器に対する奨励金なども含まれていた。

身内の捜査は慎重を極め、その都度、諏訪監察官の指示を仰いだ。まして対象者は、県警本部の警視クラスだ。上級管理官の銀行預金を調べるには細心の注意を払わなければならない。事前に五十嵐から知らされていた空出張費についてはすぐに判明したが、それ以外の入金が予想以上に多かった。

「梶村、五十嵐刑事と覚醒剤の流れを話してくれれば、今回の業務上横領については捜査を握《不問》ってもいいぞ」

留置中の梶村拓也が異例の呼び出しを受けたのは諏訪監察官の独自判断だった。諏訪は辛抱強く沖田の取り調べを見守っていた。当初はあくまでも中立的な立場を取っていたが、次第に沖田たちの言動に信頼を寄せていった。

突然の警務部からの呼び出しに、梶村は当惑した。殺人事件で自首したにもかかわらず、覚醒剤密売容疑の事情聴取に納得がいかないようだ。

「取り調べでは全て吐きました。これ以上、なにが知りたいんですか?」

梶村は自分の置かれた立場を理解できないでいる。

「実は、力を貸してもらいたい」

「なんですか、急に改まって……」

彼の驚きは尤《もっと》もだった。殺人容疑で勾留中に刑事から頼み事をされれば当然だろう。

「五十嵐の死に関わる重要なことだ。かつて彼からシャブを買わされたことがあったか？」

「冗談でしょ。刑事がシャブの密売《バイ》をしていたなどと言ったら、旦那たちになにをされるかわかりませんよ」

「五十嵐がシャブ中だったことは俺たちも承知の上だ。お前に教えてほしいのは、実際に奴が密売に絡んでいたかだ」

梶村は眉ひとつ動かさず、神妙な顔つきで沖田の言葉に耳を傾けている。刑事が仲間の悪事を聞き出そうとしていることが信じられない様子だ。

「死んだ仲間を売るつもりですか？」

「いや、その逆だ。彼の汚名を返上してやりたい。五十嵐に密売をさせた黒幕を挙げたいんだよ」

沖田の真剣な眼差しに絆《ほだ》されたのか、躊躇していた梶村が口を開いた。

「暴力沙汰だけは勘弁してくださいよ。痛い目をみるのは黒岩の舎弟どもで懲り懲りですから」

「わかった、約束する」紳士的な口調で沖田が応じる。

「五十嵐の旦那には、よくシャブを買わされました。押収したヤクを自分で試してから、俺らに売り付けるんだから、たまったもんじゃありませんよ」

「売り値の相場は、いくらだ？」

「当然、五十嵐刑事の言い値です。逆らえば、しょっ引かれるし……」

「金の受け渡しは、どうした？」考える時間を与えずに沖田が尋ねる。

「指定された口座に振り込みました」

「どこの銀行だ？」

「静浜銀行、高山支店です」

沖田たちは梶村の証言を元に捜査資料と照らし合わせた。結果は〈銀行名〉〈支店名〉ともに八木の口座と一致した。そこで浮上するのが売上金が伊吹の懐に流れた可能性である。引き続いて樋口未映子の事情聴取が実施されたが、店の常連客と不倫した女の証言に説得力はなかった。

捜査は諏訪主導の下に秘密裏に行なわれた。次に、遺体の検視を行なった検視官が呼ばれた。発見当日には変死扱いされながらも、司法解剖が行なわれていない。検視のみで原因不明の事故死として処理されたのである。しかも検視官の口は重かった。打撲痕についても、遺体なき今となっては究明する手立てはない。

大筋で金の流れは摑んだものの、いよいよ事態は深刻になった。そんな中、八木捜査課長に対して監察課から出頭命令が出された。監察課からの指令に任意性はなく、本人の拒否権もない。突然に監察から呼び出しを受けて、冷静でいられる警察官などいないだろう。

八木がただちに出頭すると、これまでに作成した取調書を諏訪が読み上げる。濃紺のスーツに身を包んだ八木は、瞑目《めいもく》して朗読する声に聞き入っている。そして監察官が読み終えると、ほぼ同時に不機嫌な顔で沖田たちに向き直った。

「ありもしない罪を押し付けて、証拠が出なかったらどうするつもりだ。その時にすべてを失うのは、君たちの方だぞ」

額に冷や汗を浮かべ、恫喝《どうかつ》を含んだ睨みを利かせる。

「上昇志向の強い五十嵐に、出世をエサに違法捜査させたあなたの罪は免れません。内部手配中に彼がすべての事実を告白しました。〈セクシーレディー〉での特別接待についても、動かぬ証拠写真を入手しました」

沖田が伊吹部長と共に写った三枚の写真を差し出す。

「でっち上げだ、そんなもんは証拠にならん！」

怒り心頭に発した八木が、握り拳で机を叩き付ける。

「拳銃《チャカ》とシャブの違法摘発をさせて、いざ危なくなると覚醒剤を過剰摂取させて安楽死や。おかしくて泣けてくるで」

反町が間髪を入れずに畳み込む。二人には決意があった。昨夜、互いに辞表を書いて懐《ふところ》に携えていた。もしも、罪が認められないまま監察が手を引くことがあれば、自爆テロも辞さない覚悟だった。

「五十嵐は本部長賞をもらうたびに有頂天になっていた。〈薬銃のエース〉と持ち上げられて、収まりが付かなくなっちまったんだよ。自滅を上司に責任転嫁するなど、お門《かど》ちがいもはなはだしい！」

「諏訪監察官、五十嵐の不正摘発の陰には隠し部屋《アジト》の存在があります」

目に余る態度に業を煮やした沖田が、言い逃れのできない切り札を突き付ける。

「隠し部屋……初耳だな」

「当時、中部署の生安課だった八木課長は、裏金口座から毎月の部屋代を支払っていました。そのアジトにヤラセ銃器や薬物をストックさせていたのです。今回の捜査で五十グラムのシャブと実弾五発が発見されて、五十嵐は薬物使用と吉良殺しの二重の罪を被せられたのです」

「勘ちがいされては困る。アジトについては、五十嵐自らが借りた部屋だ。奴が薬《ヤク》の売人やヤクザから銃器を買い取り保管していたようだ。私の指示によるなど事実無根だ」

銀行口座の裏取りに確信を得たのか、諏訪は無言のまま八木の発言に耳を傾けている。それを見越した沖田が口火を切った。

「八木課長、あなたは五十嵐が中部署の生安課に配属されると、すぐに極秘指令を出しましたね。毎月十万円の空出張費を口座に振り込む見返りに、他県に負けない銃器と薬物の実績を挙げろと命令した。そしてノルマのハードルは次第に上げられていった、ちがいますか？」

「私になんの恨みがあるか知らんが、作り話もいい加減にしろ」

「わしらは、今日の事情聴取に腹を括《くく》ってきたんや。五十嵐に代わって真実を言わせてもらうで」

沖田の言動に触発された反町の言葉が続く。諏訪の態度が不気味だった。彼はすべてを知りながら無言を押し通している。

「五十嵐は、八木課長から公にできない金を渡されたことを白状しました。その金で名刺やステッカーを作って裏社会に顔を売ることを命じられたそうです」

「監察課に呼び出されただけで部下に対する私の信用は丸潰れだ。このことは伊吹部長に報告するから、再就職の道を考えておくことだな」

明らかに八木は冷静さを失い始めていた。好きなだけシラを切ればいい……と沖田は思った。こちらには更なる切り札がある。積み重ねた嘘が自らの重みに耐えられなくなる時が必ず来る。

「五十嵐亮介に対する行確依頼は、八木捜査課長からだと東郷部長から聞いているが……」

意表を突いた諏訪の質問に八木がたじろぐ。落ち着きがなく、視線が一点に定まっていない。

「覚醒剤使用が外部に洩れることを防ぐために、私が依頼しました」

「薬物検査の結果からすれば、薬銃課から五十嵐の引き渡し要請があったのも当然だろう。しかしその後、容疑者は不慮の死を遂げた。この事実が外部に洩れたら、本部長の首が飛ぶだけでは済まされないぞ！」

諏訪の凄みある声に、見る間に八木の顔色が蒼白になった。

「日ごろから監察は、冷たい視線を浴びて肩身の狭い思いをしている。しかし個人を死に追いやることなど言語道断だ。薬銃課は奴の身柄を引き取り、いったい、なにをしたんだ？」

「取り調べ中に、禁断症状による発作が起きたんです。突然に口から泡を吹いて意識を失いました。秘密保持のために救急車も呼べず、警察病院に搬送中に絶命しました」

「この期に及んで、虚偽は許されんぞ」

諏訪の顔には鬼気迫るものがあった。彼らには取り調べ対象者の階級や身分など関係ない。

「五十嵐警部補は、遺体発見時に覚醒剤を所持していたようだが」

「…………」

諏訪の質問に八木の答えは返らない。

「逮捕時に所持していた五グラムの覚醒剤は我々も確認している。遺体が生き返って、証拠品保管庫から勝手に持ち出したのかな」

隙のない諏訪の追い込みに、堪えられずに八木が口籠《くちごも》る。

「行政検視はまずかったな。いったい、誰の命令だったんだ？」

「それが……」

「それが、だけじゃわからん！」

突如に諏訪が激昂し、室内の空気が一瞬にして凍《い》てつく。

「聞くところによると、検視官が打撲痕を確認しているようじゃないか」

「取り調べの際に受けた傷でしょう」

逃げ場を許さない諏訪の追及に、つい、八木が口を滑らせる。

「それは問題発言だな。監察課での取り調べでは、誰もいっさい五十嵐に手出しをしていない。悪いが、今日はこのまま帰すわけにはいかんよ」

「監察に泊められたんじゃ、部下への示しがつかない」

「そんなことが言える立場じゃないだろう。警察病院に向かったはずの五十嵐の遺体が、葵区の長沼で発見されたことについても詳しく説明してもらわなければならん。明日になったら伊吹部長も同席の下で、事実関係を明らかにしてもらおうか」

八木は机に片肘をついて項垂《うなだ》れている。有無を言わせぬ諏訪の言動に黙して語らない。

「いいですか、八木課長……」と言って、首席監察官は両掌で顔を覆《おお》う仕草をした。

「全警察のために不祥事を隠蔽する命令が出れば、私も公僕の一人として目をつぶるつもりだ。しかし私利私欲のために理不尽な犠牲になった警察官の汚名は晴らさねばならん。今日、来ている沖田警部補も反町巡査部長も免職を覚悟で監察に直訴してきた」

説得力ある諏訪の言葉に勇気づけられた沖田が口を開く。

「あなた方のしたことは、一人の警官を犯罪者に仕立てた暴挙だ。我々は警察全体が腐っていないことを証明したいのです。警察官にとって大事なものは地位でも金でも名誉でもない。我々は刑事としての誇りを失いたくないから進退を賭ける決心をしたのです」

沖田は満を持して最後の手段に出た。

「これは五十嵐が、この世に残した遺言書です」

鞄から一冊のノートを取り出して、諏訪監察官の前に差し出した。帳面の表紙には〈備忘録平成十三年〜　五十嵐亮介〉と手書きの文字が書かれている。沖田は藤木からノートを渡されて以来、五十嵐の遺品として大切に隠し持っていた。備忘録の存在を諏訪監察官にも明かさなかったのは沖田の大きな賭けだった。

ノートの存在を明かさず主犯者を裁決の場に引き摺り出せれば、備忘録の提出により犯行は揺るぎないものとなる。これこそが、沖田が望む五十嵐の無念の晴らし方だった。そのために、あえて沖田は相棒の反町にも重要証拠の存在を伏せていた。警察官は捜査を行なうにあたって、事件の発生原因と経過を記憶するために明細な記録を書き残すことを義務付けられている。五十嵐は、それを後生大事に金庫の中に保管していたのだった。

藤木から手提げ金庫を譲り受けた夜、中に納められていた一冊のノートを手に取った。それは警察学校時代から指導を受け、現場に配属されて以来、書き続けてきたであろう備忘録の中の直近の一冊だった。

几帳面な五十嵐は、これまでに起きた出来事を克明に記録していた。八木による不正捜査の強要や隠し部屋の存在、売上金の闇口座への振り込み方、さらには伊吹や八木が指名したフィリピン女性、閉店後に同伴したホステスの名前までが詳細に書き込まれていたのである。

見返りについての記述もあった。県警本部への異動は伊吹の口利きであった事実、次期課長ポストを暗に示唆する走り書きも見られた。同時に二人に関するメモ書きもあった。警視になるためには昇任試験はない。人脈と仕事の実績こそが、最大の評価となる。伊吹たちは五十嵐の功績を我が物として上級管理職に就いたのである。

備忘録の中には非業の死を予期していたかのような書き残しもあった。それは余りに亮介らしく、引き返せない所まで堕ちてしまった自分に対する後悔と諦念すら感じられた。

伊吹や八木がいかに詭弁《きべん》を弄《ろう》したところで死者が書き残した物は偽造できない。もはや彼の汚名を晴らすことができるのは自分以外にないと思った。彼らの悪事を白日の下に晒して五十嵐を成仏させてやらない限り、自分も彼の呪縛《じゅばく》から逃れられないだろうとも……。

諏訪監察官の対応には、五十嵐への思いが果たせた手応えがあった。しかし決して彼の死が報われることはない。今後、事態がどう展開しようとも沖田には退かない覚悟があった。自分は県警幹部に伸し上がって綱紀粛正を行ない世の中を浄化してみせる……居酒屋で熱く語った五十嵐の言葉が蘇る。

今、沖田の頭の中を彼の言葉が現実となって駆け巡った。


「備忘録は、いったいどこで手に入れたんや？」

県警本部を出るなり、聳《そび》え立つビルを仰いで反町が尋ねる。

「藤木からだ。梶村が金庫持参で逃亡してくれたお陰で助かったよ」

「わしに断りもなく藤木と会ってたんかい？」

「騙《だま》すつもりはなかった。先方からのご指名だったんだ、悪く思わんでくれ」

沖田は詫びるしかなかった。互いにコンビを組みながら、相棒を出し抜く行為は決して許されるものではないからだ。

中部署に戻ると、全員が揃うのを待って神永から報告があった。

逐一、神永には連絡が入っていたようだった。報告を受けた仲間たちからは内部処罰を心配する声が上がった。提訴した相手は県警本部の生安部長と捜査第三課長である。県警首脳部が及び腰になることも考えられなくはない。しかし沖田と反町に怖いものはなかった。敵どころか味方からも命を狙われ、覚醒剤《シャブ》に溺れて死んだ五十嵐を思えば恐るるに足りない。

沖田が心配して周囲を見回すと、捜査員たちの大半は安堵感に包まれている。すると必然的に証拠品の備忘録について話題が及んだ。

「朝倉、お前もしっかり帳面を付けてるんだろうな」

先輩ぶった風間が、渋茶を啜りながらからかう。

「風さんこそ、怪しいもんです」

「そう言えば、反町先輩が備忘録を書くのを見たことないですね」

待ってました……とばかり風間が切り返す。

すると「マサやんと一緒にされちゃ、可哀そうだよ」と室伏が援護射撃をした。

「君たちは、わしを誤解しとるようやな。警察官は公判の証人に呼び出された場合に備えて、経過や参考になる記録を残すことが義務付けられとるやないか」と怒り口調で反町が切り返し、

「〈犯罪捜査規範・第十三条〉ですよね」と朝倉がフォローを入れる。

「もしも備忘録に証拠能力がないと判断されたら、その時は、俺たち二人で腹を切るつもりだ。皆はシラを切ってくれればいい」

沖田は黒岩組の応接室で手提げ金庫を預けられた時のことを思い起こした。

梶村と密造拳銃を差し出したことで、若頭襲名への恩返しができたと藤木は安堵したにちがいない。藤木政志とは、そういう義理がたい男だった。しかし沖田の視線は、金庫の中の一冊のノートに釘付けになっていた。藤木は、梶村のほかに途轍《とてつ》もない手土産を持たせてくれたのだ。

帳面の表紙には、特徴のある文字で〈備忘録〉と書かれていた。奴らしいな……。虎が死んで皮を留めるように、五十嵐亮介は死して備忘録を残したのだ。この瞬間、沖田は監察に乗り込む決意を固めたのだった。

25

諏訪首席監察官から沖田宛てに連絡が入ったのは、翌日のことだった。

携帯電話の液晶画面を確認すると、深呼吸をしてから通話ボタンを押した。

「本日、午前十一時三十五分に八木捜査第三課長が事実を認めたよ」

ひと言告げて、諏訪は返事を待った。

「……ありがとうございます」

反町とともに覚悟を決めて直訴したことが報われた思いがした。もしも捜査過程において諏訪への報告手順をまちがえていれば、全く異なる結果が出たにちがいない。沖田は薄氷を踏む思いで警務部に乗り込んだことに誤りがなかったことを実感した。

「五十嵐に対して昇進を条件に不正捜査を強要したことを認めたよ。その間にも多額の闇収入を得ていたようだ。隠し部屋についても君の言ったとおり、彼の指示で五十嵐警部補が借りていたことにまちがいなかった」

「やはり諏訪監察官に、ご相談したことは正解でした」

八木に対する監察課の取り調べが、いかに厳しかったかが容易に想像できた。

「伊吹部長も容疑について、おおむね事実を認めたよ。吉良の脅迫により現在の地位を失うのを恐れたようだ。そこで五十嵐に因果を含めて吉良の口止めを示唆した。その実行犯として梶村を利用したわけだ。その点は、梶村本人の供述ともピタリと一致している。立派な殺人教唆だよ。すべては五十嵐警部補が残した〈備忘録〉のお陰さ。あの物《ブツ》は、検察も認めざるを得ない一級の証拠品だよ」

隣席で話の成り行きを見守っている反町に対して、OKサインを指し示す。沖田の関心事は、今後の二人の処罰だった。すると、こちらから切り出す前に諏訪の方から言葉が掛かった。

「現在、本部長室で三役によるトップ会談が開かれている。残念ながら、ここから先は私の手も及ばないところだ。二人が現職でいられることはないだろうが、問題は外部への対応だ」

「三役とは、本部長と警務部長と捜査二課長ですか？」

「いやキャリア組だけで会議メンバーを構成したら、地方《じかた》幹部の反発を食らうだろうな」

諏訪は言いづらそうに舞台裏の内情を告白した。

「では、組織犯罪対策局長あたりが入るのでしょうか？」

「その辺はなんとも言えんな。いずれにしても私などは、お呼びじゃないことは確かだよ」

悔しそうに言葉を呑み込む。

「首席監察官として、八木課長の処罰はどのようにお考えですか？」

失礼を顧みず沖田が質問する。ひと呼吸の沈黙後、諏訪がおもむろに口を開いた。

「今、行なわれている、大岡裁き次第ではないかな」

「では、伊吹部長の処分は？」

「殺人教唆となると免職程度では済まされんだろう。刑法上でも殺人罪に匹敵するから、A級戦犯扱いになることはまちがいない。しかも取り調べに対して暴力行為が行なわれたことが証明された。これは推測の域を出ないが、五十嵐の死は薬物の禁断症状と暴力によりショック死を起こした可能性が高いと考えられる。現場に居合わせた生安の職員から、五十嵐が口から泡を吹いて意識を失ったという証言も得られた」

「ということは、逮捕後に起訴されるのでしょうか？」

「今後の取り調べにより死体遺棄による偽装工作が公になれば、日本警察の根幹まで揺らぐことになりかねないだろう」

諏訪監察官の話を聞いて全身の力が抜けて行く錯覚に見舞われた。張り詰めていた緊張が弛緩し、これまでの出来事が体の中を透過して行く。すぐに沖田は、諏訪からの報告を神永に伝えた。神永は沖田の連絡を受けて、緊急に暴力犯係全員を招集した。事態の急展開を知らされたメンバーたちは、その場で互いに肩を叩き合って喜んだ。

しかし沖田の心が晴れることはなかった。たとえ八木と伊吹に刑事罰が下されようとも、再び、五十嵐の笑顔を見ることはできない。酒を酌み交わし口論することさえできない。アイツは汚名を背負ったまま、遠い世界に旅立ってしまった。いまさら真実が明らかにされたところで、それがなんになるというのだ……。

午前三時、電話のベルが深夜の静寂を破った。沖田は妻の真由美に揺り起こされた。意識は朦朧《もうろう》としていたが、受話器から聞こえた言葉で眠気が吹き飛んだ。電話の主は、当夜に宿直をしていた風間からだった。

「本当か、まちがいないだろうな！」

警部に報告済みであることを確認した時には、沖田は布団の上で正座をしていた。

「わかった、すぐそちらに向かう」

電話を切ると同時に緊張が緩む。

「大変な事件でもあったの？」

深夜の電話に、ただならぬ様子に気づいた真由美が問い返す。仕事の話を自宅に持ち込まない沖田だが、一瞬、迷ってから目を閉じて告げた。

「一時間前、生活安全部長が自殺した」

耐え難い絶望感に打ちのめされる。電話の声が頭の中で渦巻いている。着替えもそこそこに、反町に一報して沖田は自宅を飛び出した。本部前に到着すると、すでに多くの関係者が参集していた。深夜に集まった男たちの光景は異様だった。皆が一様に押し黙り、時折、暗闇の中から囁き声が耳元に届いた。

突然に伊吹の死を知らされた時には、予期していたもう一人の自分の存在を感じた。「やはり……」という漠然とした納得があった。ここに集まった関係者の中に、伊吹の置かれていた立場を知る者が、いったい何人いるだろうか……。

「誠やんから連絡があった時は、まだ飲み屋から帰ったばかりや」

至近距離で話す反町の息が酒臭い。

「連絡しようか迷ったが、相棒を無視するわけにもいかんだろ」

「県警部長が自殺とは、全くたまげたで」

「そうかな……」沖田は、あえて言葉を切った。

「持って回った言い方やな」

返事もせずに周囲を見回していると、街灯の下で手を振る人物が目に入った。

「やっぱり、ご両人でしたか」

声を掛けてきたのは諏訪監察官だった。緊急招集を物語るように、ノーネクタイ姿で顔には無精髭が生えていた。

「私としても、後味の悪い結末になったよ」

苦虫を噛み潰したような表情で見つめ、しきりと周囲の視線を気にしている。あたりを見回していると、少し離れたところに本部四課の警部と神永の姿があった。こちらの存在に気づくことなく話し込んでいる。

「聞くところによると、勾留中にもかかわらず本人を帰宅させたのが仇《あだ》となったようだ」

「たとえ一晩とはいえ、容疑者を解放したのは問題でしょう？」

沖田が声を潜めて問い返す。

「証拠隠滅や逃亡の恐れがないと判断したのだろうが、身内への甘さは問題になるだろうな」

諏訪の発言は臆測の域を出ないものの、監察官として説得力があった。闇夜の底に人が蠢《うごめ》き、息を潜めて情報交換し合っている。県警部長の自殺が明らかになれば、早朝から本部は大変な騒ぎになるにちがいない。

「伊吹部長の内部犯行は公になっていないんですよね」

沖田がそれとなく探りを入れる。

「だからこそ執行を猶予したとも考えられる。武士の情けか、それとも惻隠《そくいん》の情なのかはわからんがね」

「惻隠の情でしたら、自殺も織り込み済みだったということですか？」

「すべては、藪の中だよ……」

「ソクインのジョーとは、なんのこっちゃ」

反町が会話の流れに水を差す。

「エリート意識が強い人物だっただけに、生き恥を晒したくなかったんだろうな」

諏訪が故人を偲ぶ発言をする。

「遺書はなかったんですね」

「覚悟の死だ、なにも残さんだろう」

極秘に行なわれた首脳会議の光景が沖田の脳裏を過《よぎ》った。彼らは警察庁長官から地方警察の監督を任されている。拝命先で不正事件が起きれば、自分たちの経歴に傷がつくことになる。彼の自殺は県警上層部には織り込み済みなのかもしれないが、伊吹の犯行が表面化すれば警察の不祥事は全国民からの非難を免れない。もしも彼らの措置が、プライドの高い伊吹の行動を見越した行為だとしたら……。

「被疑者死亡のため不起訴か。吉良も五十嵐も、全くの死に損やな」

「部下を踏み台にして築いた地位など、崩れる時は呆気ないもんさ」

反町の呟きに沖田が答える。

これで事件性は失われてしまった。いったい誰が本当の犠牲者なのだろう。すべては闇に葬られてしまうのか……。止めどない疑問が次々に沖田の頭の中に湧き起こった。


翌日の東海新聞・夕刊第一面には、『静岡県警・生活安全部部長、自宅にて自殺か？』という大見出しが紙面を飾った。

〈十月二十日早朝、静岡県警本部・生活安全部部長（警視正）の伊吹史朗さん（五八）が自宅の居間で首を吊っているのを家族が発見した。検視の結果、静岡県警は自殺と断定した。関係者の話によると、伊吹さんは最近仕事面で悩んでいたという。家族の取材からも、帰宅後には自室に籠もりがちだったことが伝えられた。遺書は見つかっていない。死亡の原因については、今月八日、静岡市葵区長沼の路上にて変死体で発見された、同生活安全部薬物銃器対策課の五十嵐亮介警部補（三七）との関連性を含めて捜査が進められている。警視正は、警視総監、警視監、警視長に次ぐ、日本警察の第四位の階級である。〉

記事を読み終えると、沖田は廊下に出て携帯電話を手に取った。

「お夏さんかい？　読ませてもらったよ」

開口一番に伊吹部長の記事について述べた。

「突然、自殺の連絡が入った時には焦りましたよ」

「自分も夜中に連絡を受けた時には、とても信じられなかった。それにしても、絶妙なニュアンスで五十嵐の死亡事件を文中に引き合いに出すあたりは、さすがお夏さんだな」

「まさか市民からの一本の通報が、こんな大きな事件にまで波及するとは思いませんでした」

かつて警察官の不祥事について相談を持ち掛けられた時のことを沖田は思い出していた。

「五十嵐に関しては、以前から警察内部に燻《くすぶ》っていた問題なんだ。仕方ないさ」

沖田が自嘲気味に言葉を返す。

「昨日、吉良君のお墓参りに行ってきました。家族の方がお参りに来たのか、奇麗なお花が供えられていました」

「そうか、ありがとう……」咄嗟に口から言葉が零れる。

「なぜ、警部補がお礼を言うんですか？」

予期せぬ夏目の質問に、彼は即答できなかった。今回の五十嵐事件は、吉良の礎《いしずえ》なくして解決できなかったかもしれない。吉良が危険を伴う内通者として情報を提供してくれたからこそ事件を解決へと導くことができたのだ。

「墓に花を供えたのは、彼女かもしれないな」

沖田は、つい口を滑らせてしまった。

「えっ、吉良君に彼女がいたんですか?」

意外に思った夏目が問い返す。

「何度か顔を合わせたが、奴には不似合いなほどの美人だったよ」

最後に樋口未映子と会ったのは諏訪監察官の取り調べ中だった。久し振りに見る彼女はやつれたように見受けられた。未映子にとって吉良誠とは、どのような存在だったのか。また彼女は、伊吹史朗の死を知っているのだろうか……。同時期に二人の男を手玉に取り、しかも双方とも既にこの世に生存していないのだ。

「伊吹部長の自殺の原因については、公にされそうもありませんね」

力のない言葉が返り、その声に沖田が反応する。

「自ら罪を償《つぐな》われては致し方ないよ」

「これも沖田警部補が言われた潜在殺ですかね?」

一瞬、自殺幇助《ほうじょ》という言葉が頭の中を過る。

「潜在殺か……、嫌な言葉だ……」そう言って沖田は口籠《くちご》もった。

潜在殺とは、人知れず報われぬ死だ。被害者も加害者もなく、善と悪の境界線すら存在しない。全てが霧の中で曖昧模糊《あいまいもこ》としている。

「私にできることがあれば、ご遠慮なく言ってください」夏目の声に心が和んだ。

「ありがとう、気持ちだけ受け取っておくよ」

刑事部屋に入ると、重苦しい空気が漂っていた。皆が押し黙って仕事をしている。その中で反町だけが、デスクに拡げたスポーツ新聞に見入っていた。

「墓場まで秘密を持ち込まれては、手の打ちようがないな」と友部が本音を洩らすと、「体《てい》の良い口封じだ」と室伏が明け透けな嫌味で追い打ちを掛ける。

「それにしても新聞に書かれている関係者とは、誰のことだろう？」

蓄《たくわ》えた髭を剃り落とした風間が、湯呑み茶碗を手にしてポツリと呟いた。夏目美波が意図的に書いたことは沖田だけが知っている。

「母屋にブン屋が押し掛けたことで、生安部内に鉄壁の緘口令《かんこうれい》が敷かれたようです」

「マスコミどころか、内部の者さえ詳しいことは知らされてないんだぞ」

朝倉の発言を室伏が一笑に付す。

「残された八木の処罰が問題やろうな、五十嵐を陰で操っていた張本人やで」

いつの間にか反町の怒りの矛先も八木に向けられていた。

沖田には昨夜の出来事が幻のように思われた。

ヤクザの抗争以来、いったい何人の命が奪われたのだろう。万死に値する人間など、この世に一人もいない。しかし時として人は、死ぬことによりすべてを清算しようとする。決して過去が洗い流されることなどないと知りながら……。

いつしか沖田の心の奥には、伊吹史朗に対して慈悲の心が芽生え始めていた。これまでに犯した彼の行為は決して許されるものではない。しかし自らの死をもって懺悔《ざんげ》した者を断じることは誰にもできないのではないか……。

この先どうしてよいのかわからなかった。五十嵐の無念を晴らすには、今後、いったいなにをすればよいのだろう。

「たった今、八木課長が逮捕された連絡が入ったぞ！」

刑事部屋に入るなり、神永が一声を発した。

「罪状は、なんです？」皆を代表して沖田が尋ねる。

「公文書偽造らしい。五十嵐への違法捜査に対する書類作成が逮捕容疑だ。そこを突破口にして本丸を挙げる腹だろう。八木捜査課長も監察に浸けられて、相当に締められたな」

「これで、やっとゾルゲの汚名も返上やな」

反町が溜め息混じりの声を洩らす。

五十嵐のように職務に忠実な警察官ほど、健全な思考が蝕まれていくのかもしれない。警察では組織批判や上司への反撥《はんぱつ》は、ただそれだけで罪となる。五十嵐が破滅へと向かった最大の要因は、権威主義的な矛盾に気付きながら抗《あらが》えない自分に我慢できなくなったのだろう。むしろ彼が本当の悪徳刑事だったら死なずに済んだのかもしれない……沖田は中空を見つめながら思いを馳せた。

＊

中部署には、事件前と変わらぬ日常が戻っていた。

署員たちの視線を全身に感じた。それは初めて登庁した時の緊張感と同質のものだった。しかしその中には、明らかに称賛の眼差しもあるような気がした。エレベーターが四階に到着すると、刑事部屋の前に一人の男が待ち受けていた。

男は薄暗がりの中で沖田の姿を認めると、片手を挙げて笑顔で迎えた。

「今回の君たちの行動には、我々も脱帽するしかないようだ」

スーツ姿で諏訪は沖田に握手を求めた。県警本部で見た時とは、別人のような柔和な表情をしている。

「こちらこそ、ご挨拶に伺わねばと思っていました」

予期せぬ人物との対面に沖田は戸惑った。

「ここだけの話だが、実は自分も首脳会議に呼ばれて意見を求められたんだよ」

周囲を見回してから、諏訪が小声で告げた。二人の背後を忙しなく刑事たちが行き来する。

「例の三役会議にですか？」

「そうだ」と短く答えて、さらに続けた。

「本部長から声が掛かった時には、心中は穏やかではなかったよ。キャリア組が判断を下せずに、私に意見を求めて来たんだからな」

「……で、なんと？」

思わぬ諏訪からの告白に沖田が迫る。

「もしも備忘録のコピーがマスコミに流出したら、取り返しのつかないことになるのではないかと進言しておいたよ。警察は民間人には信じられないほどの村社会だが、一方では日本で一番安全な巨大企業なんだよ。地位を上手く利用すれば、驚くほど簡単に金が転がり込んで来る。人間なんて弱いもんさ」

　諏訪の言葉には、警察の裏社会を見続けた男の深遠さがあった。

「今回の一件は、諏訪監察官にお会いしなかったら、とても解決できませんでした」

　率直な言葉が口を突いて溢れる。

「正直に告白すると、沖田警部補から内部腐敗を知らされるまで、私も本来の監察官の使命を見失っていたかもしれない。大きな声では言えないが、お互いの存在理由を再認識できたというところかな」

　当惑する首脳陣たちの顔が目に浮かんだ。首席監察官からマスコミへの漏洩《リーク》を仄めかされたのだから、心穏やかではいられなかっただろう。

「八木課長の処分は、誰から知らされましたか？」との沖田の言葉に、「東郷警務部長だ。彼らは御身大切な連中ばかりで、後は推して知るべしだよ」

　諏訪が上司批判をして苦笑いを浮かべる。

「内部で揉《隠》んで《蔽》しまう腹づもりが、諏訪発言によって身の安全が揺らいだわけですね」

「そんなに誉められたものではない。この世界では監察官とて上意下達だ。しかしカラスが行水したら、白くなることだけは阻止しなければならない。今回ばかりは、君たちの力を借りて格好を付けさせてもらったよ」

一連の出来事を顧みる諏訪に驕《おご》りはなかった。かえって沖田には、それが意外だった。

「これまで自分は監察課の人間に対して、先入観と偏見をもっていました。しかし今回の捜査で考えが変わりました」

沖田の口から自然と出た言葉だった。

「そう言ってもらえると救われるよ。私たちは常に身内から劇薬扱いされている。彼らにとっては、百害あって一利なしだそうだ。たまには、消毒薬の役目もしなくてはね」

爽やかな言葉を残すと、諏訪はエレベーターへと乗り込んだ。閉まる扉に向けて沖田は一礼した。

その瞬間、なにかが抜け落ちたような気がした。達成感とはちがった。張り詰めていた緊張が弛緩した後の虚脱感か……。いや、それともちがう。警察組織は法と社会秩序と国民の安全を守るためにあるはずだ。同時に警察には善と悪が判然としない厄介な側面もある。それは組織防衛という大義がまかり通れば、その瞬間から警察は巨大な社会悪となり得るという現実だ。

五十嵐の生い立ちを知った時の衝撃を、沖田は今も忘れられない。

彼は幼い頃から誰にも打ち明けることのできない過去を心に秘めて、生きなければならなかったのか……。そのためには警察社会の中で伸し上がることが、五十嵐の生きる証となった。しかし警察組織の中に飛び込んでみると、理想としていた社会正義だけでは通用しないことを思い知らされた。

上司からの命令は絶対であり、逆らうことはタブーだった。警察学校での理想が一つ一つ壊れ、上層部から不正捜査を命じられた時に彼の中の信念は崩れ去った。自らが招いた不幸とはいえ、あまりにも五十嵐亮介には不似合いな最期だった。

沖田が刑事部屋に入ると、知能犯係の新人がガッツ・ポーズで彼を出迎えた。向かいのデスクには、慣れない事務処理に没頭する仲間たちの姿があった。その中のひと際大きな背中に目が留まった。反町が額に汗を浮かべてパソコンと悪戦苦闘している。

「誠やん、わし、やっと気づいたんや」

突然の発言に、「なんのことだ?」と沖田が尋ねる。

「わしはマル暴向きやない、神経が繊細すぎるんやな」

その言葉を耳にした風間が、隣の席で茶に噎《む》せる。髭剃り跡が青々としている。

「冗談は顔だけにしとけ。いっそのこと、デカを辞めて極道に商売替《くら》えしたらどうだ」

シャレにならない言葉を室伏が飛ばす。

「室さんに言われちゃ、終わりやな」と間髪を入れずに反町が応じた。

この雰囲気と連帯感があってこそ、暴力犯係をやっていけるのだ……沖田はしみじみと胸が熱くなった。斬った張ったの刹那的な極道相手には、清濁併せ呑む反町のような相棒は欠かせない。ヤクザと阿吽《あうん》の呼吸で渡り合い、相手に有無を言わせない暴力犯係流儀の筋を押し通す。その点では五十嵐亮介は、道さえ踏み誤らなければ腕の良い刑事だったのかもしれない。

ヤクザを抑え付けるには、まず相手に貸しを作り二倍の借りを返してもらう。彼らにとって警官は怖い存在ではない。ヤクザが恐れるのは暴力犯係だけだ。マル暴刑事は、彼らの所業と必要悪のなんたるかを知り尽くしているからだ。

「マサやん。仕事する振りしてんと、早よ、地取り捜査に行くで」

指一本で不器用にパソコンを操る姿に向けて沖田が声を掛ける。

「誠やんも、すっかり大阪弁が板についたな」

外出許可が出た反町の顔が生き生きしている。次回の裕介の野球応援には絶対に行こう……と沖田は思った。心なしか左手の疼《うず》きが治まったように感じられた。

「ほな、今日も元気に極道狩りに行こか!」

反町は待ってましたとばかりにパソコンの電源を落とすと、二人は中部署の出口へと向かった。

＊本作品はフィクションであり、実在する組織・個人とはいっさい関係ありません。本書執筆に際し、新聞記事・インターネットを参考にいたしました。また、取材にご協力をいただきましたすべての方々に感謝いたします。

渥美饒児（あつみ・じょうじ）

一九五三年生まれ、静岡県浜松市出身。作家。一九八四年「ミッドナイト・ホモサピエンス」で第二一回文藝賞を受賞しデビュー。小説の著書として『ミッドナイト・ホモサピエンス』、『孤蝶の夢　小説北村透谷』、『ジャパン・シンドローム』、『十七歳、悪の履歴書』（「コンクリート」と改題され映画化）、『沈黙のレシピエント』、『原子の闇』（文庫本／上下巻）、エッセイ集に『ジョン・レノンをめぐる旅』がある。

潜《せん》在《ざい》殺《さつ》　latent murder

二〇一八年八月二〇日　初版印刷
二〇一八年八月三〇日　初版発行

◉著者……渥美饒児
◉装幀／本文AD…坂野公一＋吉田友美（welle design）
◉発行者……小野寺優
◉発行所……株式会社河出書房新社
〒一五一－〇〇五一
東京都渋谷区千駄ヶ谷二－三二－二
電話　〇三－三四〇四－一二〇一［営業］
〇三－三四〇四－八六一一［編集］
http://www.kawade.co.jp/
◉組版……株式会社創都
◉印刷……株式会社暁印刷
◉製本……小泉製本株式会社

Printed in Japan
ISBN978-4-309-02719-7
落丁本・乱丁本はお取り替えいたします。